庫

トム・ストッパード

I

コースト・オブ・ユートピア――ユートピアの岸へ

広田敦郎訳

TOM STOPPARD

早川書房

6614

THE COAST OF UTOPIA
by
Tom Stoppard
Copyright © 2002,2008 by
Tom Stoppard
Translated by
Atsuro Hirota
First published 2010 in Japan by
HAYAKAWA PUBLISHING, INC.
This book is published in Japan by
arrangement with
UNITED AGENTS LTD.
through NAYLOR, HARA INTERNATIONAL K.K.

目次

Ⅰ部　船出　9
Ⅱ部　難破　213
Ⅲ部　漂着　389
訳者あとがき　593
解説／長縄光男　603

トム・ストッパードⅠ

コースト・オブ・ユートピア

——ユートピアの岸へ

コースト・オブ・ユートピア——ユートピアの岸へ

I部　船出

登場人物

アレクサンドル・バクーニン
ヴァルヴァーラ　その妻
リュボーフィ　バクーニン家の娘
ヴァレンカ　バクーニン家の娘
タチヤーナ　バクーニン家の娘
アレクサンドラ　バクーニン家の娘
チェンバレン嬢　英語の家庭教師
レンヌ男爵　騎兵隊将校
セミョーン　家内召使の長
ディヤコフ　騎兵隊将校
ニコライ・スタンケーヴィチ　若き哲学者
ミハイル・バクーニン　バクーニン家の息子
ヴィッサリオン・ベリンスキー　文芸批評家
イワン・ツルゲーネフ　作家志望

アレクサンドル・ゲルツェン　革命家志望
ニコライ・サゾーノフ　ゲルツェンのサークル
ニコライ・オガリョーフ　ゲルツェンのサークル
ニコライ・ケッチェル　ゲルツェンのサークル
ニコライ・ポレヴォーイ　〈テレグラフ〉の編集者
バイエル夫人
ナタリー・バイエル　バイエル夫人の娘
ピョートル・チャアダーエフ　哲学者
ステパン・シェヴィリョーフ　〈モスクワ観察者〉の編集者
カーチャ　ベリンスキーの女
プーシキン　詩人
赤毛の猫（ジンジャーキャット）
農奴、召使、夜会の客、楽士など

第一幕

一八三三年夏

プレムーヒノ――バクーニン家の領地。モスクワの二百四十キロ北西にある。屋敷の内部、ベランダ、庭。庭にはいくつかの座る場所とハンモックがひとつある。第一幕はひとつの場所で進行する。

一家の夕食が終わろうとしている。食卓についているのはアレクサンドル・バクーニン（六十五歳）とその妻ヴァルヴァーラ（四十二歳）、その娘たちリュボーフィ（二十二歳）、ヴァレンカ（二十一歳）、タチヤーナ（十八歳）、アレクサンドラ（十七歳）。若い英語の家庭教師チェンバレン嬢と制服姿の騎兵隊将校レンヌ男爵（三十六歳）。家内召使（農奴）たち、とりわけ長のセミョーンが必要に応じて食卓の世話をする。

「英語」はチェンバレン嬢の場合を除き、ロシア訛《なま》りで話される。テンポははつらつとしている。アレクサンドル・バクーニンは温和な専制主義によって一家を支配しているが、家族の雰囲気はおおむね民主的である。

アレクサンドル　その話なら――リュボーフィ、男爵に英語でなにか言ってさしあげるんだ。

リュボーフィ　なにを言えばいいの、パパ？

アレクサンドル　わたしの娘はみんな五カ国語の教育を受けている。わたしを自由主義者と呼ぶのはかまわんよ。わたしも若いころはルソーを読み、バスチーユの襲撃にも居合わせた。襲撃に加わったわけじゃないが、どうにも複雑な心境だったのは覚えている。自由主義者と言ってもその程度さ――十九歳の時分でもな。だが女の教育に関して言えば、たしかにそう！――ピアノの稽古にロシア語文法 pour les filles Bakunin［バクーニン家の娘たちのための］、ほかにもいろいろ。とは言え、娘たちはわたしよりもきれいなロシア語を書くぞ。残念ながら読む価値のあるものはひとつもないが――（娘たちの異議を抑えて）ただひとり……

娘たち プーシキン！

アレクサンドル ……プーシキンを除いては。しかし言っておくが男爵、君の選んだわたしの長女はとびきりすぐれた――

ヴァルヴァーラ わたしはコズローフのほうがいいわ。

アレクサンドル ――頭脳をしておる――器量はさておき。せめてわたしもこれぐらいの――

娘たち まあ、ひどい！――ひどいわパパ――きれいなお姉さまに代わって抗議します――聞いちゃだめよ、リュボーフィ――

ヴァルヴァーラ 静かに、お父さまが話してらっしゃるのよ――

チェンバレン嬢 What did your father say?［お父さまはなにをおっしゃったの？］

リュボーフィ ほめ言葉として受け取るわ、パパ。

ヴァルヴァーラ わたくしも。

タチヤーナ （リュボーフィに）男爵はそうお思いにはならないわ！（レンヌに）そうでしょう？

レンヌ まさか！　まさか……リュボーフィは美しいし、それはお母さまの知性にも劣らない。

アレクサンドル　それをわたしは言ったんだ。見事な外交手腕だな！　さあリュボーフィ、いい子だから、みんな待っている。
リュボーフィ　きっと男爵はそんなこと……
アレクサンドラ　わたしできるわ、パパ！（いきなり立ち上がり、立ったまま身動きせず）「How do you do, Baron Renne! I say!, charming weather, you do not think!」［はじめましてレンヌ男爵！　どうです！　素晴らしい天気だとお思いになりませんか!?］

また突然座り、タチヤーナが同様に続ける。

タチヤーナ　「The quality of mercy is not strained, it dropping like gentle dew from heaven!」［慈悲《じひ》とは強いるものではない。やわらかな雨露のように天から降り注ぐもの。］

タチヤーナ座る。アレクサンドル、動じることなく続ける。

アレクサンドル　わたし自身イタリアで教育を受けたんだ。哲学の博士号はパドヴァ大学で取った。

チェンバレン嬢　Jolly good effort, Tatiana.［たいへんよくできました、タチヤーナ。］

レンヌ　そうですか。哲学の？

ヴァルヴァーラ　いまなにを言ったの？

アレクサンドル　自然哲学。論文のテーマは寄生虫だ。

タチヤーナ　シェイクスピアよ、ママン。

レンヌ　キセーチュー、哲学者の？

アレクサンドル　いいや、ただの寄生虫だ。

ヴァルヴァーラ　チェンバレンさんのことよ。Qu'est-ce qu'elle a dit?［彼女はなにを言ったの？］

レンヌ　ああ、寄生虫の哲学。

ヴァレンカ　Elle l'a félicité, Maman, c'est tout.［よくできましたってママン、それだけよ。］

アレクサンドル　ちがう。いくらなんでも寄生虫に哲学はないはずだ。

ヴァルヴァーラ　（チェンバレン嬢に）子供たちに話すこともできないのに授業になる

んですか？

アレクサンドル　たしかに。

チェンバレン嬢　I'm so sorry, what did your mother say?［ごめんなさい、お母さまはなにをおっしゃったの？］

アレクサンドラ「No lessons tomorrow, she said, holiday.」［あしたは授業なしですって、お休みよ。］

チェンバレン嬢　I think not, see me afterwards.［ちがうと思うわ。あとでいらっしゃい。］

アレクサンドル　英語はもうよかろう。いずれにせよ、英語のわかる妻をもつことは騎兵将校の第一要件じゃあない。さもなきゃ家庭教師と結婚したほうがいいことになる。ただわたしにはひとつ、この結婚に関して重大な異論があるんだが、親愛なる男爵――

娘たち　ああ、そんな！――いったいなにをおっしゃるの!?――聞いちゃだめよリュボーフィ！――お父さま、やめて――！

ヴァルヴァーラ　（テーブルを叩き）いい加減になさい！

アレクサンドル　ありがとう。なにを言いかけていたっけな？　やれやれ、どこかへ行ってしまった。

レンヌ 実はそろそろおいとましなければなりません――よろしければ空が明るいうちに。駐屯地までは馬でも結構かかりますから――

ヴァルヴァーラ ええ、そうなさらないと、晴れの日の前から頑張りすぎるのはよくありませんわ。もちろん、あとでもそうですけれど。

だれかが到着した物音やあいさつの声が聞こえる。

アレクサンドル なにごとだ?

レンヌ まことにありがとうございます――(リュボーフィに、かしこまって)――まことに、心から――

ヴァレンカ だれか来たわ。

セミョーン (登場しながら)ミハイルさんでございます、正真正銘の! お帰りになりました!

アレクサンドル わたしの息子だ。砲兵士官学校にいるんだが。

ミハイル・バクーニンは十九歳、軍服姿である。彼が登場すると興奮と感情に満ちた再会となり、食卓が引っくり返ったようである。

家族　ミハイル！――まあ、こんなに立派な！――どうして知らせてくれなかったの？――すっかり大人だわ！　見て、この制服！――くちづけさせてちょうだい！――なにか困ったことじゃないわよね？　わたしは何度もお祈りしてるの――いつまでいるの？――

レンヌ　ああ――かの有名なミハイル君ですね。

リュボーフィ　（レンヌに）せっかくお越しいただいたのにすみません。うちの家族ったら……

レンヌ　いえいえ、みなさんとても……素晴らしく非ロシア的で……

ミハイル　で、お祝いを言わせてもらってもいいんだろう。僕も光栄ながら……？

リュボーフィ　レンヌ男爵、ご紹介します。弟のミハイルです――

レンヌ　君はずっとペテルブルクに？

アレクサンドラ　五年もよ！

ミハイル　休暇なんです。夏の演習からまっすぐ戻りました！――

アレクサンドル （チェンバレン嬢に）急いでセミョーンにシャンパンを持ってくるよう言ってくれ。「Command Semyon to... provision...」［セミョーンに言って……用意するよう……］

チェンバレン嬢 （駆け出て）Champagne, champagne, I understand – ［シャンパンですね、シャンパン、わかりました――］

タチヤーナ あの人、英語の家庭教師なの。きれいだと思わない？

ミハイル いいや、僕にはタチヤーナのほうがきれいだよ。

レンヌ （グラスを叩いて）みなさん！（ミハイルに）騎兵隊から砲兵隊に乾杯を。しかし家族の再会は神聖なものです。わたしもちょうど「お休みなさい」と申し上げるところでしたから――

アレクサンドル （思い出して）ああ、そうだ。思い出した。わたしにはひとつ、この結婚に関して重大な異論があるんだが――

リュボーフィ （涙ながらに）お父さま……

ヴァレンカ （リュボーフィに）冗談よ。

アレクサンドル ――それはふたりの年の差だ。

レンヌ わたしはまだ三十六歳ですよ！

アレクサンドル　娘の年からすると十歳は若すぎる！　夫は少なくとも妻の二倍、年上でなくては。

ヴァルヴァーラ　でもあなたはちがいますよ。

アレクサンドル　いまはちがう、当然だ。（レンヌに）頭脳はさておき器量だな。

レンヌ（ミハイルに）ではわたしは連隊の任務へ――君はだれよりもわかってくれるはずだ。ごきげんよう！　抱かせてくれ。君のことを弟と呼べるのは誇らしいことだ！

家族から喝采《かっさい》。ミハイルとレンヌ、握手をして抱き合う。

アレクサンドル　よし！　では行こう。君にふさわしいお見送りを。セミョーン！――パーヴェル！――どっちでもいい――このかたの馬を――男爵がお帰りになる！一家総出だ！　ハンカチを振って涙を流そう――

全体的に退出し始める。

アレクサンドラ 来るでしょう、ミハイル？

タチヤーナ （残って）ええ、行くわ。

ミハイル （リュボーフィに）みんなで見送ることないだろう……？

リュボーフィ （急いで）だめよ、だめ、みんなで行きましょう。

アレクサンドル （レンヌに）家内は十八歳でわたしは四十二歳だった。つまりだな、女房は楯突《たて》こうと思った矢先に、もうすこしの辛抱ってことに気づくわけさ……

ミハイル、ヴァレンカ、タチヤーナが残る。

ミハイル おいおい！ あいつはだめだ！ リュボーフィは愛しちゃいないよ、見るからに。

ヴァレンカ そんなのみんなわかってるわ。

タチヤーナ リュボーフィはパパに逆らわないもの。それに男爵はぴったりじゃない？

セミョーンがシャンパングラスの載った盆を持って登場。チェンバレン嬢もボトルを一本持ってやってくる。舞台の外から声。「タチヤーナ！ ミハイル！　それからヴァレンカも、どこにいる？」

ミハイル　ありがとうセミョーン。こっちはいい。

セミョーン、うやうやしく去る。チェンバレン嬢、場の空気を読まず、うれしそうに歩み寄る。

チェンバレン嬢　So you are Michael.［じゃああなたがミハイルね。］

ミハイル　「Go away please.」［ほっといてください。］

チェンバレン嬢、息を呑《の》む。娘たちは驚き、感心している。チェンバレン嬢、あわてて出ていく。舞台の外から「ヴァレンカ！」と呼ぶ声。ヴァレンカ、あわてて出ていく。

僕は愛のことを言っているんだ。タータが言うのは相性だろう。タータ、タータ、わからないのか？　夜が明けたんだ！　ドイツではもう太陽が空高くに輝いている！　貧しい時代遅れのロシアに暮らす我々だけだ——この世紀の大発見を知らないのは！　「精神」の生活こそ唯一ほんとうの生活なんだ。我々の物質的存在が、我々の「普遍的観念」への超越をはばんでいる——「絶対的なるもの」とひとつになることを！　わかるだろう？

タチヤーナ　（必死で）それドイツ語で教えてちょうだい。

ミハイル　こんな結婚、あってはならない。みんなでリュボーフィを救わないと。愛もないのに身をまかせるのは内的生活に対する罪だ。内的生活は人間にとって唯一ほんとうの生活なんだ。我々の肉体的存在の生活は幻想にすぎない。お父さんにぜんぶ説明してくる。

タチヤーナとミハイル、舞台の外から呼ばれる。タチヤーナ、ミハイルに飛びついて抱きしめ、走って出ていく。

ああ、腹ぺこだ！

ミハイル、立ち止まるとテーブルの料理を口に詰め込み、タチヤーナのあとを追う。

一八三五年春

庭とベランダ。

ヴァルヴァーラがベランダに出てくる。

ヴァルヴァーラ　みんなどこなの？　新婚さんのお出ましよ！

リュボーフィ、庭に現われる。

リュボーフィ　ママン、もう結婚して何カ月にもなるのよ。

ヴァルヴァーラ　まあ、知ったかぶりのお嬢さん！　あなたもわたしが知ってることを知ったら、そう落ち着いてはいられないわ！

タチヤーナとアレクサンドラを見つけ、呼びつけると屋内へいそいそと戻る。

いらっしゃい！　ヴァレンカが来てるわよ——お婿さんもいっしょに。

タチヤーナとアレクサンドラ、登場すると一直線にリュボーフィのところへやってくる。激怒している。アレクサンドラは手紙を手にしている。

アレクサンドラ　リュボーフィ！　ミハイルったらナタリー・バイエルに恋しちゃってるのよ！

タチヤーナ　ううん、ちがう、ナタリーがミハイルに恋してるの。厚かましい女！

ヴァルヴァーラ　（いらいらしてふたたび現われ）タチヤーナ！

タチヤーナ　いま行くわ、お母さま。いったいなにごと？

リュボーフィ　ヴァレンカに赤ちゃんができたの。

ヴァルヴァーラ　（うろたえ）だれが言ったの？

リュボーフィ　お母さまが。

ヴァルヴァーラ　わたしじゃないわ、わたしじゃない！　あなたたちは知らないの——いいこと？　あなたたちは知らないのよ。（すばやく引っ込む）

タチヤーナ　(冷めて)かわいそうなヴァレンカ!
アレクサンドラ　みんなおばさんよ!　なんて日なの!
リュボーフィ　なにがあったの?
アレクサンドラ　ミハイルがモスクワから帰ってきたの——この馬鹿な手紙を持って。ナタリー・バイエルからよ……聞いてちょうだい。姉さん宛てでもあるんだから。覚悟はいい?　「お友達のみなさん!　わたしがこうしてペンを取るのは、わたし自身に、あなたがたに、そして『普遍的観念』に対する義務を果たすためです。ミハイルはわたしに心を開いてくれました。ああ、せめてあなたがたがわたしの知っているミハイルを知っていたら!　せめて彼を理解していたら!」
タチヤーナ　あの白痴!
リュボーフィ　でも彼女、モスクワではニコライ・スタンケーヴィチに夢中だったじゃない。
タチヤーナ　それはニコライ・スタンケーヴィチが姉さんを好きだからよ。(リュボーフィ認めない)ほんとうよ。あの人はナタリーをたぶらかしただけなの。前に話したでしょう!　続けて、アレクサンドラ!
リュボーフィ　(聞いてもらえないが)でもあの人はわたしを好きだと言ったの?

アレクサンドラ　「彼に対する愛ゆえに、あなたがたの目には見えないのでしょう――
ミハイルの雄々しくたくましい気質はいまや押しつぶされようとしています。それはあなたがたが進歩に欠け、客観的現実を超越できずにいるからです。つまりみなさんの目には――」ここを聞いて！「――彼が兄弟としか映らないのです――」

タチヤーナ　それは、そうだもの。

アレクサンドラ　まだまだあるのよ。

するとヴァレンカが屋敷から出てくる。目にあふれんばかりの感情をたたえている。妊娠は見た目にはわからない。

ヴァレンカ　ああ、みんなそこにいた！

アレクサンドラ　ヴァレンカ！

ヴァレンカ　わたしたちだけだわ……ああ、ほっとする。

アレクサンドラ　これを見て。ナタリー・バイエルからよ！

タチヤーナ　ミハイルにつきまとってるの！

リュボーフィ　ヴァレンカ……！

アレクサンドラ　信じられる、あの尻軽な女ったら？

姉妹たち、ヴァレンカがいることで我に返り、突然はにかむ。

タチヤーナ　おかえりなさい、ヴァレンカ。

どう、元気？

リュボーフィ　みんなひどくさみしかったわ。

ヴァレンカ　ああ、わたしもよ！　ディヤコフには伝えたの――こっちに何カ月か残りますって。

タチヤーナ　じゃあ赤ちゃ……？（アレクサンドラ、タチヤーナの口を手でふさぐ）

アレクサンドラ　わたしたちは知らないの、知らないのよ！

四人姉妹、わっと寄り添い、涙ながら幸せに抱き合う。

アレクサンドル、怒鳴りながらベランダに現われる。

アレクサンドル　お前たちは知っていたのか？

タチヤーナ　アレクサンドラ　いいえ！
リュボーフィ　なに？
アレクサンドル　どこだあいつは？　忌まわしい小僧め！　エゴイストめ！
　騎兵隊将校ディヤコフ、出てきてアレクサンドルのそばへ行く。葉巻を吸っている。
(思い出して)ああ、おめでとう、我がいとしい娘——ディヤコフから聞いたぞ。でかしたな。
タチヤーナ　アレクサンドラ　リュボーフィ　(ディヤコフに)おめでとうございます！　とっても素敵だわ！　ヴァレンカはわたしたちの誇りです！
ディヤコフ　わたしは世界一幸せな男です。
アレクサンドル　(もとの調子で)だが、いずれお前たちの兄はペテロパウロ要塞へ投獄されるだろう！　さあ、ディヤコフ！
　ふたり屋敷へ戻る。

ミハイル、アレクサンドルのほうを用心深く見やり、屋敷の陰から現われる。葉巻を吸っている。制服姿である。

ミハイル　みんな聞いたか？　素晴らしい知らせだ。僕がおじさんになる！　いや、もちろん聞いてるよな。

リュボーフィ　おめでとう。

ミハイル　ありがとう、ありがとう。まだしっくり来ない。でもびっくりするほどうれしいよ。いよいよおじさんか。ヴァレンカもおめでとう。もちろんディヤコフにも。またしても騎兵隊の将校か！　僕が祖国に仕えているあいだに内緒で。

タチヤーナ　お父さまが探していたわ。

ヴァレンカ　（アレクサンドルが言っていたことで）なにがあったの？

ミハイル　なにがあったのって、こっちが聞きたいよ。

ヴァレンカ、一瞬言葉に詰まり、背を向け、泣きながら走り去る。リュボーフィ、ミハイルを責めるように見ながら、ヴァレンカを追って出ていく——庭の奥のほうへ。

（ふたりが行くのを見ながら）幻想だ……幻想にすぎない。それで……ナタリーからの手紙は読んでくれたか？

アレクサンドラ、手紙を丸め、彼に投げつける。

アレクサンドラ ほら、取っときなさいよ！　ナタリー・バイエルだなんて、あんな高慢ちきで勘ちがいな小娘。彼女、そのうち痛い目にあうわ！

タチヤーナ ナタリーのところへ行けばいいのよ。どうせわたしたちよりも大切なんでしょう。兄さんのとてもよき理解者なんだから。

ミハイル つまり概して言えば、彼女の分析には同意しないわけだ。

アレクサンドラ 概して言えば、彼女は煮え湯に頭を突っ込んでしまえばいいの。兄さんだって見る目がないわ。あんなのきれいでもなんでもないわよ。

タチヤーナ いいえ、きれいよ。

タチヤーナ、わっと泣き出す。

ミハイル　ターター、ターター、いい子だから泣かないで。僕はすべての愛を放棄するんだ――純粋に哲学的な愛以外は。動物的な愛というのは、ふたりの人間を唯一の幸福の可能性から遠ざけてしまう――美しき魂の交流から。

タチヤーナ　いいの、いいのよ、わたしたちはかまわない。兄さんにもいつか出会いがあるわ。

ミハイル　僕にはない。ナタリーに腹を立てないでくれ。彼女はタータのせいだと言うんだ――僕がどうしても……どうにもその……

アレクサンドラ　なあに？

アレクサンドルが現われ、ベランダから三人を見つける。

アレクサンドル　タマがない。そういうこった！　（説明して）お前たちの兄は脱走兵だ。

ミハイル　（なにげないそぶりで）そう、退役してきた。

アレクサンドル　任務に戻るのを拒否しておる。

ミハイル　健康上の理由ですよ、パパ。軍隊には吐き気がして。
アレクサンドル　規律がない——それが問題だ！
ミハイル　ちがう、規律でがんじがらめ——それが問題だ。それとポーランドが。
アレクサンドル　うちへ入るんだ！
ミハイル　ポーランドなんかありえない。

アレクサンドル、屋敷へ入る。娘たち、心配そうにしゃべりながらミハイルにつき添う。

タチヤーナ　アレクサンドラ　軍隊を辞めたの？　うそでしょう？　ちょっとミハイル、面倒なことにならないの？　軍隊にはなんて言われたの？　兄さんはなんて……？
ミハイル　「進めあっち、進めこっち、ささげ銃《つつ》、帽子はどこだ？」——想像もつかないよ。軍全体が兵隊ごっこに夢中なんだ……（いっしょに屋敷へ入る）

一八三五年秋

リュボーフィとヴァレンカ、庭へ「戻る」。ヴァレンカは妊娠八カ月。

リュボーフィは本を持っている。

リュボーフィ　なにもかもが平和だったのはあのころが最後だった——わたしがレンヌ男爵と婚約していたころ。わたしたちみんな、なにがあってもひとつにまとまっていたもの。それまではいつもそうだった。あんなにひどい騒ぎになるってわかってたら、わたしは男爵と結婚したわ……

ヴァレンカ　（軽く）わたしにも助けは必要だったけど、ミハイルはいったいどこにいた？　でもディヤコフは悪い人じゃない——そっちのほうは苦手でもね……それだってあの人のせいじゃないし、愛についてはだれもが哲学者になれるわけじゃない。これは神様からの贈りものよ。つわりだって助かったわ——しなくたっていいんだもの。姉さんは一度でもレンヌ男爵としたいと思ったことがある？

リュボーフィ　やだ、まさか！

ヴァレンカ　ほら、元気になった。

リュボーフィ　もう、ヴァレンカったら。

泣き笑いしながら抱き合う。

ヴァレンカ　(間)あなたはそれって素晴らしいと思う?——小説のなかはべつだけど、ジョルジュ・サンドとか。

リュボーフィ　かまわないでしょうね——相手が……エヴゲニー・オネーギンなら! もしわたしがプーシキンの詩の登場人物なら、オネーギンと駆け落ちするわ!

ヴァレンカ　(驚き)ヴァレンカ! (ふたりでいわくありげにくすくすと笑う)ねえ思わない——ニコライ・スタンケーヴィチを見てると、オネーギンってこんな人じゃないかしらって?

リュボーフィ　ええ、ほんとうね! 姉さんはいつ、あの人を愛してるって気づいたの?

ヴァレンカ　(図星で戸惑い)わたし言ってないわ、そんな——(白状して)はじめての瞬間から——去年モスクワのスケート場のそばで。わたしが持っていたナタリーのスケートを持ってくれたの。

リュボーフィ　心のままにどこまでも進むこと! 愛をたよりに究極の善を求めること!

ヴァレンカ　(間)ジョルジュ・サンドは知りたいことは教えてくれないけど。

ヴァレンカ　知りたいなら、わたしが教えてあげる。

リュボーフィ　いいの。うん……言ってみて。
ヴァレンカ　質問してくれなきゃ。
リュボーフィ　いやよ。
ヴァレンカ　覚えてる？――鋳《い》かけ屋のロバがベッツィーの馬小屋へ入ってったときのこと。
リュボーフィ　ええ！
ヴァレンカ　あんな感じよ――こっちはあお向けだけど。
リュボーフィ　まあ……
ヴァレンカ　あそこまで大きくはないわ。

リュボーフィは困惑するが、ふたりでいわくありげに笑う。家のなかから声が聞こえる。
ミハイルがニコライ・スタンケーヴィチとともに屋敷のなかに現われる。スタンケーヴィチは黒みがかった髪の若い美男で二十二歳。ミハイルは笑い声を聞きつけ、窓辺まで来ている。

スタンケーヴィチ　女性の笑い声というのは天使たちの霊的交流のようだ。
リュボーフィ　ふたりが来た？　見ないで。
ミハイル　リュボーフィだ。ヴァレンカもいっしょにいる。
スタンケーヴィチ　女性というのは神聖な存在だ。僕にとって恋愛とは宗教的な経験だよ。
ヴァレンカ　たぶんあの人したことないわ。
リュボーフィ　ヴァレンカ！……（気になり）ほんとうに？
ヴァレンカ　ニコライ・スタンケーヴィチは姉さんのために取っておいてるの。尻込みして、つぎの一歩を踏み出せないのよ。でもミハイルが言うには、ニコライは「哲学サークル」のなかでもとびきり頭脳明晰《めいせき》らしいから、いつかは気づくんじゃないかしら……聞いてみなさいよ――よければごらんになるって……
リュボーフィ　なにを？　池の魚を？　（突然）言わないって約束して……わたしがあの人の思い出の品を持ってること！

リュボーフィ、思い出の品――小型ナイフを「心のそば」から取り出す。ナイフは折りたたんで四、五センチの長さ。

ヴァレンカ　いいけど、どうして言わなかったの！

リュボーフィ　（照れ笑いして）いつも心のそばに！

ヴァレンカ　なにをもらったの？　ペンナイフ？

リュボーフィ　ううん……もらったんじゃない。わたしが……あの人が落として、わたしが見つけたの。（涙ながらに）わたしって愚《おろ》かだわ。ナタリー・バイエルはいたずらしていただけなのに。

リュボーフィ、逃げようとする。ヴァレンカ、彼女をつかまえて抱きしめる。屋敷のなかでは、ミハイルとスタンケーヴィチが生徒と教師として、彼らの本が載ったテーブルに席を取る。

スタンケーヴィチ　シェリングの「神」とは「自然」全体で、それは意識を獲得しようと闘っている。人間は闘いの先頭にいるけれど、動物も大きく後《おく》れてはいない。植物は少々停滞気味で、岩石はいまだに進歩なし。でもそんなことが信じられるだろうか？　それは重要なことだろうか？　たとえば詩や絵画について考えてみよう。

芸術は数学の定理のような真実である必要はない。べつの方法で真実たりえる。その真実いわく、そこにはすべて意味があり、「人間」がいてはじめて意味は現われる。

庭ではリュボーフィとヴァレンカがベンチに落ち着く。ヴァレンカ、決然と立ち上がる。

ヴァレンカ　わたし、あの人に聞いてみるわ。
リュボーフィ　だめよ！
ヴァレンカ　じゃあここにいて――本を読んでるのがあの人から見えるから。
リュボーフィ　いやよ、自分から身を投げ出すなんて。
ヴァレンカ　髪をすこしほどいて。
リュボーフィ　ヴァレンカ、だめよ……
ヴァレンカ　わかってるわ、わかってる……

ヴァレンカ去る。リュボーフィ、座って本を開く。

スタンケーヴィチ　僕の外側の世界は、僕がそのことを考えなければ意味をもたない。(見やる間)僕が窓の外を見る。庭。木々。草。椅子に座って本を読む若い女性。僕は考える、「椅子だ。」ゆえに彼女は座っている。僕は考える、「本だ。」ゆえに彼女は本を読んでいる。いま若い女性が髪にふれて、髪がほどけてしまった。けれど我々はどうして確信できるのか──現象の世界があることを？　庭で本を読む女性がいることを？　もしかすると現実なのは僕の五感による経験だけで、それが「本を読む女性」というかたちをとっているだけなのかもしれない──実際にはなにもない世界のなかで！　ところがイマヌエル・カントいわく──ノー！　なぜなら、僕が現実として認識するものには、五感では経験できない概念もふくまれる──時間と空間、原因と結果、ものごとの関係──僕がいなければ、この絵はどこかまちがったものになる。木々も草も女性も単なる……ああ、彼女が来る！　(緊張して)ここに入ってくる！　ねえ行かないで！　どこへ行くの？

ミハイル　どっちにしろ、親父が俺を探してる……(憂鬱《ゆううつ》そうに)頭を下げるしかなかったよ──現象の世界に点在しているわずかな借金を肩代わりしてくれるよう。おかげで親父は俺の仕事探しで大いそがしさ。

リュボーフィが庭から入ってくる。本を持っている。

リュボーフィ ああ――（スタンケーヴィチに気づき）ごめんなさい――

ミハイル だれも理解してくれないらしい。スタンケーヴィチと僕は生死を賭けた闘いに取り組んでいるところなんだ――人間の精神を「普遍的なるもの」と結びつける物質的な力をめぐって。しかも彼はあしたモスクワへ帰らなきゃならない！（リュボーフィ出ていきかけ）いや、いまはいいよ。（スタンケーヴィチに）知事が親父の友達なんだ。つまり俺はお先真っ暗な役所の仕事に就くことになる。それでも運がいいと思わないと――軍隊での抜群の経歴を考えたら。

リュボーフィ トヴェーリなら目と鼻の先じゃない。ちょくちょく会えるわ。

ミハイル かなしいかな、そうはいかない。ニコライと僕はベルリンへ行くつもりだ――すべての源《みなもと》へ。

リュボーフィ でもどうやって生活するの？

ミハイル ああ、教師でもすればいい……数学とか、わからないけど、なんとかなるさ。（熱心に）いいかリュボーフィ、僕は彼らの時代のために生まれてきたんだ。僕の、神聖なる目的のためには、すべてを犠牲にせねばならない。そしていつかこう言えるようになる、「我の求めるものはすべて、神の求めるものである。」（軽やかに去りながら）お父さんにぜんぶ説明してくる。

ミハイル出ていく。スタンケーヴィチ、途方に暮れる。リュボーフィもそれに劣らぬほどである。スタンケーヴィチは自分の本を整頓《せいとん》する。ほどなくして、遠くの部屋から激しい喧嘩《けんか》の声がかすかに聞こえてくる。しばらく続き、やがて聞こえなくなる。リュボーフィが口を開こうとするとドアが勢いよく開き、タチヤーナとアレクサンドラが同時にしゃべりながら飛び込んでくる。

タチヤーナ　ああ、リュボーフィ！　いまの聞こえた？　ミハイルとパパが——ああ！

アレクサンドラ　——なんでもないわ！——

——ごめんなさい！

部屋に入りかけて出ていく。

スタンケーヴィチがなにか言おうとしたところへ、ヴァルヴァーラがあわてて入ってくる。

ヴァルヴァーラ（ためらうことなくリュボーフィに）いよいよあの子は自分を神だと思っているのよ！

ヴァルヴァーラ、部屋を通り抜けて出ていく。スタンケーヴィチ、気後《おく》れして出ていこうとする。

リュボーフィ　じゃあ、あしたお帰りになるんですね——モスクワへ。

スタンケーヴィチ　ええ。（衝動的に）ずいぶん経ちますね——哲学サークルにいらしてから。僕らには、その……女性的な見地が欠けているんです。

リュボーフィ　（あわれに）ナタリー・バイエルはまだいらっしゃるんでしょう？

スタンケーヴィチ　（誤解し、冷たく）僕は……おっしゃる意味はわかりました……

リュボーフィ　（悲惨なほど取り乱して）べつに意味なんかありません！

スタンケーヴィチ、あわてて本をまとめ始める。リュボーフィ、適当に一冊引ったくる。

これをお借りしても？　読むのに。（タイトルをよく見る）Grundlegung zur Metaphysik der Sitten.『道徳形而上学原論』いい本かしら？

スタンケーヴィチ　ドイツ語です。

リュボーフィ　Ich weiss.［わかってます。］

スタンケーヴィチ　ええ……ええ、どうぞ、お好みなら。でも本はお持ちでしょう。それは哲学書？

リュボーフィ　いいえ。どうかしら。ただの小説です——ジョルジュ・サンドの。

スタンケーヴィチ　愛の哲学者だ。

リュボーフィ　ええ、サンドいわく、愛とは究極の善と。

スタンケーヴィチ　フランスではそうでしょう。でもカントいわく、善なる行動とは義務感からなされたものだけであると。感情からではない……たとえば情熱や欲望からでは……

リュボーフィ　つまり、愛からなされた行為は善ではありえないと？

スタンケーヴィチ　カントいわく、道徳的には評価できない。それは実際には自己満足だからです。

リュボーフィ 相手に幸福を与えるものでも？

スタンケーヴィチ そう。結果は関係ない。

リュボーフィ じゃあ義務感から行動すれば、たとえ不幸をまねいたとしても……

スタンケーヴィチ そう、道徳的な行動です。

リュボーフィ （おそるおそる）ドイツではね。

スタンケーヴィチ （むきになり）カントの体系では、人間はその意図によってのみ評価されるんです。

リュボーフィ （まだおそるおそる）愚かな人間も善意で行動することはあります。

スタンケーヴィチ （爆発して）いつもそうだ！　僕には知りようもなかったんです——ナタリー・バイエルが僕の意図を誤解していたなんて！　僕は彼女に哲学の話をしただけなのに！

リュボーフィ、小さなペンナイフをポケットから取り出し、差し出す。

リュボーフィ ええ、そんな誤解をするのは愚かな人しかいないわね。わたしはこれを見つけました。たぶんあなたのペンナイフでしょう。

スタンケーヴィチ　僕の？　いいえ、僕のじゃない。

リュボーフィ　まあ。なくしてらっしゃらない？

スタンケーヴィチ　ええ。(間)でもひとつ持っていたほうがいいかもしれない。

リュボーフィ　ええ。それならどうぞ……

ミハイルが飛び込んでくる。中身でふくらんだ肩かけかばんを両肩にかけている。

ミハイル　出発だ！

かばんを一個、スタンケーヴィチの肩にかける。タチヤーナ、アレクサンドラ、ヴァレンカ、口々にしゃべりながら、あわてて入ってくる。一方でミハイルは本をまとめ、スタンケーヴィチに突きつける。

ヴァレンカ　ミハイル――お願いだから、いま、いまだけは……

タチヤーナ　アレクサンドラ　行かないで、行かないで！　いったいどうするの？　みんなでお父さまにお願いするから――

スタンケーヴィチ　どうしたの？

ミハイル　（スタンケーヴィチに）Dahin! Dahin! Lass uns ziehn!［我らの道はかの国へ！］

アレクサンドラ　いつ戻ってくるの？

ミハイル　二度とだ！

ミハイル、ドアから庭へスタンケーヴィチを引っ張っていく。

郵便馬車に待ってもらうようセミョーンを使いにやった。俺はモスクワへ行く！

ヴァルヴァーラ、あわてて部屋へ入り、騒ぎに加わる。

ヴァルヴァーラ　お父さまの心を引き裂くなんて！　モスクワへ着いたらプリーヴァの店へ行って、グレーのシルクをもう一メートル送るよう伝えてちょうだい――いいこと？――グレーのシルクよ！

ミハイル、スタンケーヴィチ、ヴァルヴァーラ、ヴァレンカ、タチヤーナ、アレクサンドラ、そしていくつか荷物を持った農奴がふたり、哀願と非難の声が入り混じるなか、庭を通り抜けていく。

ミハイル　俺に親は必要ない！　俺は親を拒絶する！　俺に親は存在しない！　彼らも二度と俺の顔を見ることはない！

大混乱の退場が見えなくなり、やがて声も聞こえなくなる。

リュボーフィ、ひとりきりになり、テーブルに席を取る。

アレクサンドルが部屋に登場する。彼女を見つけ、隣に座る。前の場面でも徴候があったかもしれないが、アレクサンドルは冒頭の二年半前の場面に比べるとめっきり老《ふ》け込んでいる。視力もすっかり落ち、勢いも四分の三ほどである。

アレクサンドル　俺だって哲学博士なんだ。昔は「内的生活」などとくだらん話はしなかった。哲学とは本来、各自の生活を調整して、おおぜいの生活を共存させるためのものだ——適度な自由と正義をもって。それも度を越せば、みんなばらばらになってしまう。百害あって一利なしだ。俺は暴君なんかじゃない。俺の息子は、俺がお前をしいたげたと言うんだ。レンヌ男爵との縁談のころだ。俺がお前をしいたげたと。お前をだぞ——俺が愛してやまぬ娘を。そんなわけがないだろう?

リュボーフィ、彼の胸で泣く。

世界はよほど変わり続けていたのだろう——動かぬものと思っていたが。

一八三六年春

庭と室内。

乳母（農奴）が、泣いている乳児を乗せた乳母車を押しながら、庭を通り抜ける。屋敷から離れ、やがて見えなくなる。

アレクサンドルとリュボーフィは前場とおなじ場所にいる。リュボーフィ、アレクサンドルの胸に頭を寄せ、アレクサンドルの指が彼女の髪をまさぐる。

リュボーフィ　あぁ、気持ちいい。もうすこし強くかいてもいいわ。

ヴァレンカが庭の奥から登場、か細い声で泣く赤ん坊を抱いている。いっしょにタチヤーナが空《から》の乳母車を押し、アレクサンドラも機嫌を取るようにくっついてくる。三人、屋敷へ向かっている。

アレクサンドラ　お乳をあげるなら、うちに入らなくてもいいわ。だれか来たら教えてあげる。

ヴァレンカ　食いしん坊さんねえ?

アレクサンドラ　わたしにもすこしやらせてくれる、ヴァレンカ?

タチヤーナ　馬鹿《ばか》言わないで!　できるわけないでしょう……

アレクサンドラ　馬鹿は姉さんよ。どんな感じか、やってみたいだけじゃない。

ヴァレンカ、赤ん坊を屋敷に連れて入る。アレクサンドラついていく。タチヤーナ、イチゴの入ったかごを乳母車から取り出すと、ハンモックからただようパイプの煙に気づく。忍び足でハンモックに近づく。

ヴァルヴァーラが水差しを持って部屋に登場。

ヴァルヴァーラ　ミハイルはどこ？　マーシャにわざわざレモネードを作らせておいて消えてしまうんだから。

リュボーフィ　庭のどこかよ。仕事してる。

ヴァルヴァーラ　ろうそくをつけたほうがいいわね。

タチヤーナ、離れたところからイチゴを一個ハンモックに放り込むが、反応なし。

リュボーフィ　ミハイルが雑誌を持ってきたわ——自分の書いた記事が載った。

アレクサンドル　我慢の限界だ。ジャーナリズムとは。

ヴァルヴァーラ　なにをしているの？

アレクサンドル　シラミの卵がついてな。

リュボーフィ　まさか、ついてないわ。

アレクサンドル　小さな腕や脚が見える。

リュボーフィ、あわてて体をアレクサンドルから離す。

リュボーフィ　お父さまには見えないでしょう、てんとう虫ぐらい大きくたって。

ヴァルヴァーラ　なんの雑誌なの？

アレクサンドル　俺の乳母はかまどの灰でこした水で髪を洗ってくれた。それでシラミの卵はイチコロだ。

リュボーフィ　シラミの卵なんかついてません！　（雑誌をヴァルヴァーラに渡して）〈テレスコープ〉よ。

アレクサンドル　あいつが書いたんじゃない。ただの翻訳だ——ドイツのべつのほら吹きの。

リュボーフィ　でもお金にはなったわ。三十ルーブルよ！　それに〈テレスコープ〉の編集室で出版の人に会って、前金をもらったの。歴史書を丸一冊、翻訳するんですって！

ハンモックから本と鉛筆が放り出される。ミハイル起き上がる。パイプを吸っている。

タチヤーナ　初物のイチゴよ。
ミハイル　ありがとう。ああ、タータのおかげで僕は幸せを取り戻したよ！
タチヤーナ　でも兄さんの手紙はひどかったわ。
ミハイル　苦しんでいたんだ。だからだよ。
タチヤーナ　わたしが求婚を受けていたから？
ミハイル　ソログープ伯爵は、僕のいとしいタータには合わない。
タチヤーナ　兄さんが幸せを取り戻したのは、わたしが兄さんの言いつけどおり、伯爵の手紙をぜんぶ送り返したからなのね？
ミハイル　ソログープ伯爵は髪に粉を振ってひどい小説を書く男だって、知り合いの批評家が教えてくれた。それだけ知ったらじゅうぶんだろう？
タチヤーナ　じゃあ、だれがわたしと結婚してくれるの？

ミハイル　僕がするよ！

抱き合う。ミハイル、笑いながら、彼女をハンモックのなかに引き込む。ふたりの姿は見えている。タチヤーナ、イチゴを口に入れてやる。

ヴァルヴァーラ　（雑誌を脇に置いて）ま、わたしならこんなものに三十コペイカも払わないわ。

アレクサンドル　苦節何十年、ようやく知性の伴侶となったな。

タチヤーナの笑い声を聞き、ヴァルヴァーラは窓辺へ。

ヴァルヴァーラ　ミハイルが帰ってくると、みんな馬鹿みたいに浮かれるけれど、最後には決まって大惨事。タチヤーナが郵便屋に渡す手紙を持っていたわ——ソログープ伯爵宛ての。

アレクサンドル　俺にはわからん——どうしてミハイルはモスクワへ逃げなきゃならなかったのか。

ヴァルヴァーラ　ほんとうに分厚い封筒だった。伯爵のために何枚も何枚も書いたんだわ。

リュボーフィ　あんまり期待してはだめよ、ママン。

ヴァルヴァーラ　どうして？　タチヤーナはあなたになんですって？

アレクサンドル　あいつの友達のスタンケーヴィチは、咳《せき》がひどくてコーカサスへ行ってしまった。どうやらいい話じゃなさそうだ。ミハイルのやつはべつの友達にひと夏泊まりに来るよう頼んだ。〈テレスコープ〉の批評家だと。

ヴァルヴァーラ　どういう批評家？

アレクサンドル　ネズミなみの貧乏人だ。

ヴァルヴァーラ　そう、それはだめだわね。（リュボーフィに）まさかあの子、ソログープ伯爵の手紙を送り返したんじゃないでしょうね？

　　リュボーフィはスタンケーヴィチの話が出たことに動揺している。

リュボーフィ　（きっぱりと）ご自分で聞かないと、お母さま。

リュボーフィ、突然立ち上がり庭のほうを見る。

タチヤーナ、ハンモックから降りる。

タチヤーナ、ミハイルの本と鉛筆を拾い、彼に渡す。

タチヤーナ　さあ、仕事にかかるのよ。わたしたちが代わりに翻訳するわけにはいかないんだから。

タチヤーナ、ミハイルをハンモックから引っぱり降ろす。リュボーフィ、庭に出る。

リュボーフィ！　聞いた？　ミハイルが歴史書を四百ルーブルで翻訳してるの。

リュボーフィ　レモネードができてるわ。

ミハイル　（快活に）みんなも手伝ってくれていいんだ。リュボーフィ、僕の〈テレスコープ〉の記事は読んでくれたろう？　シェリングのせいで僕は道に迷っていた。シェリングは「自我」を世界の一部にしようとした。ところがいまやフィヒテが示した――僕が世界と出会わないかぎり、世界は存在しないんだ。「自我」のほかにはなにもない。やっとわかった、自分がどこでまちがったのか。

三人、なごやかに屋敷へ向かう。

一八三六年八月

たそがれ。そして暗くなっていく。

アレクサンドルとヴァルヴァーラはそのまま舞台に残る。愁《うれ》いを帯びたピアノの音が屋敷のなかに聞こえている。部屋には家族がそろっている――アレクサンドラ、タチヤーナ、リュボーフィ、ミハイル――そして召使がランプを持ってくる。テーブルの上はきれいに片づき、皿がならべられ、レモネードが順に回される。スープがすすられる。

ヴィッサリオン・ベリンスキーが庭の物陰から現われる。くたびれてすり切れた一張羅《いっちょうら》を着て、小ぶりの旅行かばんを持っている。ためらいがちに窓明かりのほうへ近づく。

ヴァルヴァーラ　ヴァレンカはどこなの？

ピアノの音がやむ。

リュボーフィ　いま来るわ。

ヴァルヴァーラ　どうしてあの子は夫を連れてこないのかしら？

リュボーフィ　ママン！

ヴァルヴァーラ　夫も夫だけど。だれか教えてくれる？

アレクサンドル　ヴァルヴァーラ、我が家には関係のないことだ。

ミハイル　心配ない。僕がちゃんとこの手に握ってる。

アレクサンドル、スープにむせる。外で犬が吠える。ベリンスキー、うろたえて尻込みし、自分のかばんにつまずいて転ぶ。召使たちが屋敷から出てくる。ミハイル、庭へ出てくる。

そのあいだにヴァレンカが登場し、席につく。目立たないうちに、すこし目を伏せて祈り、それから周囲の状況に加わる。

ミハイル　ベリンスキー！
ヴァルヴァーラ　あの子のお友達？
タチヤーナ　どのお友達？
ヴァルヴァーラ　ネズミなみの貧乏人よ。
アレクサンドル　批評家だ。
ミハイル　気後れしたのかと思ったぞ！　街道から歩いてきたのか？
ベリンスキー　すまない。
ヴァルヴァーラ　こんな時間に着くなんて。
ミハイル　そいつを預かろう。
かばんを召使に渡す。召使、家のなかへ運ぶ。
ベリンスキー　こうなることはわかってたよ！
姉妹たち、ヴァレンカを除き、窓から盗み見る。

アレクサンドラ　変わった人みたいね。

リュボーフィ　だけど……わたしあの人知ってる。去年ナタリーのお母さまの夜会で話をしたわ……

ミハイル　（ベリンスキーと入ってきて）ベリンスキーだよ。迎えの馬車に乗り損ねたんだ。

ベリンスキーは二十五歳、長身ではないが猫背で胸はくぼみ、肩甲骨が突き出ている。血色の悪いやつれた顔をして、そむけがちな目の上にブロンドの髪が垂れる。

アレクサンドル　ミハイルの父親だ。

ベリンスキー　ベリンスキーです。

ミハイル　そこに座れよ！　アレクサンドラの隣に。

ベリンスキー、彼女の膝《ひざ》の上に座ってしまい、飛び上がってボトルを引っくり返す。よろよろと奥のドアに向かい、逃げていく。ミハイル、あわてて追いかける。

アレクサンドラ、笑いを押し殺すが、吹き出してしまう。

アレクサンドル　もうよかろう。笑うようなことはなにもない。（ヴァルヴァーラに）大丈夫だと言ってやるんだ……

ヴァルヴァーラ、ミハイルを追って出ていく。アレクサンドラ、笑いを抑えきれない。

（怒って）だったら出ていけ。夕食なしでも死にやせん。

アレクサンドラ、なおも肩を震わせながら出ていく。

やれやれ。まだほかに腹の減っていないやつは？

間。もとの夕食に戻る。無言。

ヴァレンカ　ええ、わたし減ってない。

急に立ち上がって十字を切り、出ていく。

リュボーフィ　あの子落ち込んでるの、パパ。行ってあげてもいいかしら？

アレクサンドル　もう降参だ！

スプーンを置き、足を踏み鳴らして出ていく。

リュボーフィ立ち上がり、出ていこうとする。

タチヤーナ　（熱心に）リュボーフィ……感じた？

リュボーフィ　なにを？

タチヤーナ　あの人よ……あの人、わたしたちのだれよりもすごい人だわ。ミハイルよりもすごい人。

リュボーフィ、もどかしいひととき。出ていく。
ひとり残ったタチャーナ、椅子に深く腰かけ、ほどなくして庭へ出ていく。
ゆっくりと横切り、見えなくなる。

一八三六年秋

天気のよい秋の日の夕方近く。
アレクサンドラが庭に現われ、ベリンスキーがついてくる。ベリンスキー、釣り竿《ざお》と大きな鯉《こい》（二キロ以上ある）を持っている。

アレクサンドラ　森番のワシリーが、あすには天気が崩れるって言うから、みんなそろって夕焼けを見なきゃ……ワシリーはもうすぐ百歳なの。だからわかるのよ。
ベリンスキー　ここには森番がいるんだ？
アレクサンドラ　父はここに五百の魂をもっているの。
ベリンスキー　へえ。まあ、魂が五百もある人間なら、かなりの確率で救済されるよ。

〈テレスコープ〉に一本原稿があって——人手から人手に何年も渡ってきたものなんだけど——これが検閲を通ったら、〈テレスコープ〉は脚光を浴びるか華々しく散るかどちらかだ。それに書いてあるのは、ヨーロッパに比べてロシアがいかに後れているかってことなんだ。こよみだって十二日遅れてる。

悲鳴を上げる若い女（家内農奴）がヴァルヴァーラに追いかけられ、庭を走って通り抜ける。ヴァルヴァーラは衣服と籐の杖《つえ》を持ち、怒りにまかせて若い女をぶつ。ふたり見えなくなる。ベリンスキー、彼らが去っていくのを見ている。

だけど、人間を所有することにかけては、この国はアメリカより何年も進んでる……

ベリンスキー、シャツの内側から野花の小さな花束を取り出す。アレクサンドラは目もくれない。

アレクサンドラ　何週間も黙っていたくせに、いまではなにかをおっしゃるたびに、なにをおっしゃるやらだわ。

家へ入る。ベリンスキー、花を持っていることに恥ずかしくなり、うしろめたい気分で見えないところへ放《ほう》る。アレクサンドラを追って屋敷へ入る。

時間の経過――日が沈んでいく。

ミハイル、ヴァレンカ、タチヤーナ、リュボーフィが庭に現われる。ミハイルは前場でハンモックから放り投げた本を持ち、ぞんざいにめくっている。ヴァレンカが手紙を見ている。

ヴァレンカ　手紙を書くのに何時間もかかった。ディヤコフにひどい真似はしたくないもの。

タチヤーナ、ヴァレンカから手紙を取り、目を通す。

ミハイル、本からまとまったページをどうにか引き裂き、リュボーフィに手渡す。

ミハイル　ほら、これを――「カール大帝」から「フス派の反乱」まで。

タチヤーナ　（ヴァレンカに手紙を返して）ミハイルはこう書かなきゃだめだって言ったのよ――わたしがあなたに身をまかせたとき、わたしの体は「自我」の現象的顕現にすぎなかったのです。

ヴァレンカ　あの人は騎兵隊の将校なのよ。

ミハイル、べつのページの束《たば》をタチヤーナに渡す。

ミハイル　「マクシミリアン一世」から「ユトレヒト講和条約」まで。

タチヤーナ　（耐えかねて）ちょっとミハイル！

ミハイル　手分けをすればすぐできる。カミンスキーが何度も手紙を寄越《よこ》すんだ――四百ルーブル返せって。

本の残りをふたつに裂き、片方をヴァレンカに渡す。

「ナポレオン」……そう言えばスタンケーヴィチからも手紙が来た。あいつも僕とおなじ考えだ。

若い女、しくしく泣きながら、よたよたと屋敷へ戻る。

ヴァレンカ ニコライ・スタンケーヴィチもわたしに夫を捨てろって？

ミハイル 今度いっしょにモスクワへ戻るんだ、リュボーフィ。あいつは姉さんが好きなんだから。

リュボーフィ ならどうしてあの人はそう言わないの？

ベリンスキーがアレクサンドラとともにベランダを通って庭へ出てくる。

タチヤーナ ヴィッサリオン！ なにか釣れた？

アレクサンドラ 鯉が釣れたわ。しかもなかからペンナイフが出てきたの！

ヴァレンカ ペンナイフ？

ベリンスキー 僕が去年モスクワでなくしたペンナイフだ！

アレクサンドラ　またなにをおっしゃるやら。

タチヤーナ　まるでおとぎ話ね。

　ヴァルヴァーラが服を手に庭を歩いて戻ってくる。

ヴァルヴァーラ　とんまな娘。これを見て――わたしのスカートをあんなところに干すなんて――ヤギがボタンをかじってしまったじゃないの。

　アレクサンドルが庭へやってくる。全員、夕日に向かって位置につく――立っていたり座っていたり。

アレクサンドル　しかし〈テレスコープ〉の文芸批評で生活していけるのかね？

タチヤーナ　大丈夫よ、ヴィッサリオンなら――鍛冶屋《かじ》の上のひと間の下宿で。

ミハイル　読者に見せてやりたいよ――歩き回っては書きなぐる。マフラーを巻いて咳《せ》き込みながら、一枚書いては床に放るんだ。部屋の真下では鍛冶屋がカンカン、廊下の向かいの洗濯屋からは石鹸《せっけん》の泡と濡れた洗濯物のにおいが……

ベリンスキーに対するミハイルの態度は変化し、恩着せがましさをほとんど押し隠せない。嫉妬しているのである。

ヴァルヴァーラ　鍛冶屋の上？　そんなところに洗濯屋だなんて！
アレクサンドラ　もうお母さま！
ヴァルヴァーラ　だってそうでしょう。（ベリンスキーに）あなたにお手紙がモスクワから。お部屋に置いておきましたよ。
アレクサンドル　夕日を眺め、季節は過ぎて、神のもとへ……
リュボーフィ　そんなムシムシした場所のそばには暮らさないほうがいいわ。体にいいはずないもの。
アレクサンドラ　プーシキンに会ったことは、ヴィッサリオン？
ベリンスキー　ないよ。彼はペテルブルクにいるから。
アレクサンドラ　彼はいま何歳？
アレクサンドル　お前には若すぎる。

ミハイル、おもしろがって、アレクサンドラを「ハハッ」とからかう。

アレクサンドル　（ベリンスキーに）わたしの持論だが、男は女の二倍の年になるまで結婚しないほうがいい。わたしは四十二歳で妻は……

アレクサンドラ　タチヤーナ（彼に合わせて）……四十二歳で妻は十八歳だった……

アレクサンドル　そのとおり。

アレクサンドラ　（小生意気に）だったらわたしはプーシキンを待つわ。

ベリンスキー　だけど……彼はもう結婚……

アレクサンドル　（ベリンスキーに）言うだけ無駄だ。（アレクサンドラに）ヴァーゼムスキーはどうかね？　ボロジノの戦いでやつは馬を二度撃たれた。やつの詩なら認めてやろう。

ヴァルヴァーラ　コズローフよ、アレクサンドラ！

リュボーフィ　「おお、いかに癒《いや》さん心の痛みを。かなしみ我を責めさいなみ、冷たき土に眠りし友、もはや我を救うことなし！」

タチヤーナ　陰気すぎるわ。だめ、バラトゥインスキーよ！　『ジプシーの少女』。

アレクサンドル　やれやれ。わたしは批評家に訴えよう。

タチヤーナ　ええ、この件には文学の批評家が必要だわ。

　全員、ベリンスキーに注目する。

ベリンスキー　我が国に文学はありません。

　間。

アレクサンドル　いやはや。わたしはプーシキン氏なら条件つきで認めよう——彼が妻に先立たれた場合にかぎり。

ミハイル　（アレクサンドラに）プーシキンはアレクサンドラに詩を書いてくれたことはないだろう、ヴィッサリオンとはちがって……（ベリンスキーに）大丈夫、秘密じゃない。みんなもう読んでる。

タチヤーナ　わたしたちのこと、ひどい人間だと思ってるでしょう。ここに来たことを後悔してるんじゃない？

ベリンスキー　いいえ。まるで夢のなかにいるようだ……（目を見張って）それにここではみなさん、だれもが生きてる！　べつの生活から失われたものも、ここでは復活するんです——鯉の腹のなかで。

アレクサンドラ　またなにをおっしゃるやら。

ベリンスキー　ほんとうのことだ。

タチヤーナ　でも、どうしたらあなたのペンナイフが鯉のお腹に入るのかしら？

ヴァレンカ　だれかが池に投げ込んだのを鯉が見て、飲み込んじゃっただけよ。

アレクサンドル　「The moon is up and yet it is not night;
Sunset divides the sky with her...」
［月は出たが、夜はまだ来ぬ。
夕日と月が空を分かつ……］
（ベリンスキーに）君は英語は読めるのかね？

ミハイル　いいえ読めません。

タチヤーナ　ヴィッサリオンは新しく書いた記事を読んでくれるの。こんなに心がおどることってプレムーヒノには一度もなかった……考えてみて——記事は〈テレスコープ〉に掲載されて何百人もの人たちに読まれるの……しかもここで、わたしたちがいるときに書かれたのよ——あの古い真鍮《しんちゅう》の瓶《びん》に入ったインキで、ごくありふれた手紙みたいに……

リュボーフィ　なんの記事？

ベリンスキー　なんでもない。ただの書評です。我々がいかに行き詰まっているかって記事なの。

タチヤーナ　十八世紀と十九世紀のはざまで、我々がいかに行き詰まっているかって記事なの。

ミハイル　いやあ、タチヤーナはすっかり通《つう》だな。我が家を啓蒙《けいもう》してくれ、ベリンスキー。

ベリンスキー　夕食のあとで読もう。

ミハイル　いや、たぶん夕食のあとには、もっとましなことをするほうがいい。

ヴァレンカ　だれが行き詰まってるの？

タチヤーナ　ロシアがよ。古いフランスの干からびた理性と新しいドイツのすべてを説《と》き明かす観念論のはざまで。あなたが説明して、ヴィッサリオン。

ミハイル　（割り込み）ごく単純だ。古来から続く自然科学の諸問題について理性はことごとく勝利をおさめた。そこでこざかしいフランスの連中は考えた――社会の問題も、道徳や芸術の問題も、同様にして、理性と実験で解決できると。あたかも神なる造り主が化学者でもあり、天文学者でもあり、時計職人でもあるかのように……

……

アレクサンドル（我慢できなくなり）神はそのすべてだ。そこが肝心だ！

ミハイル、家長の権威に対して一礼する。ベリンスキー、警告を聞きのがす。

ベリンスキー　いいえ、肝心なのは、時計はどうつくるかという問題の答えはだれにとってもおなじだということです。

アレクサンドルに対する反論にみな当惑し、めいめい異なる反応をする。ベリンスキーは気づかないままである。

だれでも時計職人にはなれる。天文学者にも。ところがもしも、だれもがプーシキンになりたいと思ったら……もしも問題が、プーシキンの詩はどうつくるかということなら――あるいは、厳密にはなにがあれば、ひとつの詩や、絵画や、音楽は、ほかよりすぐれた作品となるのか？　あるいは美とはなんなのか？　自由とは？　美徳とは？　もしも問題が、人はいかに生きるべきかということなら……理性で答えは得られない。あるいは答えはさまざまだ。つまりなにかがまちがっている。人間のなかの神々《こうごう》しい火花とは結局のところ理性ではなく、なにかほかのものなんです——ある種の直感とかヴィジョン——おそらく芸術家が経験するインスピレーションの瞬間のような……

ミハイル　Dahin! Dahin! Lass uns ziehn!（特にベリンスキーのために翻訳する。わざと悪意で）「向こうだ、向こうだ、我らの道は」って意味だ、ベリンスキー。

アレクサンドル　（丁重《ていちょう》に）ああ、君はドイツ語が読めないのかね？

ベリンスキー　はい。

アレクサンドル　そう。だがフランス語はわかる。

ベリンスキー　それは……

アレクサンドラ、手を口にあてて忍び笑いをする。

タチヤーナ　（かばって）ヴィッサリオンは大学を卒業させてもらえなかったの。

ヴァルヴァーラ　なぜなの？

リュボーフィ　お母さま……

ヴァルヴァーラ　なあに？——わたしは聞いてるだけよ。

タチヤーナ　農奴制に反対する戯曲を書いたの。だからよ。

間。ヴァルヴァーラ、威厳をもって立ち上がり、屋敷へ入る。

ミハイル　（小声でタチヤーナに）バーカ。

アレクサンドル　（丁重に、抑えて）わたしの領地は五百の魂で成り立っている。それをわたしは恥じてはいない。土地の所有者とはすなわち守護者だ。所有地に暮らすすべての者を守らねばならない。彼らとの相互の義務を土台に神聖なるロシアは成り立っているんだ。ここプレムーヒノの生活には真の自由がある。言わせてもらうが、べつの種類の自由があることもわたしは知っている。わたしはフランスであの「大革命」の現場に居合わせたんだ。

ベリンスキー　（きまりが悪く）ええ……ええ……でもすいません……僕の記事は我が国の自由についてではありません……当然です。そんな記事がロシアで出版されたことがありましたか？　僕が書いたのは文学についてです。

ミハイル　我が国に文学はない——さっきそう言ったじゃないか。

ベリンスキー　それを僕は書いたんだ。我が国にはない。少数の名作しかありません。どういうことだ？　人はこんなにもたくさんいる。ロシアよりずっと小さな国でもときどき偉大な芸術家は現われる。なのに我々の民族に文学はない。我々のものは我々のものではないからです。ここは言わばパーティーだ。他人のよそおいをしなければならない……バイロン、ヴォルテール、ゲーテ、シラー、シェイクスピア……僕は芸術家ではありません。僕の戯曲は駄作でした。僕は詩人ではないんです。詩というのは意思の働きで書けるものじゃない。みんなそこにかじりつこうとするけれど、ほんとうの詩人はそこにはいない。我々は詩人の創造の瞬間を見ていることはできます。詩人はそこに、ペンを手にして座っている。ペンは動かない。動いた瞬間、我々は見逃しているんです。その瞬間、詩人はどこへ行ったのか？　その答えのなかに芸術の意味は存在する。その意味を発見し、理解し、それがあるときとないときのちがいを知ること――それが僕の生涯の目的だし、これはなかなか手ごわい使命だ。なにしろ我が国では自由を論じることができない。なぜなら自由はないからだ。それと同様、科学や政治を論じることもできません。この国の批評家は二重の義務を負うことになる。芸術に関する真実についてなにか理解することができれば、自由についてもなにか理解されるはずだ――科学や政治や歴史についての目的もーーなぜなら世界のあらゆるものがいっせいに明らかになりつつある。その目的の一部を僕は担っているんです。僕が笑われるのはしかたがないーードイツ語やフランス語を知らないんだから。でも観念論の真実は、僕には明快だ。窓の外でだれかが馬を走らせながらシェリングの一節を叫ぶだけで理解できる。哲学者が建築家のようにものを言い出したら早いとこ退散だ。カオスがやってくる。そんな連中が美の法則を決めるようになれば、街が血に染まることは避けられない。なぜならそこに答えはない。コロンブスにはアメリカが待っていたけれど、だれにとっても永遠におなじ答えはない。「普遍的観念」は人間そのものを通じて現われ、その現われ方は、どの民族が、歴史のどの段階にあるかによって異なるものだ。ひとつの民族の内なる声が、その国の芸術家の、無意識の創造的精神を通じて語られるーー世代を重ねながらーーそうして国民的文学というものは誕生するんです。だから我が国にはないのだ。我が国を見よ！ 巨大な子供だ。なけなしのおつむで外国のものならなんでもあがめたてまつる……自分自身の汚物にまみれただらしない図体《ずうたい》、隷《れい》属《ぞく》と迷信の大陸ーーそれがあなたがたのロシアだ。この国を結束させているのは警察の密告者と制服を着た十四等級の従僕たちーーそんな国が文学を持てるはずがない。数々の民話と外国の猿真似、それだけだ。ラシーヌやウォルター・スコットのまがいものに陶酔するしか能がない。我が国の文学は上流階級の優雅な娯楽、それ以外のなにものでもない。ダンスやカード遊びとおなじだ。なぜこんなことになったのか？　なぜこんな災《わざわ》いが降りかかったのか？　なぜなら我々は成長を期待されなかったからだ。子供扱いされているからだ。子供扱いされて当然だからだ――調子に乗っては鞭《むち》で打たれ、羽目をはずしては戸棚に閉じ込められ、夕食抜きでベッドに送られて、ギロチンの夢を見る度胸もない……

これよりかなり前からベリンスキーの演説は次第に扇動《せんどう》的になり、白熱して大声になっている。

すっかり聞き入ってしまった家族のなかで、ただひとりアレクサンドルが口をはさもうとする。

ええ、そう――脱線してしまいました。まいったな……申しわけありません……ついこうなってしまって！……なにを言おうとしていたのか忘れてしまった……すいません、すいません……

去りかけるが引き返す。

すべての芸術作品は唯一にして永遠なる観念の息吹である。それです。あとは忘れてください。すべての芸術作品は唯一にして永遠なる観念の息吹である。それは神が芸術家の内的生活に吹き込んだものです。詩人はそこへ行っていたんです。

去りかけて、また戻る。

我が国はいずれ文学を持つ。どのような文学か？　どのような生活か？　このふたつの問いはおなじ問いです。我が国の外的生活というのは屈辱だ。それでも我が国はプーシキンを生んだ――いまやゴーゴリも。失礼します、気分がすぐれないので。

今度は屋敷に入る。ほどなくタチヤーナ、勢いよく立ち上がり、あとを追う。

ヴァレンカ　（間）ゴ、ゴ、ゴーゴリってだれよ……？

アレクサンドル　太陽が沈んでいくのを見逃してしまった。（ミハイルに）ベリンスキー君が文芸批評家なら、ロベスピエールもそうだろう。

アレクサンドル、不機嫌に屋敷へ入る。一歳の赤ん坊の泣き声が聞こえる。

ヴァレンカ立ち上がる。

アレクサンドラ (張り切って) わたしも行っていい?

ヴァレンカ わたしは手紙を書き直しにいくの。(ミハイルに) あの人はまだわたしの夫だもの。

ヴァレンカとアレクサンドラ、屋敷へ入る。

ミハイル (苦々しく) タチヤーナのやつ、子犬みたいにベリンスキーを追いかけてった。

リュボーフィ わたしをモスクワへ連れてってくれる? ニコライがコーカサスから戻ってきたら。

ミハイル (叫ぶように) ああ、リュボーフィ! 僕はなにをたよりにすれば?

泣き出し、歩き去る。リュボーフィ、彼について庭の奥へ。

リュボーフィ　どうしたの？　なにがあったの？

ミハイル　なにもかもが無駄だ――あのコソ泥がタチヤーナを僕からうばい去ろうとしているのに、内的生活はこれっぽっちも役に立たない……

ベリンスキーがベランダに出てくる。手紙を手にしている。

ベリンスキー　おお、我が心は予言者か！〈テレスコープ〉が発禁処分にあった！廃刊だ！

ミハイル　（苦々しく）幻想だ！――幻想にすぎない――

ベリンスキー　（当惑して）ちがうよ……警察が下宿の捜査に来たんだ。僕はモスクワへ戻らないと。

ミハイル　ああ――俺たち出ていかないと――出ていくぞ！――モスクワへ！

去る。ベリンスキー、なかへ戻る。

リュボーフィ　モスクワへ……！

ミハイルを追って出ていく。

一発の銃声が冬の庭のカラスを驚かせる……つぎの場面へと移り変わる。

突然、嘆きかなしむ声が屋敷のなかから響く。

一八三七年一月

屋敷のなか。アレクサンドラがロマンチックに絶望した様子で、数枚の手紙をしっかりとつかんでいる。

タチヤーナがあわてて部屋に入り、ヴァレンカが続く。

アレクサンドラ　プーシキンが亡くなった！……リュボーフィがニコライ・スタンケーヴィチからの手紙を持っていたの。

ヴァレンカ　ミハイルからも来たわ。
タチヤーナ　見せて。

アレクサンドラ、気が遠くなった様子で手紙をはたはたと振る。タチヤーナ、手紙を取って読み始め、一枚ずつヴァレンカに渡していき、ヴァレンカも読む。

アレクサンドラ　（大仰《おおぎょう》に）彼らはプーシキンを自宅へ連れ戻り、翌日、彼は昼も夜も生死をさまよった。

三人の姉妹が長椅子に集まる。長椅子にはリュボーフィが枕をいくつか敷いて横になっている。ヴァレンカ、ポケットから手紙を一通取り出し、リュボーフィに渡す。

ヴァレンカ　ミハイルからよ。（やさしく）気分はどう？
アレクサンドラ　わたしも見ていい？

リュボーフィ、ミハイルの手紙を読み始め、一枚ずつアレクサンドラに渡していく。そのあいだ最初の手紙——スタンケーヴィチの手紙——の残りもタチヤーナからヴァレンカへ手渡されていく。アレクサンドラ、ミハイルの手紙をタチヤーナに渡していき、タチヤーナはそれをヴァレンカに返す。ヴァレンカ、リュボーフィにスタンケーヴィチの手紙を返す。
以下のやり取りのあいだ、手紙が一枚ずつ手渡される。

タチヤーナ 奥さんが彼を殺したのよ！ 彼女が引き金を引いたも同然だわ！

ヴァレンカ （読みながら） ニコライらしいわ。

リュボーフィ なにがニコライらしいの？

ヴァレンカ プーシキンは決闘で殺されたの。それがどういうわけか、愚かな結婚をした女の悲劇になるなんて。ニコライはいつも遠回しな言い方で姉さんのことを避けてるの。あの人『ハムレット』を観にいったときも、ぜんぶオフィーリアが悪いんだって……

タチヤーナとアレクサンドラ、心配して同時に口論をやめる。

アレクサンドラ　ミハイルは言ってるわ――

タチヤーナ　そうよ、ミハイルは――

ヴァレンカ　（激しく）ミハイルの言うことなんか知らないわよ！（泣き出す）ミハイルはわたしの夫をけだものだって。ミハイルがわたしに言ったのはそれよ。ちがうのに。ふつうの人間の目から見れば、ディヤコフはまちがったことはしてない。なにもかもわたしが悪いの。わたしあの人に許しを請うわ。

ヴァレンカ、出ていくつもりが、リュボーフィに抱きしめられる――リュボーフィもまた涙して。

リュボーフィ　ああ、ヴァレンカ、ヴァレンカ……あなたは犠牲になってくれたの……（ヴァレンカの異議に対して）ほんとうよ――あなたの結婚はわたしの結婚の代わりだった。だからお父さまはあきらめてくれたの。

タチヤーナ　（涙ながらに言い張り）ミハイルは言ってるわ――リュボーフィに対する

ニコライの愛は彼の内的生活を一変させたって。

アレクサンドラ （同様に）リュボーフィはニコライの理想だって。

ヴァレンカ （大声で）出てってちょうだい！　さっさと寝て！

タチヤーナとアレクサンドラ、びっくりしてしたがう。

アレクサンドラ （去りながら）わたしたちがなにをしたって言うの？

ふたり出ていく。

リュボーフィ あの人がわたしを愛しているとは思えないの、ヴァレンカ？

ヴァレンカ わたしはその場にいなかったもの。ふたりはなにをしたの、モスクワで？

リュボーフィ ピアノを連弾したわ。

ヴァレンカ そう、それはいいことね。

リュボーフィ わたしに手紙がほしいなんて言わないはずよ、もしも……

ヴァレンカ だったらどうして結婚を申し込んでくれないの？　ドイツ人じゃあるまい

し、姉さんに哲学の講義なんかしてる場合じゃないでしょう？

リュボーフィ　故郷へ帰ってお父さまに相談するって……

ヴァレンカ　それから外国へ行ってしまうのよ！

リュボーフィ　あの人は行かなければならないの。病気だもの。温泉へ行かなければならないの。

ヴァレンカ　どうして結婚していっしょに行けないの？　あの人が温泉に行かなきゃならないなら、姉さんだってそうでしょう。

リュボーフィ　どういうこと？

ヴァレンカ　わかってるはずよ。

リュボーフィ、不安に駆られて離れる。苦悩して。

リュボーフィ　ちがうわ、わたしはちがう！　そんなこと言わないで！

リュボーフィ、発作的に咳き込み、息を詰まらせる。

ヴァレンカ　（リュボーフィを抱きしめ）姉さん……姉さん……ごめんなさい……さあ……よしよし、大丈夫よ。変なことを言って悪かったわ。姉さんは元気になるし、ニコライも帰ってきて、姉さんと結婚してくれる……わたしにはわかるの。あの人はきっと……

リュボーフィ、必死でヴァレンカの腕を振りほどき、力を振り絞って泣き叫ぶ。

リュボーフィ　でもあなたにはわからないわ、ヴァレンカ。そんなこと思ってもいないんでしょう。

ヴァレンカ　ああ、リュボーフィ……リュボーフィ……

リュボーフィ　（声は落ち着き、冷静に話す）いいえ、あなたの言うとおりよ。でもだれがあの人を愛するの？　だれがあの人の世話をするの——わたしじゃなければ？

一八三八年春

庭でたき火が燃えさかる。たき火は舞台のすぐ外にあって見えない。農奴がひとり、枯れ枝を両腕いっぱいに抱え、たき火へ向かう。家内農奴がひとり屋敷から出てくる。食料、調理用具、折りたたみの椅子数脚、クッション数個などを運んでいる。

庭のピクニックのほうから、ヴァルヴァーラがレースのベッドの上がけをたたみながら戻ってくる。タチヤーナが屋敷から急ぎ足で出てくる。はしゃいだ様子で、把手《とって》の長い（寝床をあたためる）行火《あんか》を持っている。

ヴァルヴァーラ　リュボーフィの支度はできた？

タチヤーナ　いま来るわ。あとは車に乗せるだけよ！

ヴァルヴァーラ　その行火をどうするつもり？　把手を焦がしてしまうじゃないの。

タチヤーナ　焦がさないわ。これがちょうどいいの。ミハイルは？

ヴァルヴァーラ　お父さまになにか説明してるわ。

タチヤーナ　そんな、だめよ！

　タチヤーナ、たき火のほうへ出ていく。前の場面でボタンをヤギにかじられた農奴の若い女が、丸めたじゅうたんを抱えて屋敷から出てくる。ヴァルヴァーラ、すれちがいざまに彼女の横つらを引っぱたく。

ヴァルヴァーラ レースのテーブルクロスよ――テーブルクロス！ これはわたしのベッドの上がけよ！

ヴァルヴァーラ、屋敷へ入る。農奴の若い女、タチヤーナに続いて退場。アレクサンドルとミハイルが庭の奥、たき火とはべつの方向から、摘んできたユリや白い花々の束を抱えて登場する。アレクサンドルは雑誌〈モスクワ観察者〉も手にしている。表紙は緑色である。

ミハイル 農業？ 農業を勉強するくらいなら自殺したほうがましですよ。ベルリンへ行けば、三年後には教授の資格が取れるんです。もう準備はできています。フィヒテのせいで僕は道を誤った。それは認めます――フィヒテは客観的現実を取り除こうとした。ところが現実は無視できない――それをヘーゲルが示してくれたんです、お父さん。やっとわかったんです、自分がどこでまちがったのか。

アレクサンドル、ミハイルに雑誌を渡す。

アレクサンドル　お前はべつのほら吹きに乗り換えただけだ。お前の友達の「ロベスピエール」が新しい〈月刊モスクワ・ダボラ〉の編集長になるのは一向にかまわん――めでたいことだが、貴族にはおのれの領地の世話をする義務がある。

ヴァレンカが屋敷から出てくる。赤ワイン二本と、レモンやスパイスの入った小さなかごを持っている。

ミハイル　ベリンスキーは身分がちがう。それはそうです。実際、あいつとは縁を切りました。結局のところ、あいつは完全なエゴイストだった。でも僕にとって、おのれの領地とは自我であり、ロシア哲学の未来なんです。

ヴァレンカ　音楽の準備はできてるわ。

アレクサンドル　花を摘んできたぞ。

ミハイル、アレクサンドルに続いて屋敷のなかへ。

ミハイル 僕の相続分から年に二千、いや千五百でいい、お父さん……僕はなにがなんでも……

ヴァレンカがそのまま焚き火のほうへ向かうと、タチヤーナがやってくる。タチヤーナ、ワインとかごを受け取る。

タチヤーナ Fête champêtre!［ピクニックよ！］リュボーフィは？

ヴァレンカ 美しいわよ！　まるで花嫁さん。いまアレクサンドラが髪を結ってる。

タチヤーナ まあ、きっと素敵だわ。ミハイルをお父さまから離してきて。さもないと……

ヴァレンカ そう！――そうだわ！……

タチヤーナ、急ぎ足でたき火のほうへ戻る。ヴァレンカ、あわてて屋敷へ戻る――手遅れである。

屋敷のなかからアレクサンドルが声を荒らげているのが聞こえる――「だめだ！　いい加減にしろ！」――そしてアレクサンドル、彼をつけまわすミハイルとともに部屋に登場。ふたりとも花は持っていない。ヴァレンカ、彼らの様子に気づき、外で立ち止まる。

アレクサンドル　（怒って）おのれの人生を、お前はさんざん棒に振ってきた。友達にたかり、他人にたかり、お前の名前は二枚舌と割引手形の代名詞じゃないか。お前は姉や妹の心にも自由主義の詭弁《きべん》で毒を注《そそ》いで――なにが観念論だ。お前は余計なおせっかいであいつらの人生を引っかき回したんだ。甘えん坊が子守を困らせようと朝食のタマゴをつぶすようなもんだ。リュボーフィのやつはとっくに結婚していたはずだ――ちゃんと愛してくれる貴族の男と。ところがあいつは永遠に終わらん文通でちぎりを交わした。相手は病人で、ロシアの水は飲めんと言う。そんな男に未来の妻を見つけるつもりがあるものか。お前はソログープ伯爵のことも追い払った。タチヤーナの唯一の求婚者だったのに、生娘《きむすめ》をねらうトルコ人だと言わんばかりで。

この長台詞でベランダまで移動し、ヴァレンカがちょうどいい具合に彼の視界に入る。

そうだ、お前はヴァレンカのことも焚《た》きつけて、こいつが自由に選んだ夫を捨てさせようとした。こいつは夫と和解しようというのに、またもやお前は焚きつけた。心を裂かれて、正気を失って、今度はこいつまでが世にもうまいドイツの生水を飲みにいかにゃならんときた。

ミハイル、椅子に身を投げるように座り、両手で頭を抱える。アレクサンドル、たき火のほうへ向かいながら話し続ける。

……これ以上お前のわがままの代償を払えば、俺は地獄行きだ。お前はベルリンへは行かん。これが俺の最後の台詞だ。

アレクサンドル去る。ヴァレンカ、屋敷へ入り、ミハイルのほうへ行く。

ヴァレンカ　よりにもよって、どうしてきょう頼むの？
ミハイル　スタンケーヴィチが手紙を寄越したんだ。悪い知らせだ。
ヴァレンカ　（間）話して。
ミハイル　これ以上、俺に金は貸せないらしい。ヴァレンカも自力で行くしかない。

アレクサンドラが戸口から顔を出す。

アレクサンドラ　（興奮して）準備できたわ！

いなくなる。ミハイル、あとに続いて出ていく。ヴァレンカ、安堵《あんど》に笑いが止まらず、「踊りながら」出ていく。
ツルゲーネフが庭に登場——つぎの場面へと移り変わる。

一八四一年秋

ツルゲーネフが庭におり、タチヤーナがやってくる。ツルゲーネフは二十三歳。身長はゆうに百八十センチ以上あり、驚くほど軽く高い声をしている。

ツルゲーネフ　ええ、二回。棺《ひつぎ》のなかの彼を入れたら三回です……はじめて会ったときは、プーシキンだとは知りませんでした。僕がプレトニョーフの夜会に行くと、プーシキンはちょうど帰るところで、もう外套《がいとう》を着て、帽子をかぶっていた。二回目はエンゲルガルト音楽堂のコンサート。彼は扉にもたれながら、なにやら険悪な顔つきで、あたりを見回していたんです。僕がじっと見ていたせいか、目が合うと気分を害した様子で歩き去った。僕の自意識過剰でしょう。あれはちょうど決闘の二、三日前のことだ。まあ……僕は子供だったし――五年も前の話です。十八歳の僕にとってプーシキンはなかば神様でしたから。

タチヤーナ　あなたは作家なの？

ツルゲーネフ　いいえ。でもあのころはそう思ってた。

頭上を飛ぶ小鳥たちに向かって「撃って」みせる。笑う。

僕は狩人――猟人です。（間）それでもいつか、ささやかな詩でも書いてみたいと思っています。あしたにでも。ここは素敵だ。ずっといたいなあ。

タチヤーナ　（即答しすぎて）かまいませんよ。（間）ベルリンのミハイルからの手紙に書いてあったから、「イワン・ツルゲーネフは僕の弟だ」って……

ツルゲーネフ　ミハイルはいつも故郷の話をするんです……ウンター・デン・リンデンの大通りを行きつけのカフェまで散歩しながら……

タチヤーナ　ここにいたころはベルリンに行く話しかしなかった。ニコライ・スタンケーヴィチが向こうにいたでしょう。ミハイルは舞踏会で会った人からなんとか一千ルーブル借りて、やっとベルリンにたどり着いた。そこで兄は知らされたの——ニコライがイタリアでひと月前に亡くなったって。

ツルゲーネフ　ええ、結局は保養のかいもなく。腹立たしいですよ、あんな死に方は。それに比べたら、プーシキンの死は喜劇だ。

タチヤーナ、かなしみに息を呑む。

くだらない。涙が出るどころか腹がよじれます。あれを普通と考える社会階級は我我以外にありませんよ。弾《たま》をこめたピストルを手に、しかめっつらで雪野原を歩いて、撃ち合うなんて。それというのも匿名の風刺記事によれば、昔はほれ込んだもののの、いまはうっとうしいだけの女がほかの男に入れあげたからとか——しかも発覚して間もないうちに。これがたとえば……サンドイッチ諸島なら、鼻で笑われるのは言い寄った男のほうですよ。夫は仲間に葉巻を差し出すだけでしょう……（間）それにしても「白い死神」というのは、若くて勇敢で分別知らずな人間の肺に忍び込むものです。まるで足なしトカゲのようだ。すっかり住みついて生き血をすすり、息の根を止める……高尚な哲学用語なんかなんの役にも立ちませんよ。「永遠」とか「超越」とか「絶対的なるもの」とか、ドイツ語では立派に聞こえる言葉たちも赤面して恥じ入るしかないでしょう、やつれて咳き込みながら死んでいく人間を目の当たりにすれば……

タチヤーナがかなしんでいるのに気がつく。

——ああ、そうですよね——僕はほんとうに無神経で。

タチヤーナ　ついリュボーフィのことを考えてしまうの——庭で毎日この時間になると……一度、姉が亡くなるすこし前に、ミハイルがたき火をしたんです——雑木林《ぞうきばやし》のちょうどあそこで。わたしたちはリュボーフィを車に乗せて連れ出した、舞踏会へやってきた女王さまのように……

舞台の外からたき火の音が聞こえ、炎の明かりが見える。リュボーフィが寝室から連れ出され、車の上にしつらえたベッドの上に背をもたせて座っている。ミハイル、ヴァレンカ、アレクサンドラがはしゃいで車を引いてくる。ヴァルヴァーラもついてきて、リュボーフィにつき添っている。

ミハイル　女王さまのお出ましだ！

アレクサンドラ　来たわよ！

ヴァレンカ　気をつけて！　気をつけて！

リュボーフィ、アレクサンドルとミハイルが摘んだブーケを持っており、車にもブーケが飾られている。ふたりの農奴の楽士が彼女につき添っている。アレクサンドルがグラスを手に、車を迎えにやってくる。

タチヤーナ　……わたしはワインを行火《あんか》であっためた……！

アレクサンドル　こっちだこっち！　グリューワイン！　グリューワイン！

ヴァルヴァーラ　お菓子を忘れてないでしょうね？

ヴァレンカ　石に気をつけて！

アレクサンドラ　風向きはどっち？

ミハイル　炎を見ろよ！

アレクサンドル　あんまり近づくんじゃないぞ！

タチヤーナ　家族全員がそろったのは、あのときが最後。わたしたちはどうにか幸せだった！……ヴァレンカもよ。ディヤコフのことは追い払っていたの——妻でいようともう一度頑張ってはみたんだけれど、息子を連れてドイツへ行くことになっていたわ。

車が引かれ、見えなくなる。

ヴァレンカ、あとに残る。ミハイルが彼女を連れにくる。

ヴァレンカ　でもわたしはどうやって生活するの？

ミハイル　(軽やかに)ああ、大丈夫……音楽教師とか、わからないけど、なんとかなるさ。

ふたり、笑いながら去る。過去は消えていく。

タチヤーナ　(自分に笑いながら)ヴァレンカの解放！　彼女は自分の宝石を売って、みんなから助言をもらっていた。ニコライ・スタンケーヴィチもベルリンから手紙を書いて……

ツルゲーネフ　僕はローマへ行ったとき、毎日ニコライとヴァレンカに会いました。それからベルリンに戻ったとき、ふたりから手紙が届いたんです、フィレンツェから。ニコライは調子がよくなったと書いてあった——ヴァレンカとふたり、夏はコモ湖で過ごすつもりだって。彼女の腕のなかで亡くなる二週間前です。(間)そう……この土地で詩を書くことができなければ、希望はまったくありません。でも書けたとしても希望は少ない。(彼女が目を向けるので)ここプレムーヒノではまわりのあらゆる息吹のなかに、永遠が、理想が存在しているように思えます。まるで声が聞こえるようだ——内的生活の幸福は大衆の低俗な幸福よりもはるかに神々しいと！　それでも人は死んでしまう。この絵にはなにかが足りないんです。スタンケーヴィチもそれを認めようとしていた。亡くなる前に言っていたんです——幸福には現実世界のなにかが必要らしいって。

タチヤーナ　よければ、ごらんになる……

言いよどみ、あいまいに指し示す。

……池の魚でも。

ツルゲーネフ　ええ、ぜひ。

ポケットから本を取り出す。

でも、ニコライ・スタンケーヴィチは僕とミハイルを引き合わせてくれた。ほら、書き留めてあるんです——僕のヘーゲルの本に。「一八四〇年六月二十四日、スタンケーヴィチが亡くなった。七月二十日、バクーニンに出会った。いままでの人生でこのふたつの日付だけは覚えておこう。」（本をしまう）もちろんミハイルにとっては八月一日です。

頭上を飛ぶ一羽の小鳥を「撃つ」。

西欧のこよみではね。僕はいつも思うんです——我が国ロシアの状況は捨てたもんでもない、まだ十二日分は追いつかなければならないけれどって。

タチヤーナに腕を差し出し、ふたりで散歩していく。

第二幕

一八三四年三月

モスクワ。動物園――スケート場の近く。春先のある晴れた日。野外音楽堂の音楽が遠くに聞こえる。芝生の上にテーブルと椅子が数脚あり、ウェイターが舞台の外から出てきて給仕をする。ニコライ・オガリョーフ（二十一歳）、ニコライ・サゾーノフ（二十二歳）が席を取っている。アレクサンドル・ゲルツェン（二十二歳）もいっしょにいるが、脇に立ち、スプーンでアイスクリームを食べている。四人目の若い男、二十一歳のスタンケーヴィチが芝生に寝転んでいるが、だれなのかはまだわからない。眠っているらしく、縁《ふち》なし帽を顔にかぶっている。サゾーノフとオガリョーフは手製のフランス三色旗のネッカチーフを巻いている。サゾーノフはベレー帽もかぶっている。リュボーフィとヴァルヴァーラがバイエル夫人とともに散歩してくるのが見える。バイエル夫人は五十歳ぐらい。裕福な未亡人である。

ゲルツェン　この絵のまちがいはどこにある？

ヴァルヴァーラ　ヴァレンカは騎兵隊の将校と婚約していますの……ニコライ・ディヤコフという人ですわ。ガチョウにも文句を言えないような人で、あのじゃじゃ馬を乗りこなせるかどうか——でもほかは申し分ありません。ヴァレンカが顔色ひとつ変えず承諾したのには驚きましたけど、あの子の将来が決まってよかったわ。だれかとちがって。

バイエル夫人　（リュボーフィに向かって、ひょうきんに指を振り）死ぬまで売れ残ってしまうわよ、リュボーフィ。レンヌ男爵はめっけものだったのに。

ヴァルヴァーラ　ごらんなさい。バイエル夫人のおっしゃるとおりよ。でもすんだことはすんだことだし、ミハイルのしわざだったんですから。ありえませんよ、あの子は軍隊に入ったとたん——

バイエル夫人　子供はね！

リュボーフィ　あそこでおたくのナタリーさんが滑ってらっしゃるわ、バイエルさん。

スケート場のほうへ去る。

ゲルツェン　子供のころ、絵を見て答えるクイズがあったろう……その絵にはなにかがまちがって描かれてる。時計に針がなかったり、影がおかしな方向に伸びていたり、太陽と星が同時に出ていたり……そしてそこにはこう書いてある、「この絵のまちがいはどこでしょう？」……教室で隣に座っていたやつがある晩突然姿を消したのに、だれにも事情はわからない。公園でアイスクリームを食べることはできるし、いつもの種類はぜんぶそろってる。この絵のまちがいはどこにある？　クリツキー兄弟はツァーリの肖像をけがした罪で姿を消した。アントーノヴィチと仲間たちは秘密結社をつくった罪で——つまり、だれかの部屋につどって、パリの街で買えるようなパンフレットを読んだ罪で。若い男女がつがいの白鳥のようにスケートをしている。ポーランドの囚人が列をなし、鉄の足枷《かせ》を鳴らしながらウラジーミル街道をくだっていく。この絵はどこかがまちがっている。（友人たちに）聞いているのか？　君たちもこの絵のなかにいるんだ。マスレンコフ教授は瞳《ひとみ》をきらきら輝かせながら僕らを引き留め、哲学を説く。「君たちは現実の自然を理解したいか？　ああ、しかし我々の言う現実とはなんだ？　自然とは？　理解するとはどういうことか？」そう、それは哲学だ。いや、ところがモスクワ大学では、哲学の授業は社会秩序をおびやかすものとして禁止されている。マスレンコフの授業は物理学と農業――輪作の研究からシェリングの自然哲学へと遠心力で脱線したにすぎない……（目をやり）ケッチェル！

ニコライ・ケッチェル登場、オガリョーフとサゾーノフが迎える。ケッチェルは年上で二十八歳、年下の者たちにとっては「気の短いオヤジ」的存在でもある。背の高いやせ形で眼鏡をかけ、黒いケープを羽織っている。

ケッチェル （オガリョーフとサゾーノフに）なんだ、そのフランス人みたいな格好は？

ウェイター登場。お茶のグラスがいくつか載った盆を運んでおり、それをテーブルに置く。

サゾーノフ ああ！ 気づいたね。なぜならフランスは文明の華《はな》だし、花の首を刎《は》ねる革命の故郷でもあるからさ。

ケッチェル (去りぎわのウェイターに) ありがとう…… (サゾーノフに、いら立って) だったらせめてウェイターの前ではフランス語を話すんだ……

サゾーノフ D'accord. Mille pardons!［わかりました。ほんとうにすみません!］

ケッチェル いまさら遅い。

オガリョーフ 酔ってるんだろう、サゾーノフ。

サゾーノフ 君こそマールイ劇場の外で「ラ・マルセイエーズ」を歌ってたろう。

オガリョーフ 僕は酔ってた。いまも酔ってる。

手をグラスの上に振りおろし、割ってしまう。

二十一にしてなにごともなさず!

作家でジャーナリストのポレヴォーイが登場する。三十八歳だが、若者たちよりもひと世代上に見える。ぶらぶらと歩き、彼らと出くわす。

ポレヴォーイ　やあ諸君……

ゲルツェン　ポレヴォーイさん！……ごきげんいかがです！

ポレヴォーイ　ごきげんよう……ごきげんよう……

ポレヴォーイ、帽子を上げてみなにあいさつし、それから寝ている男に気づく。男の帽子をステッキですこし持ち上げる――ポレヴォーイにだけ顔がわかる程度に。

どうかおかまいなく。ああ、ケッチェル君！　君の記事は受け取ったよ。気に入ったねえ。あれを〈テレグラフ〉で発表したければ……友人としての忠告を聞いてくれるか？　記事を検閲に回す前に……ひとつかふたつ、表現や……比喩《ひゆ》を……君さえよければ……

ケッチェル　しかし、あれはシェイクスピアの翻訳についての記事ですよ。

ポレヴォーイがいかにも心得た揺るぎない笑みを見せると、やがてケッチェルもしぶしぶ承諾する。

ポレヴォーイ　信用してくれるか？　素晴らしい。掲載できてうれしいよ……それから、そのきれいなスカーフはなんだ？　なにかのクラブか？

オガリョーフ　そうですよ。

オガリョーフが「ラ・マルセイエーズ」をハミングし、ゲルツェンとサゾーノフもこれに加わる。

ポレヴォーイ　（警戒して）おい、やめろ――やめるんだ！　頼むから！　なんて馬鹿な！――わたしの立場も考えずに。〈テレグラフ〉は毎号火遊びをしている――これはわたしの言葉じゃない。「第三部」からわたしのところへ伝えられた言葉だ。やつらはいつでもわたしをつぶせる。一発だ――（指を鳴らし）――不適切な言葉ひとつでシベリア送りにされてしまう。

サゾーノフ　我々の番はいつになったら来るんですかねえ？

ケッチェル　それはウェイター次第だろう。

サゾーノフ、思慮深くネッカチーフをポケットに入れる。

サゾーノフ　酔いが覚めたらしい。

オガリョーフ　このスカーフは自分たちでつくったんです。

ポレヴォーイ　ああ、それはそうだろう、オガリョーフ君。

オガリョーフ　なにがあったか聞きましたか？　五人の仲間が逮捕されて、軍隊へ送られた。彼らのために僕らは募金を集めたんです……ケッチェルと僕は警察長官のレソフスキーから呼び出しを食らいました……我々に対する最終警告です――ツァーリ・ニコライの寛大なご慈悲による。

ポレヴォーイ　やれやれ、皇帝陛下に代わって神に感謝だ！　君にはびっくりだよ、ケッチェル君――君のような身分の人間が。

ケッチェル　おんなじことを警察長官も言ってました。

ポレヴォーイ　（傷つき）あんまりだ……

ケッチェル　僕は医者だ。教育大臣じゃありません。

ポレヴォーイ　わたしの立場はだれもが知っている。いままでわたしは改革を求める唯一の声だった……ただし上からの改革だ。決して下からの革命じゃない。ひと握りの学生になにができる？　彼らは無駄に自滅したんだ。彼らの名前など忘れ去られてしまうだろう。

オガリョーフ　あるいは永久に不滅かもしれない。

ゲルツェン　（オガリョーフに）詩を書いてるのか、ニック？

オガリョーフ飛び上がる。恥ずかしさに動揺し、去りかける。テーブルに戻っていくらか硬貨を置き、ふたたび離れるが、せいぜい隣のテーブルまでである。背を向けて座る。

すまない！（内密に）彼は詩を書くんです……これがとてもいい詩でね。

あお向けになっていた人物が起き上がり、スタンケーヴィチであることがわかる。

サゾーノフ　目を覚ましたな。スタンケーヴィチ、幻想のお茶が現象となって現われたぞ、ほら。

ケッチェル　（見やって）だれかが向こうで我々を見張ってる……見えますか？
ポレヴォーイ　（神経質に）どこに？
ケッチェル　行こう。

スタンケーヴィチ、お茶のグラスを取る。

サゾーノフ　（オガリョーフに）行くぞニック。（スタンケーヴィチに、硬貨を一枚テーブルに置きながら）主観的な十コペイカだ、スタンケーヴィチ。
ポレヴォーイ　ひとつに固まっていないほうがいい。
オガリョーフ　（ゲルツェンに）来るだろう、ゲルツェン？

オガリョーフ、サゾーノフとケッチャルについていき、見えなくなる。

ポレヴォーイ　わかっているな、ゲルツェン。やつらは〈テレグラフ〉を発禁処分にできる。一発だ――（指を鳴らす）――そうなればロシアの改革の声はつぎの世代まで封印されてしまう。

ゲルツェン この東洋的な暴政を改革するには〈テレグラフ〉の東洋的な世渡りだけでは無理です、ポレヴォーイさん。

ポレヴォーイ (傷つき)だったらゲルツェン、君はなにを支持しているんだ──君や君のサークルは? 共和主義か? 社会主義か? 無政府主義か?

ゲルツェン そう。我々は監獄国家の看守になる権利を放棄した。ここには空気も運動もない。言葉も行動とされてしまう。考えるだけで行動だ。それはふつうの犯罪よりも厳しく処罰される。我々は革命家です。〈テレグラフ〉は我々になんのメッセージも発しない。

ポレヴォーイ、非常に心外である。

ポレヴォーイ なるほどな。まあ、君もいつかおなじ目にあう……どこぞの若造に得意げな顔で言われるさ、「お前は邪魔だ! 時代遅れだ!」と……だからいことにしてやろう。では敬意を表して……

ゲルツェン (悔いて)こちらこそポレヴォーイさん、ほんとうに。

ポレヴォーイ、急ぎ足で去る。

スタンケーヴィチ　(目をやり) まだ見張ってる……木の陰から肩をのぞかせて、いまにも飛び出そうと身構えた狼《おおかみ》だ。飢えた狼……まあ、やつに幸運を――しかし新しい外套《がいとう》ぐらい買えばいいものを。(ゲルツェンに) ポレヴォーイさんを傷つけたってどうにもならない。たとえ政治を動かしても、変化するのは現象の世界の形式だけだよ。

ゲルツェン　(丁寧に) 君も早く目を覚ますといい。

アイスクリームを食べ終わり、テーブルに金を置く。

我々はロシアをどうすればいい？　君はべつとしてスタンケーヴィチ、なすべきことはなんなのか？　スングロフを覚えてるか？　スングロフは炭鉱に送られて、領地を没収されたんだ。領地の規模は魂七百。この絵のまちがいはどこにある？　どこにもない。それがロシアだ。地主が所有する領地の大きさは面積ではなく、成人男性の農奴の数で表わされる。改革に立ち上がるのは反逆的な奴隷ではなく、悔い改めた主人なんだ。なんて国だ！　ナポレオンがこの国をヨーロッパに引きずり込んではじめて我々は祖国を恥じた。帰ってきた将校たちの頭のなかに扇動的な改革思想が芽生えたんだ。将校たちの反乱が起きたとき、僕は十三歳だった。ある日——あれはツァーリが自分の戴冠記念にデカブリストたちを絞首刑にして間もないころだ——僕の父親が僕とオガリョーフを馬車で田舎へ連れていった。僕はニック・オガリョーフと出会うまで、自分のような子供はロシアにいないと思っていた。僕らはルジニキで川を渡った。ニックと僕は駆け出して、雀《すずめ》が丘を登っていった。てっぺんからは夕日に輝く屋根やドームをすべて見渡すことができた……そしてふいに僕らは抱き合って、聖なる誓いを立てたんだ——命を捧げて——そう、必要なら命を犠牲にしてもいい——デカブリストのかたきを討とうと。あれが僕の人生の原点だった。

スタンケーヴィチ　僕にとっては、シェリングの『超越論的観念論の体系』を読んだことだった。

ゲルツェン　それは……許しがたい。

ゲルツェン、立ち去ろうとする。

スタンケーヴィチ　改革というのは上や下から来るものじゃない。人間の内側からしか生まれないんだ。君が現実だと思っているものは、たき火が洞窟《どうくつ》の壁に映し出す影にすぎない。（手を挙げて別れを告げる）また会うときまで。

ゲルツェン　（冷たく）また会うことがあればな。

ゲルツェン立ち去る。ベリンスキー登場。ほとんど乞食《こじき》になり果てたように見えるが、実際に乞食同然であり、見るからに新しい外套が必要である。興奮している。

ベリンスキー　（叫んで）スタンケーヴィチ！　やっといいことがあったよ！　ナデージディンが仕事をくれた――〈テレスコープ〉っていう新しい雑誌の。月給六十四ルーブルだ。

スタンケーヴィチ　それだけじゃあ生きていけないよ。

ベリンスキー　なくても生きてきてる。

スタンケーヴィチ　もちろんそうだ。それもたいしたもんだけど、生活はできないよ。

ベリンスキー　でもほかになにができる？

スタンケーヴィチ　それなら……芸術家だ。それか哲学者。いまはすべてが芸術家と哲学者にかかってる。偉大な芸術家は説明のつかないものごとを表現し、哲学者はそれを説明するんだ！

ベリンスキー　僕がなりたいのは文芸批評家だ。

スタンケーヴィチ　そんなのは二冊目の本で期待に添えなかった人間の仕事だよ。ナデージディンは六十四ルーブルで月二十冊分の書評を書かせるつもりだろう。

ベリンスキー　ちがう、翻訳の仕事だよ――〈テレスコープ〉に載せるフランス小説の……

スタンケーヴィチ　ああ、翻訳家か。それはまったく別問題だ。翻訳家は貴族の職業だよ。

ベリンスキー　いいだろう。

スタンケーヴィチ　だけど……フランス語もわからないのに。

ベリンスキー　百も承知さ。辞書を貸してくれるかな？

舞台の外からナタリー・バイエルの呼ぶ声が割って入る。

ナタリー　ニコライ！　ニコライ！

スタンケーヴィチ、彼女に手を振る。

ベリンスキー　またあとで。どこにいる？

スタンケーヴィチ　逃げなくてもいいよ、馬鹿じゃないんだから。ナタリー・バイエルと目を合わせるくらい平気だろう。うつむいてばかりいちゃだめだ。

ナタリーは二十歳。スケート場から登場し、スケート靴でよろよろ歩く。

ナタリー　ニコライ、ちょうどよかったわ。手伝ってちょうだい。

片足をスタンケーヴィチの腿《もも》にのせ、スケート靴の鍵を渡す。

はい、mon chevalier.［わたしの騎士。］

スタンケーヴィチ A votre service.［なんなりと。］ベリンスキーが〈テレスコープ〉の仕事を手に入れたんだ。

ナタリー C'est merveilleux. Vous voulez dire que vous allez écrire pour la revue? Mais c'est formidable. Nous allons vous lire. Nous lisons le Télescope tous les mois, mais je ne comprends pas la moitié – Vous devez être très intelligent! Vous serez célèbre sous peu, monsieur Belinsky!［素晴らしいわ！ 雑誌になにかお書きになるってこと？ でもなんてわくわくする。わたしたち、あなたの読者になるわ！〈テレスコープ〉は毎月取っているけれど、中身は半分も理解できないの――ほんとうに頭がいいのね！ じき有名になるわ、ベリンスキーさん！］

ベリンスキー、彼女のブーツばかり見ている。

ベリンスキー じゃあ、オー・ルボワール。

スタンケーヴィチ 金曜日は来る？

ベリンスキー （行きながら）行かないと思う……来週までに小説を一本やっつけなく

ちゃならないから。

バイエル夫人、ヴァルヴァーラ、リュボーフィ、ふたたび登場し、ナタリーに会う。ベリンスキー、彼女らが来るのを見ると、足早に去る。

バイエル夫人　ニコライ・スタンケーヴィチのご一家はヴォロネジに魂七千の領地をおもちなんです。この方はナタリーに教えてくださるの——なにごとも根底には哲学があると、金曜日に。

ヴァルヴァーラ　金曜日にしかありませんの？

ナタリー　リュボーフィ！　こんにちは、バクーニンの奥さま。

バイエル夫人　足を下ろしなさい、あきれた子ね。スタンケーヴィチさん、ごきげんいかが？　じきにうちに来てくださるわね。

ナタリー　じゃあ足もとにひざまずいていただかなくては。こちらはお友達のリュボーフィ・バクーニンとそのママよ。

スタンケーヴィチ、一礼する。

リュボーフィ　わたしがやりましょう。
バイエル夫人　見て、氷が溶けているわ……年月がようやく前へ進むのね……
リュボーフィ　鍵はどこに？
スタンケーヴィチ　ああ……すいません……

スタンケーヴィチ、リュボーフィにスケート靴の鍵を渡す。ふれ合う瞬間、リュボーフィはますますはにかんでしまう。

ナタリー　あなたもぜひ哲学サークルへいらっしゃいよ、リュボーフィ。わたしたち毎週ニコライの部屋に集まっているの。
スタンケーヴィチ　モスクワにお住まいですか？
リュボーフィ　いいえ。
ヴァルヴァーラ　こちらへ来てまだ数日です。でもトヴェーリにも哲学はありますのよ。ぜひ息子のミハイルに会っていただかなくては。
スタンケーヴィチ　哲学を勉強してらっしゃるんですか？

ヴァルヴァーラ　ええ。いまは砲兵士官学校におりますわ。

　リューボーフィ、スケート靴をはずす。

リューボーフィ　はい。

バイエル夫人　さあ、行かないと。かならずね、スタンケーヴィチさん。

　バイエル夫人、ヴァルヴァーラとともに去る。スタンケーヴィチ、去っていく夫人らに一礼するが、気を変える。

スタンケーヴィチ　馬車までごいっしょしましょうか。（リューボーフィに、スケートを持ってやろうと手を差し出し）それは僕が……

　リューボーフィ、スケート靴を渡す。

（リューボーフィに）僕たちはいまシェリングを読んでいるんです。よければあなたも……？

リュボーフィ　ええ、ぜひ。

ナタリー　わたしのスケートを持ってくださるの？　なんて男らしい！

ナタリーとリュボーフィとスタンケーヴィチ、ヴァルヴァーラとバイエル夫人のあとについて退場。

天気が変わる……嵐雲、雨。暗くなるのがわかる。

ベリンスキーが猫背で、人目を避けるように「夜会」へ向かう。今度はましな外套を着ている。

一八三五年三月

この「夜会」は、バイエル夫人宅を開放し、たびたび催されている。仕着せを着た召使たちの存在は、莫大《ばくだい》な財産や裕福な境遇を示してはいない。仕着せはどちらかというとくたびれており、さまざまなものはむしろ家庭的で、公爵邸のようなスケールはない。

仕着せを着た召使がベリンスキーのびしょ濡れのコートを預かる。屋内のパーティーであり、座っている客よりも歩き回っている客が多い。人物たちは必要に応じて見える場所に移動する。ト書きの指示より動きは多く、台詞が重なる箇所も多い。ワイン、料理、従僕、客、音楽、踊りも必要に応じて。タチヤーナとアレクサンドラが急ぎ足で通り過ぎる。いわくありげに笑い、手をつないでいる。

タチヤーナ　まさか、彼女が！

アレクサンドラ　彼女がよ。でも彼はどうしてもしないの。

ふたたびキャッキャと笑う。

ピョートル・チャアダーエフ、四十一歳、髪の生《は》え際《ぎわ》が後退した貴族の哲学者、いわくありげに走り去る姉妹に一礼する。部屋の隅の椅子に落ち着く。どちらかと言えば、自分から話し相手を探すよりも、やってきた人に話す人物である。

チャアダーエフ　愉快だ……愉快だ……若者は……

　べつの場所では、若き教授シェヴィリョーフが憤慨《ふんがい》した様子で雑誌〈テレスコープ〉の記事をポレヴォーイに読み聞かせている。ポレヴォーイはやや酔っており、あまり耳を傾けてはいない。

シェヴィリョーフ　（読んで）「……わたしは断固、この宿命的信念を守り抜く」――これを聞いてくれ――「……わたしは断固、この宿命的信念を守り抜く――」

ポレヴォーイ　（ふさいで）聞いたか？　廃刊だ。（指を鳴らす）一発で。せっかく〈テレグラフ〉を唯一の改革の声としたのに。

シェヴィリョーフ　聞く気はあるのか？

ポレヴォーイ　もちろんだ、もちろん。なんだって？

シェヴィリョーフ　この成り上がりのベリンスキーめ、編集者のナデージディンにドブから拾ってもらったくせに、こいつは〈テレスコープ〉を利用して、我が国のもっともすぐれた、もっとも洗練された作家たちをコケにしている。これを聞いてくれ――「わたしは断固――」

ポレヴォーイ　ナデージジディンはほんとうの雑誌をつくったほうがいい。〈テレグラフ〉は火遊びをした――これはわたしの言葉じゃない。「第三部」からわたしのもとへ伝えられた言葉だ！

シェヴィリョーフ　聞きたくないのか。

ポレヴォーイ　いや、聞かせてくれ。

シェヴィリョーフ　「わたしは断固――」

ポレヴォーイ　だがいずれ廃刊だ――（指を鳴らす）――一発で――戯曲を一本酷評したがために！

シェヴィリョーフ　「わたしは断固、この宿命的信念を守り抜く。我が国文学界の一般的見解は承知している――我らがヘラースコフはホメロスやウェルギリウスに肩をならべ――」

　ほろ酔いかげんのケッチェルがポレヴォーイの近くを通りかかる。

ポレヴォーイ　ケッチェル！　聞いたか？　（指を鳴らす）またもや〈テレグラフ〉は火遊びをした！

シェヴィリョーフ「——我らが若きライオン、クーコリニクは最初の跳躍《ちょうやく》で天才ゲーテを追い越し——」

ベリンスキーがおそるおそるパーティーに足を踏み入れる。自分の書いた文章が読まれているのを聞くと、しっぽを巻いて逃げる。

「——つぎの跳躍ではクリュコフスキーただひとりに後れをとった——そうした見解を承知の上で、わたしは何度もくり返す——」

ベリンスキー、去ろうとして、タチヤーナと踊っているミハイルにぶつかる。ミハイルは軍服姿である。互いに面識はない。ベリンスキーは闇雲にあやまり、出ていく。

「——我が国に文学はない、い、い、ない！」

ポレヴォーイ（ケッチェルに）わたしはいまシベリアにいなくて運がよかった。そう言えば君もだ。どうして逮捕されなかった？　ゲルツェンと仲間たちは逮捕されたのに。

ケッチェル　（肩をすくめ）ロシアというのは。

シェヴィリョーフ　（割り込み）これは文芸批評じゃない。偶像破壊そのものだ！

ポレヴォーイがケッチェルを脇に引き寄せ、バイエル夫人とヴァルヴァーラが登場し、タチヤーナと踊っているミハイルに出くわす。

ポレヴォーイ　わたしがあれほど警告したのに。彼らは無駄に自滅したんだ。

ヴァルヴァーラ　ミハイル！　どういうこと？　あなた連隊にいるはずでしょう。

ミハイル　上官にも何度もおなじことを聞かれたよ。

ヴァルヴァーラ　タチヤーナ、自分の兄と踊ってどうするの？

ミハイルとタチヤーナ、踊りながら見えなくなる。シェヴィリョーフ、通りがかりの客ディヤコフにぴったり身を寄せ、彼を引っ張って出ていく。ディヤコフは婚約者のヴァレンカから引き離されてしまう。

シェヴィリョーフ （去りながら）〈テレスコープ〉を読みましたか？　これを聞いてください――「わたしは断固、この宿命的信念を守り抜く……」

スタンケーヴィチ登場し、バイエル夫人に一礼する。

スタンケーヴィチ バイエル夫人。

バイエル夫人は素通りし、スタンケーヴィチは困惑する。スタンケーヴィチ、ベリンスキーが出ていった方向へ出ていく。ヴァレンカのそばを通り、ぶつかりそうになる。ヴァレンカにはほとんど気づかないが、ヴァレンカは彼に気づくと振り返り、去っていく姿を見ている。

ヴァルヴァーラ ヴァレンカ……！　フィアンセはどうしたの？

ディヤコフ、ふたたび登場。

バイエル夫人　（ディヤコフに）ああ、いらしたのね。バイエル夫人を覚えてらっしゃるでしょう。

ディヤコフ　みんな婚礼を楽しみにしていますよ、ディヤコフ大尉。

ヴァルヴァーラ　（一礼して）わたしは世界一幸せな男です。

ヴァレンカ　行きましょう……（去りながらヴァレンカに）もっと笑顔になさい――

――（大袈裟《おおげさ》な笑顔を見せ、冷たい口調で）こんなふうに？

ディヤコフ、ヴァレンカの腕を取って導き、ヴァルヴァーラのあとについていく……一方、バイエル夫人はチャアダーエフを見つけ、彼のほうへ行く。

ケッチェル　（そのあいだポレヴォーイに）九カ月監禁されたあと、判決はひそかにくだされたんです。三人が懲役刑、六人が追放刑――アレクサンドル・ゲルツェンはもっとも遠くへ。

バイエル夫人、チャアダーエフに近づきながらポレヴォーイの前を通り過ぎる。ポレヴォーイが夫人に向かって指を鳴らし、夫人は驚く。

ポレヴォーイ　一発だ！

バイエル夫人　（当惑して）ポレヴォーイさん……

ケッチエル　それもただ、ある晩餐会《ばんさん》で、なにやら破廉恥《はれんち》な話をしたというだけで——ゲルツェンはそこにいもしなかった。しかもおかしなことに、その場にいたサゾーノフは逮捕もされず、外国行きのパスポートまでもらっている——健康上の理由でです！　連中が医者なら、扁桃腺《へんとうせん》を治療するのに肛門を診察するでしょう……

バイエル夫人　（チャアダーエフに）ピョートル・チャアダーエフ！

チャアダーエフ　（バイエル夫人に）お宅は避難所だ——わたしにとっては怠惰からの。

バイエル夫人　みなさんにお話ししているんですよ——あなたが〈テレスコープ〉にあの tres méchant［とても有害］な記事をお書きになったこと。

チャアダーエフ　ええ、見ました……興味深い瞬間です。

バイエル夫人　瞬間？

チャアダーエフ　そう、瞬間です。

ポレヴォーイ、勝手に彼らを自分の輪《わ》に加え、ケッチェルを放ったらかす。

ポレヴォーイ　そう、またもや〈テレグラフ〉は火遊びをしたんです！

バイエル夫人　わたしたちは〈テレスコープ〉の話をしているんです、ポレヴォーイさん。

ポレヴォーイ　お言葉を返すようですが、奥さま、わたしだってわかっています。わたしは〈テレグラフ〉を唯一の改革の声としたし、自慢じゃないが、わたしは陛下の信頼を得ていた……しかしだれに予想がつきます？　クーコリニクの新作戯曲を酷評したために廃刊とは！

チャアダーエフ　神の利益と陛下の利益はひとつであるという作品じゃないか。陛下のお墨つきを得ることぐらい君にも予想はつくだろう。

バイエル夫人　あなたはとっても浅はかだったと思われますよ、ポレヴォーイさん、そうでしょう？　『父なる祖国を救いたまいし全能なるものの御手《みて》』は百年も経てば古典と呼ばれて、ロシア演劇と言えばクーコリニクと言われるようになるでしょうから。

舞台の外でテーブルが引っくり返る。グラスが倒れる音、驚き、動揺する周囲の声。ベリンスキーがあやまりながらふたたび現われ、スタンケーヴィチが追ってくる。ケッチェル、騒ぎのほうへ堂々と急ぐ。

ケッチェル　下がって！　わたしは医者だ！

バイエル夫人　まあ、なんなの？

ベリンスキー　こうなることはわかってたよ！

スタンケーヴィチ　大丈夫だよ、ベリンスキー……

ベリンスキー逃げようとする。スタンケーヴィチが引き留めようとベリンスキーの外套のポケットに手をかけると、ポケットは破れてしまう。硬貨一、二枚と小さなペンナイフが床に落ちる。ベリンスキーは気にも留めず、おろしながら歩き去る。

待って……なにか落とした……

スタンケーヴィチ、硬貨を拾い、様子を見にいこうとしたバイエル夫人と鉢《はち》合わせする。夫人には彼の姿勢が嘆願しているように見える。バイエル夫人、いら立った様子でそのまま出ていく。

バイエル夫人……

ポレヴォーイ　（チャアダーエフに）だが当然クーコリニクの戯曲は読んだんだろう？

チャアダーエフ　いや……読みかけたんだが、じきに興味をなくしたらしい——題名のところで。

スタンケーヴィチが床の落としものを探しているところへナタリーが登場し、話しかける。

ナタリー　なにをしているの？

スタンケーヴィチ　ナタリー！　君のお母さんが……僕がなにをしたんだろう？

ナタリー　お母さまは……（きっぱり）あのねえニコライ、あなたは母に信じてもらっていたの……なのにあなたはわたしの愛をもてあそんでいたんだわ！

ポレヴォーイ　（去りながら指を鳴らす。だれにでもなく）一発だ！

スタンケーヴィチ （動揺して）だけど……僕はなんどもこの家に来たし、一年も前から君は僕らの集まりに来てる。僕は一度もふたりの純粋に精神的な関係をけがすようなことは――

ナタリー （怒り心頭で）一年以上よ！

ナタリー、当惑したスタンケーヴィチを残して出ていくが、すぐさま戻ってくる。

（手を変えて）あなたは……あなたはわたしのお友達のリュボーフィ・バクーニンにもひどい仕打ちをしてきたのよ！

スタンケーヴィチ どうして？　僕は一度も……

ナタリー わからないの？　彼女はあなたが好きなのよ？

スタンケーヴィチ （興味を示し）彼女が――ほんとうに？

ナタリー、彼を引っぱたく。ミハイル登場。

ミハイル　ナタリー……？
ナタリー　ずっとあちこち探したわ。
ミハイル　どうして？
ナタリー　わたしと踊るためよ！
ミハイル　君と踊るため……？
ナタリー　わたしのこと、きれいだとは思わなくて？
ミハイル　考えたこともない。

ナタリー、彼を引っぱたくと、わっと泣き出し、走り去る。ミハイル、スタンケーヴィチに気がつく。互いに小さく一礼を交わす。

君はスタンケーヴィチ？
スタンケーヴィチ　君はバクーニン。

ミハイル、情熱的にスタンケーヴィチの手を握る。

ミハイル　決して会うことはないかと思っていたよ。
スタンケーヴィチ　君のお姉さんや妹さんが……
ミハイル　俺の存在について話していた？
スタンケーヴィチ　まあね。こっちにはどれぐらい？
ミハイル　一週間ぐらい。家族はあした帰るんだけれど、俺はモスクワで仕事がある──
──軍隊の仕事が。
スタンケーヴィチ　砲兵隊にいるんだったね。
ミハイル　現象に惑《まど》わされてはいけない。
スタンケーヴィチ　そうならないよう勉強中だよ。
ミハイル　砲兵隊にいると勉強は難しい。砲兵生活には爆音がつきものだ。『超越論的観念論の体系』を読もうにも歯が立たない──軍隊はまったくべつの原理で動くもんだから。
スタンケーヴィチ　君はシェリングを読んでいるんだ！
ミハイル　もちろんだ！　目に見えるものは不可分なる創造の炎のひとつの火花にすぎない。
スタンケーヴィチ　だけどカントを読まないと。我々はみんなカント派なんだ、シェリングをふくめて。

ミハイル　君に会えて神に感謝だ。どこへ行って話そう？　牡蠣《かき》は好きか？　よおし。ここで待っててくれ——帽子を取って、すぐ戻ってくる。（引き返し）いま持ち合わせはあるかな？

スタンケーヴィチ　（聞き入れて）うん……

ミハイル　あとで。

ミハイル去る。スタンケーヴィチ、見当たらないペンナイフのことをふと思い出し、なんとなく探し始める。

アレクサンドラとタチヤーナが急ぎ足で通り抜けていると、ナタリーに声をかけられる。ナタリーは行く先を変え、姉妹といっしょに出ていく。

ナタリー　ねえねえ！　なにもかもわかったわよ！

姉妹　なにが？　なにが？

ナタリー　ニコライはべつの人にときめいているの！　いま教えてあげるわ！

姉妹　うそでしょう！　だれのこと？　どうしてわかったの？　あの人あなたを好きな

んだと思ってた！

ナタリー　あの人はわたしをたぶらかしたの！

去りぎわにリュボーフィ登場。

姉妹　リュボーフィ！　ねえリュボーフィ！　聞いてちょうだい！

ナタリー、進路を変え、アレクサンドラとタチヤーナを引っ張っていく。三人去る。なにか聞きたげなアレクサンドラとタチヤーナにナタリーが小声でなにかを言う。

チャアダーエフ　愉快だ、愉快だ……

スタンケーヴィチ、リュボーフィに気づく。探すのをやめて姿勢を正し、彼女に一礼する。遠慮して黙り込む。

リュボーフィ　なにかなくされたの？
スタンケーヴィチ　どうかな……僕は……（間）じゃあ、あしたお帰りになるんですね。
リュボーフィ　ええ。でもひょっとすると……

リュボーフィが言い切らないうちに、スタンケーヴィチは戻ってきたミハイルにさらわれ、行かざるをえない。

ミハイル　行こう！　リュボーフィ！……スタンケーヴィチに会えたよ、見てのとおり。これからカント談義に出かける。カントこそ男だ。やっとわかった、自分がどこでまちがったのか！
リュボーフィ　ミハイル、い、い……
ミハイル　なに？
リュボーフィ　（即興で）どうするの……軍隊は？
ミハイル　心配ない。ちゃんとこの手に握ってる。（去りながら）ぜひともプレムーヒノへ泊まりにきてくれ。来てくれるよな？

スタンケーヴィチをさらっていき、ベリンスキーとぶつかりそうになる。

リュボーフィ　プレムーヒノへ……！

ベリンスキー、リュボーフィに気づく。彼女のことは知っている。

リュボーフィはベリンスキーに気づかない。去ろうと振り返ったところで、

床のペンナイフが目に入る。よろこびに小さく叫び、拾い上げる。

ベリンスキー　ああ……それはたぶん僕の……ペンナイフだと……

リュボーフィ、ペンナイフをくちびるに押しあて、首筋にあてる。ベリンス

キーに気づく。

リュボーフィ　まあ……

ベリンスキー、あぜんとしながらも一礼する。

ベリンスキー　僕はほんとうに……ほんとうに……

リュボーフィ　申しわけありません……わたしったら……

ベリンスキー　よしてください！　僕はほんとうに……ほんとうに……

リュボーフィ　わたし、ほんとうに物覚えが悪くて。

ベリンスキー　物覚え？　ああ。(話を合わせて) ベリンスキーです。哲学サークルの。金曜日の。

リュボーフィ　ああ。あそこでした。ほんとうにごめんなさい。さようなら、ベリンスキーさん。わたしたちはあした帰ります。

リュボーフィ去る。

シェヴィリョーフ登場。チャアダーエフを探している。

ベリンスキー　(自分に) 阿呆《あほう》！

シェヴィリョーフ、驚いて立ち止まる。ベリンスキー、気を取り直す。

シェヴィリョーフ教授！　ベリンスキーです、ロシア文学史の講義を受けていた。

シェヴィリョーフ　（当てこすって）それはありえない。我が国に文学はないんだ。

冷たくあしらわれたベリンスキーは尻込みし、シェヴィリョーフは媚《こ》びるようにチャアダーエフに近づく。

恐れながら、ピョートル・チャアダーエフさんでいらっしゃいますね。わたくし、あなたの著書にとても感銘を受けたものですから……

チャアダーエフ　著書？

シェヴィリョーフ　『哲学書簡』という……

チャアダーエフ　ああ。ありがとう。すでに出版されていたとは気づかなかった。

シェヴィリョーフ　いずれにせよ、感銘を受けた者はおおぜいいます……しかし敢えて申しますと、わたくしほど熱狂した人間はごくわずかでしょう――（一礼する）――ステパン・シェヴィリョーフ、モスクワ大学の文学史の教授です。

ポケットから原稿の束を取り出す。

これは第一書簡の写し――最近写された原本そっくりそのままのものです。

チャアダーエフ　見せてもらっても？　（ざっと見る）写しどころか、わたしはフランス語で書いたんだ。わたしが書いたとおりに言うと――我々ロシア民族は西洋にも東洋にも属しておらず、他民族とともに啓蒙主義の歩みを進めたことは一度もない。ルネサンスが我々を素通りするあいだも、我々はただ我々の掘っ建て小屋にうずくまっていた……ここに書かれたわたしの言葉は……まるで印刷機がなかった時代の生き証人だ。

シェヴィリョーフ　ええ、出版という観点からは難しい本です。しかし学内の我々のグループは新しい文芸誌の出版を認可されております――〈モスクワ観察者〉というんですが……そこであなたの論文を一般読者に紹介できれば、これ以上のよろこびはありません。（間）むろん条件としては、検閲を通ればの話です。（間）とは言え、まちがいなく大丈夫でしょう――言葉をひとつふたつ変更すれば。（間）実際にはふたつ。（間）「ロシア」……それから……「我々」です。

チャアダーエフ　「ロシア」、それから「我々」。

シェヴィリョーフ　「我々」、「我々を」、「我々の」……検閲官にとっては要注意の目印です。
チャアダーエフ　ではその代わりに……なにを……？
シェヴィリョーフ　「ある民族」ではいかがでしょう。
チャアダーエフ　「ある民族」
シェヴィリョーフ　はい。
チャアダーエフ　巧妙だ。
シェヴィリョーフ　恐れ入ります。
チャアダーエフ　（試しに）「ある民族は西洋にも東洋にも属しておらず、他民族とともに啓蒙主義の歩みを進めたことは……ルネサンスがある民族を素通り……ある民族はただある民族の掘っ建て小屋に……」（ふたたび原稿を読む）……考えさせてもらえるかな？

シェヴィリョーフ、一礼して去る。
アレクサンドラとタチヤーナが急ぎ足で登場、興奮して話しながら。

タチヤーナ　かわいそうなナタリー。

アレクサンドラ　彼の愛をあきらめちゃった！

ふたり、急ぎ足で出ていく。

チャアダーエフ　愉快だ……愉快だ……

つぎの場面へ移り変わるあいだ、リュボーフィ、人知れず踊りながら舞台を横切る。退場の直前、ふいにくるくるとターンし、見えなくなる。

一八三五年三月

場面は移り変わり、一週間後の昼間。ナタリー、やや取り乱した様子で部屋に駆け込む。ミハイル、ややおどおどした様子で追ってくる。

ナタリー　わたしがまちがっていたんだわ。そうじゃなきゃありえないもの――あなたとニコライがふたりとも……ひどい侮辱《ぶじょく》だわ！

ミハイル　ああ。でもニコライのした侮辱と僕のとはべつだ。それを忘れないで。

ナタリー　あの人のことはもういいの。

ミハイル　あいつの場合、自分を抑えてるんだ。

ナタリー　（疑うように）自分を抑えてる？

ミハイル　まあ、君に対してじゃないけど……

ナタリー　（かっとなり）どういう意味？

ミハイル　……君の場合は単なる誤解だ。けど去年田舎で、近所に住んでる若い人妻があいつをあずまやへ連れ込んで、くちづけをして、自分からあれもこれもずり下ろして——

ナタリー　あなたまだあの人と知り合って一週間でしょう！

ミハイル　一週間前に話してくれた。牡蠣を食べながら超越論的観念論について議論するうちに、そういう話になったんだ。

ナタリー　ああ、そういうこと。それで——なにがあったの？

ミハイル　それで——精神と物質はべつだという話になって……

ナタリー　あずまやでよ。

ミハイル　それで——人妻がくちづけをせがんだんだ——彼女の——彼女の——わかるだろう……
ナタリー　うそでしょう！
ミハイル　ほんとうだ。両方に、彼女の……両方、ふたつとも。
ナタリー　あぁ。とにかくそれで？
ミハイル　そう言えば思い出した。
ナタリー　なにを？
ミハイル　だれにも言わないって約束したんだ。
ナタリー　だめよいまさら！
ミハイル　いや、ほんとうに——
ナタリー　ミハイル！
ミハイル　（あせって）いや、あいつは人妻の乳房にくちづけしながら、ふと気がついた——自分の心は彼女の心との交流を求めてる、いままでそう思ってたけれど、それは実際には物質が精神に投影されてるだけじゃないかと……そしたらあいつは続けられなくて、嫌気《いやけ》が差して……吐き気をもよおして……
ナタリー　それを人妻に説明したのね？

ミハイル　いや、あいつは逃げた。そこがあいつと僕のちがいだよ。
ナタリー　なにが？
ミハイル　僕は始まる前から萎えてしまう。君じゃない、君のことじゃあ。
ナタリー　わたしには理解できないわ——どうしてそういうのが「ロマン主義」と呼ばれるのか。（困惑して）ジョルジュ・サンドではぜんぜんちがうもの。
ミハイル　僕はほんとうに君をきれいだと思ってるよ、ナタリー。きっとなにかが僕を思いとどまらせているんだ。
ナタリー　あなたはいままで何人の女の子にくちづけしたの？
ミハイル　四人。ああ、姉妹以外にってこと？

ナタリー、衝動的にくちづけをする——情熱的にくちびるに。

ナタリー　ほら！
ミハイル　ぜんぜんちがう。
ナタリー　あなたの姉妹は押しつぶしてしまうわ——あなたの雄々しく……雄々しくたくましい……わかるでしょう。

ミハイル　どうやって？

ナタリー　自分たちの目に映るあなたを、あなたの目にも押しつけたの——兄弟としてのあなたを。

ミハイル　ほんとうに？

ナタリー　あの人たちは進歩に欠けているの。客観的現実を超越できずにいるんだわ。

ミハイル　（悟って）それは——どうりで！

ナタリー　手紙を書くから持って帰って。わたしから説明してあげる。

ナタリー、ふたたび彼にくちづけをする。

ミハイル　（あとずさり、息を呑んで）手紙を書いて。

一八三五年夏

〈テレスコープ〉の編集室。発行部数の少ない文芸誌を編集するにはじゅうぶんな部屋である。編集室でもあるが、ふつうの部屋でもある。入り口のドアと奥の部屋へ通じるドアがある。

チャアダーエフが座って待っている。ベリンスキー、活字箱と校正刷りを持って奥から登場し、一脚しかない机へ向かう。チャアダーエフ立ち上がる。ベリンスキー、彼を見て驚く。相変わらずの社交下手である。

チャアダーエフ　チャアダーエフです。

ベリンスキー　ベリンスキーです。

チャアダーエフ　ナデージディン教授はいるかな？

ベリンスキー　いいえ、まだ。いつ戻ってきてもおかしくないんですが。

チャアダーエフ　ああ。座ってもいいかね？

ベリンスキー　座る？　はい。そこに椅子が。

チャアダーエフ座る。間。ベリンスキー、立って待つ。

チャアダーエフ　どうかわたしにかまわず……

ベリンスキー　（おろおろして）ああ。すいません。

ベリンスキー、机に向かい、原稿の入った封筒を開くが、落ち着きがない。

チャアダーエフ　(原稿のこと)追放中のゲルツェンからの記事だ!

ベリンスキー　アレクサンドル・ゲルツェンの?

チャアダーエフ　彼をご存知ですか?

チャアダーエフ　彼が逮捕される前の晩におなじ晩餐会にいた。いま準備しているのは九月号かな?

ベリンスキー　七月号です。

チャアダーエフ　(間)しかしもう八月だ。

ベリンスキー　わかってます。でもどうすればいいのか!

チャアダーエフ　表紙に九月号と書くんだ……ナデージディンは昼食に?

ベリンスキー　いいえ、コーカサスに。

チャアダーエフ　ああ。そう……それなら……

ベリンスキー　きょう戻ってきてもおかしくないんですが。

チャアダーエフ　そうは言っても。

ベリンスキー　（困惑して）僕にもどういうことなのか……
チャアダーエフ　いや、完全にわたしが悪かった。
ベリンスキー　何カ月もコーカサスに行ったきりなんです。
チャアダーエフ　そりゃそうだろう。
ベリンスキー　すべて僕にまかせて。
チャアダーエフ　ほんとうかね？　こう言っちゃなんだが、〈テレスコープ〉の質はぐんと上がったよ。あれなら上出来だ――発行が不規則になったとは言え。
ベリンスキー　（暗く）ああ、お気づきでしたか。
チャアダーエフ　かまわないさ。せめてシェヴィリョーフに〈モスクワ観察者〉を二、三号すっぽかす才覚でもあれば――いっそ休刊してくれたほうがありがたい。
　ベリンスキー、俄然《がぜん》元気になり、ほとんど有頂天《うちょうてん》で人見知りもしない。得意分野――文学と批評――の話になると別人になる。
ベリンスキー　そうでしょう！　僕は彼に対抗する記事を準備してる。シェヴィリョーフに情けは無用です！　あの上流階級についての評論を読んだときには本気で具合《ぐあい》わるところだった。上流と芸術とは同義語じゃない。上流とは身分制に関わることだ。芸術というのは知性と感情に関わることとです。さもなきゃ、めかしこんだやつはだれでもここへ来て、作家を名乗ってもいいことになる。

チャアダーエフ　（丁寧に）なかなか……

ベリンスキー　僕は若さや健康を失いながら、方々に敵をつくってる。崇拝者に囲まれていてもおかしくないのに、やつらは僕の自立をうばうことしか望んでいない。なぜなら僕が信じているからだ――文学だけはいまのいまでも、我が国の名誉を回復できるということを――いまのいまでも言葉だけは、検閲の目をすり抜けた言葉だけは。文学こそは……文学こそは……

チャアダーエフ　社会的目的をもった文学ということ……？

ベリンスキー　ちがう！　社会的目的なんてものは勝手に首でもくくればいい！　ちがいます――僕が言っているのは、文学こそ取って代わることができる、そのものになれるってことなんです……ロシアそのものに！　芸術家は社会的目的をもったとたん、宣伝屋に成り下がってしまいます。才能があってもそれじゃあだめだ。我々の役には立ちません――いまの我々は「ロシア」と言うたびに、恥ずかしくて間抜けな苦笑いをするしかないんです。「ロシア！　ええ、残念ながらそのとおり――

未開の僻地《へきち》、歴史はなく野蛮のみ、法律はなく独裁のみ、栄光はなく武力のみ、そして現状に甘んじる農奴たち！」我が国は世界にとって反面教師以外のなにものでもない。けれど、偉大な芸術家であれば、すべてを変えることができる。たとえばプーシキン――ほら、『ボリス・ゴドゥノフ』以前の。いまのプーシキンは終わってる。これからほかにも出てくるでしょう――僕にはわかる。この国ではいずれ、ものごとが一年ごとではなく、一時間ごとに成長するようになる。わかりますか？「ロシア」と聞いて偉大な作家が真っ先に思い浮かぶようになれば仕事は完了だ――あなたもロンドンやパリの街を大手を振って歩けるようになる。お国を聞かれたら、こう答えられるようになるんです。「ロシア！　お国はロシアだ、この野郎――それでなにが思い浮かぶ？」

チャアダーエフ　君の崇拝者として言わせてもらうが、敵が多いのは君の意見のせいじゃない。むしろ君の……その言葉づかいだ……みんな慣れていないんだよ。

ベリンスキー　でもどうすればいいんです？　一冊の本が僕を捕らえるとき、腕ではなくて喉《のど》をつかむ。僕は考えを叩き出すしかない。さもないと見失ってしまうんです。言葉づかいにかまってる余裕はない。主語と述語があるだけで奇跡だ。カオス、過剰、そして無慈悲……

チャアダーエフ　ああ……興味深い瞬間だ。（決心して）きょうはわたしの書いたものをナデージディンに持ってきたんだ。これを。新しいものじゃない。おそらく出版は不可能だろう。

ベリンスキー　そんな――そこまでひどくはないですよ。

チャアダーエフ　ロシアではってことだよ。

ベリンスキー　ああ、はい。

チャアダーエフ　だがしかるべき瞬間が来たと思う――いまならちょうどモスクワの検閲官は底抜けに無能なやつだから。

ベリンスキー　ええ……ですがこの記事が通ったら、そのときなにが……？

チャアダーエフ　我が国のお偉がたがそれを読んだときかね？　彼らに良識のかけらでもあれば無視するだろう。

ベリンスキー　けれど良識のかけらもない。

チャアダーエフ　となれば〈テレスコープ〉は栄光の炎と燃え上がり、我々はみんな丸焦げさ。我々はいかにしてヨーロッパのキャリバンとなり果てたのか。我々は自分の足で立ってもいない……必要なのは、人間としての教育をやり直すことだ――我我を素通りしてしまった教育をね。わたしも君とおなじ心情を分かち合っていることがわかるはずだ。ひとつふたつ、おなじ表現もある……（フランス語で早口で読み）「Nous sommes de nombre de ces nations qui ne semble pas faire partie intégrante du genre humain, n'est qui existe que pour donner leçon au monde…」

「我が国は、人類にとってかならずしも不可欠ではない国、世界に教訓を与えるためだけに存在している国のひとつである……」

ベリンスキー　（ごまかして）ええ……たしかに……たしかに……

チャアダーエフ　これなら君の趣味から見ても、さほど……上流階級的ではないだろう。

ベリンスキー　（ぱらぱらと目を通しながら、ごまかして）ええ……まったく……

チャアダーエフ　読むあいだ待とう。君の意見を……

ベリンスキー　あとで読ませてもらいます。

チャアダーエフ　（がっかりして）ああ、まあ……いずれナデージディンが知らせてくれるだろう——危険を冒す覚悟があるかどうか。ではまた……

ベリンスキー　ええ……ええ……また……

チャアダーエフ出ていく。

無事去ると、ベリンスキーはたちまち恥辱と自己非難に身を投じる——自分を攻撃し、家具にぶち当たり、最後には床に転がってしまう。

チャアダーエフがふたたび登場し、ベリンスキーを見つける。

チャアダーエフ　いや、完全にわたしが悪かった。あとでロシア語の原稿を送るよ。

原稿を取り戻し、一礼して出ていく。

ベリンスキー、机の椅子に座り、腕に顔をうずめる。

一八三六年春

ベリンスキーが机に突っ伏して寝ている。ミハイルが入ってくると目を覚ます。

ミハイル　ベリンスキー……

ベリンスキー　ああ……バクーニン……ごめん……入って！　どうぞ。座って。いま何時？

ミハイル　さあ。ナデージディンはいるか？
ベリンスキー　いや。クラブに出かけた——検閲官に記事を見せに。
ミハイル　ちくしょう……まあいい、聞いてくれ。いまいくら持ってる？
ベリンスキー　僕？　悪いけど僕は……
ミハイル　借金しようってわけじゃない。
ベリンスキー　ああ、そう、十五ルーブルぐらいあるけど。
ミハイル　当座はそれでいい。この記事の代金だ。〈テレスコープ〉のために俺が書いた。（ベリンスキーに何枚か紙を渡す）このあいだの集まりにお前がいなかったのは残念だな。スタンケーヴィチと俺は新しい哲学を発見したんだ。
ベリンスキー　僕はいたよ。ナデージディンが戻ってくるまで待っててくれる？……あ、あ、翻訳か……フィヒテの。
ミハイル　スタンケーヴィチが出発前に最後までいっしょに読んでくれた。あいつは咳がひどくてコーカサスへ行ったんだ。それを言うと、お前にもそうしろと言ってるみたいだが。どう思う？
ベリンスキー　どう思うもなにも……
ミハイル　ああ、たしかに。まずは読んでくれ。フィヒテこそ男だ！　どうしてシェリングがしっくり来なかったのか、やっとわかった。いかにして俺は世界の存在を知るのか？　俺の頭にカモメが糞《ふん》をしたときに知るんだ。俺が世界と出会ってはじめて世界は存在を獲得する。「自我」がすべてだ。自我しかない。とうとう理にかなった哲学が現われた！　そうだベリンスキー、ソログープ伯爵のことをなにか知ってるか？　そいつは作家だって聞いた。

ベリンスキー　ソログープ？　気取り屋だよ。上流社会の小説ばかりで、軽蔑《けいべつ》するほどの価値もない。髪に粉を振ってるような男さ。

ミハイル　そうか、とにかく追っ払ってやる。ナタリーがうちの妹たちから手紙をもらったんだ。ソログープ伯爵がタチヤーナにつきまとってるらしい。かわいそうに……しまった、忘れてた――

　ドアを開けて怒鳴る。

ポーター！　バイエルのお嬢さんに上がってくるよう言ってくれ！……それはそうと……

ベリンスキーに名刺を二、三枚渡す。

ベリンスキー　……こいつはもう見せたか？　「ミハイル・バクーニン……数学教師……」

ミハイル　ああ、一枚もらったよ。生徒は集まった？

ベリンスキー　ぼちぼちだ。お前もだれかつてがあれば……うちの親父にはまいったよ。ほとほとまいった。トヴェーリの知事の口利きで俺を役所に入れようとしてる。楽しき我が家と縁を切ったときは、ざまあ見ろと思ったのに……それでも、ああ、恋しくなるんだよ。スタンケーヴィチは医者の命令でコーカサスへ行ってしまったし、バイエル一家もじきに田舎へ行ってしまう……じいさんのことは許してやろうと思うんだ。お前もいっしょに泊まりにこないか？

ミハイル　来ないかって……

ベリンスキー　プレムーヒノへ。いっしょにフィヒテを勉強できるぞ。

ミハイル　ああ、僕なんかまた自分を笑いものにしてしまうだけだから。

ベリンスキー　そう立派な場所じゃない。清潔なシャツさえ着てれば大丈夫だ。十五ルーブルほど——これが一生で最後の頼みだ。

ミハイル　悪いけど、いまは渡せない。僕は……これから人に会うんだ。

ミハイル　（憤慨することなく）またべつの田舎娼婦か？

ベリンスキー　いいや、おんなじ子だよ。

ナタリーがベリンスキーの背後に登場する。

少なくとも彼女は本物の女だ——たとえ娼婦でもね。

ミハイル　（ナタリーに）君の話じゃない。

ナタリー　（あきらめ顔で）わかってるわ。

ミハイル　タチヤーナに手紙を書いたんだ。読んでくれてかまわない。ソログープの手紙を送り返せって言っておいた。

ナタリーに手紙を渡す。

ベリンスキー　バイエルさん……

ナタリー　こんにちは、ヴィッサリオン。哲学サークルには来なかったのね。

ベリンスキー　いや行ったよ。あんまり騒がないようにしよう——ナデージディンのお客さんが部屋で待ってる。

ミハイル　だれだ？

ベリンスキー　カミンスキー。歴史書を出版してる。

ミハイル　ほんとうか？　俺は歴史に詳しいんだ。

ミハイル、奥へ入り、ドアを閉める。

ベリンスキー　座ったら？

ナタリー　ありがとう。（座る）ほら、椅子は現実だわ。だからわたしも現実なのね——こうして椅子と出会ったんだから。それはそうと、あなたがさっき娼婦と呼んでいたのはだれのこと？　ジョルジュ・サンド？

ベリンスキー　フィヒテが言ったのはそうじゃなくて……そいつは世界に刻まれた心の刻印なんだ——「自我」のね。

ナタリー　少なくともフィヒテはみんなを平等にしてくれるわ。シェリングではちがった。我々の道徳的模範になるには芸術家もしくは哲学者、つまり天才でなければならなかったもの。

ベリンスキー　そう！　そのとおり！　道徳的秩序における民主主義。フィヒテによって我々はもう一度手綱《たづな》を握るんだ。

ナタリー　ミハイルはタチヤーナに憤慨しているの。彼女が手綱を握ることは許されないの？

ベリンスキー　手綱？

ナタリー　タチヤーナにはソログープ伯爵という崇拝者がいるの。崇拝を受けることは女の目的よ。少なくともロシアの女はそう。ドイツの女だってそうでしょう……そうやって女は「理想」の化身に……妹に、天使に、「美しき魂」になるんだもの……

ベリンスキー、奥の部屋から聞こえる会話が気になっている。奥の部屋の声が陽気で弾《はず》んだものとなる。ミハイルの笑い声。

ベリンスキー　どうしたんだろう。

ナタリー　（突然の情熱と怒りをもって）なのにどういうつもりなの――ジョルジュ・サンドを娼婦だなんて？　彼女は女性という奴隷の身分から自由になったの！――

聖女なのよ！

ベリンスキー （まごまごして、おびえながら）わかったから……

ナタリー （突然泣き出し）わたしもフランスの女になりたい。それかスペイン、イタリア……ノルウェー……オランダ……どこでもいいから……

ミハイル、一冊の本と金を手に奥の部屋から出てくる。

ミハイル 朝めし前だ！

ベリンスキーに金を渡す。ナタリーは手紙を読む。

ベリンスキー これは？

ミハイル カミンスキーが、このドイツ語の歴史書を翻訳してくれって――四百ルーブル、前払い――みんなをあっと言わせてやるぞ！　さあ、それで新しい靴を買ってこいよ。お前もいよいよプレムーヒノに来なきゃだめだ。行こうナタリー、僕の支え、僕の右腕、僕の弟子、僕のよろこびとかなしみの妹――

ナタリー　これは嫉妬に狂った恋人の手紙だわ！　こんな手紙、わたしには一度もくれたことないじゃない！

ミハイル　どうしたんだ？

ナタリー　Tu es vraiment un salaud! Adieu.

彼に手紙を投げつけ、出ていく。ミハイル、手紙を拾う。

ミハイル　（ベリンスキーのために翻訳して）「あなたってほんとうにきたない人！　さようなら……」だって。俺は行かないと……じゃあプレムーヒノで――ぜひともうちの姉妹に会ってくれ。

ナタリーのあとを追い、出ていく。

つなぎの場面――一八三六年十一月

ピアノ。スタンケーヴィチ、リュボーフィと連弾している。中断し、突然立ち上がる。

スタンケーヴィチ　リュボーフィ！　僕はどうしても言わないと！　君がいないあいだ……僕はずっと……

リューボーフィ　（助けて）コーカサスにいた。

スタンケーヴィチ　……苦悩していたんだ！　君ははじめての人じゃない。僕はとっくに……よごれていて。

リューボーフィ　そのことは言わないで。

スタンケーヴィチ　いや、どうしても、どうしても……この胸にのしかかっていて――このくちびるが、べつのくちびるにふれたことが。

リューボーフィ　（混乱し）胸に？

スタンケーヴィチ　（驚いて）くちびるに――べつのくちびるに。（とっさに悟って）もうミハイルから話を聞いたんだ……？

リューボーフィ　そうじゃない！　いまあなたのなかにわたしの内的生活のこだまが聞こえたの！

スタンケーヴィチ　許してくれる？

リュボーフィ　わたしもあなたと出会ったとき、しみひとつなかったわけではないの、ニコライ。
スタンケーヴィチ　ああ、そんな……
リュボーフィ　でもわたしたちの気高い愛に比べたらなんでもないわ！　たかがひとつのくちづけだもの――あずまやの。
スタンケーヴィチ　（飛び上がり）や、や、やっぱりミハイルから話を！　うわあ！
リュボーフィ　ちがうわ！
スタンケーヴィチ　じゃあだれから？……司祭からだ！
リュボーフィ　ちがうわ！　ちがうの！
スタンケーヴィチ　じゃあいったいなんの話を？
リュボーフィ　レンヌ男爵がわたしにあずまやでくちづけしたの！
スタンケーヴィチ　ああ！　僕もある人にあずまやでくちづけしたんだ。でも好きになれなかった。
リュボーフィ　わたしも好きになれなかった。たかがふたつのくちづけよ、ニコライ。
スタンケーヴィチ　（間）どこの？
リュボーフィ　あずまやの。

間。互いにくちづけしそうになる。スタンケーヴィチは勇気をなくし、座ってふたたび弾き始める。

一八三六年十二月

ベリンスキーの部屋は非常に狭い空間で、窓がひとつある。残りの大きな空間は隣の洗濯屋を暗示する——蒸気、たらい、しわ伸ばし機、物干し。洗濯屋の騒がしい物音が背景に聞こえる——たらいのぶつかる音やジャブジャブという音……

部屋には小ぶりのベッド、立ち机、粗末な長椅子を埋め尽くす本や、紙束、薪《まき》ストーブ。床には雑誌や紙が積まれている。簡素な洗面台と室内用便器。カーチャという若い女がベッドに入っている。服を着たままで外套も着ている。

ベリンスキーが階段を上がってくる音。ストーブ用にゴミからあさってきた木切れを抱えて登場する。部屋にカーチャがいるとは思っていない。カーチャは身を起こし、彼の姿を見るまでおびえている。

ベリンスキー　カーチャ……もう一生会えないかと思った。心配したよ。

カーチャ　ああ、おかげでどんなにこわかったか。あんたが田舎へ行ってるあいだ、警察が捜査に来たんだから。

ベリンスキー　知ってる。

カーチャ　また来たらどうしようと思って。

ベリンスキー、ストーブのそばに木切れを置く。

ベリンスキー　これはもっと冷えてきたらつけよう。

カーチャ　ストーブのなかまで調べてったわ。

ベリンスキー　連中はちゃんと扱ってくれた？　君をはずかしめるようなことは？

カーチャ　はずかしめる？

ベリンスキー　（その話はやめて）いいよ、君がそう思わなかったなら……僕も尋問に呼ばれたんだ。ナデージディンは追放刑。チャアダーエフは自宅軟禁《なんきん》。（笑って）

検閲官は年収三千ルーブルを失った――チャアダーエフの悪名高い記事をカード遊びの真っ最中に通したらしい。

カーチャ　もっと早く帰ってくるって言ってたじゃない……なんで手紙をくれなかったの？

ベリンスキー　字は読めないだろう。

カーチャ　そんなの理由にならない。

ベリンスキー　ああ、ごめん。金がなくなってからどうした？

カーチャ　自分の宝石を売ったわ。

ベリンスキー　そんな、うそだろ、うそだろ！

彼女を抱きしめ、服の下の感触を確かめる。

ほら、まだちゃんとある。

彼女にくちづけをする。

カーチャ　向こうはどんなところだった？

ベリンスキー　それはもう……家族だった。驚いたよ。家族ってものがあるのは知ってた。僕も家族から生まれたけど、ああいうのは想像もつかなかったから。

カーチャ　なにかおみやげは？

ベリンスキー　それにあの土地そのもの――すがすがしい朝のプレムーヒノ――虫の声、カエルの声、小鳥のさえずり、水しぶきの音。まるで自然がみずからと会話を交わしてる……「永遠」とか「普遍」というものがいかに現実か――この部屋のなかの日常よりも、外で待ち受ける世界よりも――それが理解できる。信じられるんだ――人はいまの生活よりもはるかに高いところで生きられる――「絶対的なるもの」の心に抱かれて。

カーチャ　（もどかしく）なにがあったのか、ちゃんと話して。

ベリンスキー　最悪だった。

断念し、むせび泣く。カーチャ、落ち着くまで彼を抱きしめる。動転して心配しながら。

カーチャ　大丈夫よ……大丈夫……どうしたの？

ベリンスキー　（おさまって）字なんか読めなくてもいいんだ、カーチャ。どうせ言葉は人をだます。あっちこっちに守れもしない無責任な約束をするだけだ。勝手に言ってろ！「客観的世界とはいまだ無意識なる魂の詩である。」こんな言葉になんの意味がある？「美しき魂の霊的交流が『絶対的なるもの』との調和を実現する。」なんの意味がある？

カーチャ　わからない。

ベリンスキー　なんにもない。そんなものを僕は完璧に理解していた！　なのにそういう立派な文句はみんな泡のように消えてしまって、気がつくとバクーニンが突っかかってくる。理由はわからない。行き場がなくて、仕事もないのに帰るしかなかった……バクーニンには伝えたけどね——僕があいつをどう思ってるか。

ミハイルが階段を上がる足音。攻撃的に「ベリンスキー！」と叫んでいる。カーチャ、おびえるわけでも指示されるわけでもなく、毛布を引っ張って身を包む。本気で隠れようとはしていないが、顔以外はほとんど見えなくなる。

ミハイル、手紙を振りかざしながら押しかける。

ミハイル　よおし――決着をつけようじゃないか。
ベリンスキー　まず座ったら？
ミハイル　座る場所はどこにもないし、俺は長居するつもりもない。
ベリンスキー　僕の手紙はどうでもよかったんだ。
ミハイル　ああ、どうでもいい――スタンケーヴィチと俺が翻訳して手ほどきしてやった問題について、さもわかったような口調で語られようと。お前が俺を借金泥棒呼ばわりして、説教垂れようとどうでもいい。自分はなんだ？　はなったれの三文文士の書評家風情《ふぜい》が、俺の家でくつろいで、俺の両親を侮辱して、俺の妹に色目を使って――あいにくあいつは地元の貴族を選び放題だ。
　ベリンスキー、身体的攻撃を受けたようにひるむ。
ベリンスキー　ああ……ああ……そういうことなら……
ミハイル　ハ！　お前がアレクサンドラに頓珍漢《とんちんかん》な望みをいだいたからって俺が気にすると思ってるのか？　俺がいやなのは――吐き気がするのは――かわいそうなタチ

ヤーナがお前にだまされて、話に聞き入って、食い入るように見つめて、まるで……まるで――

ミハイル、崩れるようにベリンスキーの肩に抱きつき、泣く。

ベリンスキー　（当惑して）なに……？　いったいどうしたんだよ？

ミハイル　タチヤーナだよ！　タチヤーナ！　許してくれベリンスキー、許してくれ！　あいつに対する俺の気持ちをどう呼べばいいのかわからない――俺は破滅だ。俺の理想もすべて無力だ、この……この……この嫉妬の前では……

ベリンスキー　嫉妬って君が僕に？

ミハイル　拷問だった……

ベリンスキー、心動かされる。ミハイルを抱きしめる。

ベリンスキー　ミハイル、ミハイル……

ミハイル、カーチャがじっと見ているのに気づく。

ミハイル　ああ……失礼、マダム……

ベリンスキーから身を離す。

バクーニンです。（ベリンスキーに）ほんとうに行かないと。スタンケーヴィチがよろしくと言ってた。あいつとリュボーフィが文通を始めたことは話したか？　秘密なんだ——いまはまだ。でも美しいやり取りだ。ナタリーにも読んでやってるけど、俺たち、あいつはリュボーフィにふさわしいって話してる。ヴァレンカは弱気になってるらしい。手紙を書いてやったんだ——あのけだもののディヤコフのことで。それでも俺はちゃんとこの手に握ってる。すまない、俺はちょっと……わかるだろう……でももうぜんぶ大丈夫だ、そうだろう？　〈テレスコープ〉がなくなって、これからどうする？

ベリンスキー　わからない。

ミハイル　（明るく）それでも運がよかったじゃないか、いまシベリアにいなくてすんだのは。じゃあ à bientôt［また］——また金曜日に。いまはなにを読んでる？

ベリンスキー　もちろんフィヒテを。どうして？

ミハイル　フィヒテ？　ヘーゲルを読まないと。ヘーゲルこそ男だ！　フィヒテの主張では、客観的世界は存在しなかった。俺が道を誤ったのも無理はない！……（カーチャに一礼して）マダム、重ね重ね失礼。

ミハイル出ていく。

カーチャ　ふん……！（あざけって）アレクサンドラ！

ベリンスキー、ポケットから小さなペンナイフを取り出す。

ベリンスキー　君には理解できないよ。

カーチャ　あら、そうかしら？　あの人は自分の妹に恋してるけど、その妹はあんたに首ったけ。だけどあんたはまたべつの妹にほれたんでしょう——ヤらせてくれもしない子に。

ベリンスキー　ほら。これがおみやげだよ。
カーチャ（よろこんで）あたしペンナイフなんてはじめて。
ベリンスキー　それしか僕には残ってない。

つなぎの場面——一八三七年一月
音楽。コンサートホールの入り口に寄りかかり、詩人アレクサンドル・プーシキン、三十七歳、尊大で不機嫌そうな顔つきで客をじろじろ見ている。だれかと目が合い、急に背を向けて去る。
遠い別世界から聞こえてくるような一発のピストル音。

一八三七年二月
夜。ベリンスキーの部屋に獣脂ランプの明かり。ベリンスキー、コートを着て、さらに新聞紙を何重にも腹に巻いて暖を取り、よごれたハンカチに咳き込んでいる。屋外着姿のスタンケーヴィチが興奮しながら歩き回っている。

一冊の本を開いて持っている。

スタンケーヴィチ まず我々がなすべきことは、ハムレットでいるのをやめることだ。

ベリンスキー （腹の新聞を読み）「……史上最大の詩人の死……」ああ、僕は新聞記者が大っ嫌いだ。やつらになんの関係がある？ 失った思いは個人のものだ。分かち合うなんて拒否するよ。

スタンケーヴィチ 彼にとって彼女はふさわしくない女だった。あの決闘は彼の分裂した自己で、それをフェンシングの試合としてドラマに仕立てたものなんだ。

ベリンスキー 撃ち殺されたんだ。

スタンケーヴィチ え？

ベリンスキー 彼は撃ち殺されたんだ。

スタンケーヴィチ だれが？

ベリンスキー プーシキン。

スタンケーヴィチ 僕はハムレットの話を。

ベリンスキー ハムレット？

スタンケーヴィチ 決闘があった。あの決闘を覚えてるだろう？

ベリンスキー　見ろよスタンケーヴィチ、こんなの屈辱だ。でも客観的世界が妖精の屁ぐらい空虚なものだろうと、仔牛肉のソテーぐらい現実のものだろうと――（腹を押さえる）ああ、ちくしょう！――だれか気をきかせて僕を編集者にしてくれないと……

スタンケーヴィチ　（ポケットから金の入った封筒を取り出し）ああ！　その件で来たんだった。君は二、三カ月コーカサスへ行ったほうがいい。これを。僕だけじゃない。ボトキン、アクサーコフ、カトコフ……サークルのメンバー全員から……

ベリンスキー　ありがとう。

スタンケーヴィチ　まずは体を治さないと……

ベリンスキー　そうする。心配いらない。

スタンケーヴィチ　ヘーゲルを持っていけばいい。

本をベリンスキーに渡す。ベリンスキー、慎重に本を開く。

ベリンスキー　じゃあ結局、客観的世界は幻想じゃなかったんだ？

スタンケーヴィチ　そう。

ベリンスキー　洗濯屋も鍛冶屋も、フィヒテが心の刻印にすぎないと言ったものは……すべて現実だったってこと？

スタンケーヴィチ　そう。理性的なものはすべて現実的であり、現実的なものはすべて理性的である。

ベリンスキー　貧困も不正も検閲も、鞭《むち》打つ非難も、進まない裁判も？　教育大臣も？　ロシアも？

スタンケーヴィチ　現実なんだ。

ベリンスキー　それを見逃していたのはどういうこと？

スタンケーヴィチ　単なる現実じゃない——必然だった。

ベリンスキー　どういうこと？

スタンケーヴィチ　歴史の歩みにとって必然だった。歴史の弁証法的論理だよ。

ベリンスキー　ほんとうに？　じゃあ……そのことで心配するのも……非難するのも…

…それは……

スタンケーヴィチ　知的とは言えない。俗悪なあやまちだ。

ベリンスキー　ドイツ語の辞書を貸してくれる？

スタンケーヴィチ　ああ、ベリンスキー！　（スタンケーヴィチ、咳き込む）今度いつ会えるかはわからない。医者から温泉の水を飲むよう言われてるんだ。ドイツへ発《た》つ前に故郷の両親に会ってくる。

ベリンスキー　もうお祝いを言わせてもらってもいいのかな？

スタンケーヴィチ　いや。まだ正式にはね。（間）ベリンスキー……リュボーフィに伝えてほしい——彼女は僕には立派すぎると！

ベリンスキー　そんなことないよ！　そんなことない！　だって君も立派じゃないか。スタンケーヴィチ、一度も感じたことはないのか……欲望を？　君たちふたりならお互いを幸せにできるのに！

スタンケーヴィチ　強烈な感情は経験したけれど——リュボーフィがナタリーのスケートをはずそうとひざまずいたとき……

ベリンスキー　それだよ！

スタンケーヴィチ　だけど結婚はあまりにも……

ベリンスキー　現実的？

スタンケーヴィチ　幻想じゃないかと思うくらい。それに、ふたりで所帯をもつのは……

ベリンスキー　現実だよ！

スタンケーヴィチ　それに……あれとか（セックスのことである）……子供とか。
ベリンスキー　現実だ。
スタンケーヴィチ　家庭の生活も――冬の夜に火を囲むのも……
ベリンスキー　現実だ。
スタンケーヴィチ　（ひどく悩んで）じゃあ洞窟の壁に映った影はなんなんだろう？
ベリンスキー　それは哲学だよ。

一八三八年四月

ベリンスキーの部屋。ミハイルが越してきて同居している。以前長椅子の上にあった本やその他の雑多なものは床にある。ベリンスキー、コーカサスで着ていた外套を着て、立ち机で書きものに熱中している。書き終えたページをつぎつぎと放っては床の上のページに重ねていく。きょうは洗濯屋の音に加えて、下の鍛冶屋から鉄床《かなとこ》を打つ音も聞こえ、いっそうやかましい。ミハイルがどしどしと階段をのぼる音が聞こえる。勢いよくドアを開くと彼は憤慨しており、振り返って怒鳴る。

ミハイル　やかましいぞ鍛冶屋！　静かに叩け！

音が倍に大きくなり、やむ。ベリンスキーは緑色の表紙をした〈モスクワ観察者〉を手にしてページをめくっている。ミハイルは部屋に入るとまっすぐ長椅子へ向かい、そこで大きな肩かけかばんに自分のものを詰め始める。

ベリンスキー　（考えながら）三月号じゃなくて四月号と書けばよかったな……（そして満足げに）でも表紙が黄色から緑に変われば、読者にストレートに伝わるはずだ――〈モスクワ観察者〉は新しい編集者を得たってことが……

ミハイルがしていることに気づく。

出ていくんだ？

ミハイル　プレムーヒノへ帰らないと。

ベリンスキー　なにかあったの？

ミハイル　農業だよ！

ベリンスキー　どういう意味――農業って？

ミハイル　文字どおりだ。スタンケーヴィチは何カ月も前からベルリンにいて、ヘーゲルの門下にいた教授に師事してる。そして俺には親父から手紙が来た――お前の借金を片づけてやるから、代わりに農業を勉強しろと！

ベリンスキー　どうして農業を？

ミハイル　現象的には、プレムーヒノは農業で成り立ってる。思わなかったか？　自然という美学的事実がただそこにある――まるでツリガネスイセンのように。もっと大きいが。

ベリンスキー　いや、思わなかった。

ミハイル　とにかく俺は思ったんだ。それがまさか農業とはな。農民は代々、作物を植えて、育てて、食って、家畜に食わせて、時が来たら、またすこし植える。田園生活だ！　そんなものは教養ある男が取り組むようなテーマじゃない！　だから俺はうちへ帰って、親父にいろいろ説明しないと。どっちにしろ、ヴァレンカがドイツへ行く前に会っておきたいし――リューボーフィも弱ってるからはげましてくる……

ベリンスキー　スタンケーヴィチからなにか便りは？

ミハイル　（肩を落とし）あいつは考え直してる。

ベリンスキー　そんな。スタンケーヴィチはもう彼女に伝えたの？

ミハイル　ちがう、リュボーフィとのことじゃない。

ベリンスキー　なんだ。

ミハイル　あいつはこれ以上親父さんに金の無心はできないと思ってる。まったく！あいつの故郷の領地ときたら魂何千だぞ！　家内農奴をふたり売っぱらえば、俺がベルリンで三年間、観念論を勉強できるのに！

ミハイル、荷作りを終えて、出ていこうとする。

〈モスクワ観察者〉はどうするって思ってるよな。俺の結論としては、こうして自分たちで雑誌をもつのはまちがいだった。

ベリンスキー　まちがい？

ミハイル　白紙に戻すべきだ。俺たちには準備ができていない。

ベリンスキー　なんの？

ミハイル　俺たちは考えて——考えて——考えなければ！

ベリンスキー それは僕が君の記事を何カ所か削ったからじゃあ……？
ミハイル いいか、単純なことだ。もっと多くを学ばなければ、俺たちに出版する権利はない。
ベリンスキー なるほど。
ミハイル よし。じゃあ決まりだ。俺は行く。

ベリンスキーを抱きしめる。

お前はいまでも俺のヴィッサリオンだ！
ベリンスキー 僕はずっと君の才能にあこがれてきた――その疑いのない才能……エネルギー、楽天的なところ……この数カ月のあいだ、君の手引きでヘーゲルを学んだし、ふたりで雑誌も出版した。これほど幸せだったことはないよ。君がこんなにも愛情やにぎやかさや詩的な心を見せてくれたことはなかった。君を思うときは、それを思い出すことにするよ。
ミハイル ありがとう、ヴィッサリオン。
ベリンスキー 思い出したくないのは、君が横柄《おうへい》ならぬぼれ屋で、身勝手で、あつかましくて……意地悪で、たかり屋で、鼻もちならない教師かつ指導者で、のぼせ上がった姉妹にとって唯一の哲学は「ミハイルは言ってるわ」……

ミハイル　ああ！

ベリンスキー　……なにより君は抽象概念や空想のなかへ飛んでいったまま帰ってこない。だから気づかずにいられるんだ――哲学者の生活は貴族のたわむれにすぎないってことも――それが可能なのはプレムーヒノで汗水流してる五百の魂のおかげだってことも――どういうわけか彼らは「絶対的なるもの」とひとつになってはいないけど。

ミハイル　ああ。お前も向こうで甘い汁を吸ってたころは、そんなこと口にも出さなかったはずだ。

ベリンスキー　考えもしなかった。僕も夢のなかにいたんだ。でも現実を考えずにやり過ごすことはできない――現実的なものはすべて理性的であり、理性的なものはすべて現実的である。このヘーゲルの言葉を聞いたとき、どんなに気分が高揚したか。おかげで僕は解放された。僕が人類の守護者だなんてうんざりだった。現実！　僕は毎朝毎晩、寝ても覚めても口にする。そして僕らにとって現実とは、〈モスクワ観察者〉の編集者は僕で、君は執筆者ってことだ。なんとしても記事を送り続けてくれ。どの記事も真剣に検討するから。

ミハイル まったく、俺のまわりはエゴイストばかりだ！ ヘーゲルがこの世に生まれたおかげで……こんな三文文士までが俺に向かって「現実！」とがなり立てる。なのに俺は精神の自由をうばわれて、全世界の陰謀で農業の道へと……冗談じゃない！ 俺の行き先はベルリンだ！ 俺の救世主はどこだ？ だれにもわからないのか？ ロシア哲学の未来がかかってるんだ――たったの二、三ルーブルでいいから貸してみろ！

ミハイル、どたばたと部屋を出ていく。あちこちぶつかり、叫びながら階段を下りていく。

一八四〇年六月

ひどい悪天候のなか、ミハイルが真っ暗な空から降る雨に打たれ、はしけ――川船――の手すり沿いに立つ。河岸ではゲルツェンが見守っている。大雨なので、ミハイルは大声で叫ばなければならない。

ミハイル　さようなら！　さようなら、ゲルツェン——ありがとう！　さようなら、ロシア！　さようなら！

一八四〇年七月

ペテルブルクの街。

ゲルツェンが歩いていると、前をベリンスキーが急ぎ足で通りかかる。ゲルツェンは雑誌を一冊持っている。

ゲルツェン　ベリンスキーじゃないか？

ベリンスキー　はい。

ゲルツェン　アレクサンドル・ゲルツェンだ。我々の友人のバクーニンから僕のことは聞いてるだろう。

ベリンスキー　（うろたえ）あいつから？　ああ、はい、たしかに……

ゲルツェン　ペテルブルクはさみしい街だ——我々モスクワっ子にとってはな……だが

〈祖国の記録〉について言えば……（持っている雑誌を示す）君が編集のことで苦労する必要はなくなった。〈モスクワ観察者〉のことは気の毒だったが、正直言って、あれは精神錯乱《さくらん》どころの代物じゃなかった。

ベリンスキー　まったく気に入らなかったと？

ゲルツェン　色は気に入った。

ベリンスキー　あれはバクーニンのアイデアだ。いまごろドイツへ向かってる。いったいどうやって算段をつけたのか。

ゲルツェン　見送りに行ったよ——はしけでクロンスタットへ向かうところを。

ベリンスキー　そういうことか。いくら貸したんです？

ゲルツェン　一千。

ベリンスキー　（笑って）僕なんか百ルーブル借りるだけでも、恥ずかしくて具合が悪くなる。ミハイルにとって新しい友達は景気回復の手段だから。

ゲルツェン　バクーニンとは慈善舞踏会で出会った。そこではみんなが「本質に」、「観念に」と言って乾杯していた……六年前、僕が追放されたころはヘーゲルの名前すら聞かなかった。いまでは靴ひもを買うときでさえ、店の店員が「純粋存在」についての意見を求めてくる。あれは仮装舞踏会だった。百八十センチもある赤毛の猫が「超越」に乾杯していたよ。それを見てはじめて、僕は自分が追放された意味を実感した。

ベリンスキー　僕の記事を読んだことは？

ゲルツェン　そう、そこには君の記事があった……歴史の歩みに抗議をするのは無意味であり、うぬぼれであった。小さな不幸をあげつらうことはペダンチックであり、芸術の関与自体馬鹿《ばか》げていたと……たしかにヘーゲルは僕にとってもていねいに研究すべき哲学者だった。そしてなにがわかったか？　ヘーゲルが唱えた「歴史の弁証法的精神」を君は逆さまにしてしまったし、ヘーゲル自身そうしてしまった。歴史がジグザグに進むから民衆がバスチーユを襲撃するんじゃない。耐えかねた民衆がバスチーユを襲撃するから歴史はジグザグに進むんだ。逆さまにしなければ、ヘーゲルは革命の代数学になる。それにしても、この絵にはなにかが欠けている。たしかに国家の運命はヘーゲルの法則にしたがって展開する。しかし個々の人間はあまりにもちっぽけで、そういう壮大な法則の目には留まらない。個々の人間をもてあそんでいるのは猫の手だ――なにか法則のない、大きな赤毛の猫のようなものだ。ベリンスキー！……ベリンスキー！　いま我々を翻弄《ほんろう》しているのは、想像力豊かな、宇宙の支配者なんかじゃない。想像力のかけらもないロマノフ家の男――ただの凡人だ。そいつのために国じゅうが震えている。まるで暴力教師が支配する教室だ。権力がこれほど自由を謳歌《おうか》している国はないし、それを止めるものもない。恥じることもないんだ——まわりの国々や歴史の審判を目の当たりにしても。暴政の分類にもいろいろあるが、ロシアはほかに類を見ない。ああ、君の記事は読ませてもらったよ。ベリンスキー、君はみずから盲目になってしまったんだ。

ベリンスキー　まあ、君はしっかり教訓を得た。追放されたのは名誉の勲章だ——（情熱的に）だけど、僕だって苦しみながらものを考え、ものを書く。苦しむことと考えることは僕にとっておなじことだ！

ゲルツェン、神妙になる。

ゲルツェン　僕は追放刑のあいだ小役人として生活した。恋もしたよ——文通で。真夜中に駆け落ちをして結婚した。ジョルジュ・サンドにも負けないくらいロマンチックだった。いまでは長男が一歳になる。追放中の最後の一年ほど幸せな年はなかった。だから苦しみについては、君が僕から学ぶことはない。だが「猫」については……「猫」にはなんの計画もないし、好き嫌いもない。記憶もないし、心もないし、理性も分別もない。それは目的もなく殺し、目的もなく見逃す。だから「猫」と目が合ったとき、つぎになにが起こるかは「猫」次第じゃない。自分次第だ。

別れの会釈《えしやく》をする。

ベリンスキー　君のことは一度見かけたよ。あれはスケート場のそばだ。君はスタンケーヴィチと話してた……君の逮捕の直前に。

ゲルツェン　スタンケーヴィチに会ったのはあれが最後だ。ほとんど喧嘩別れだった。それを僕らは教訓にしよう。

ベリンスキー　まさか、彼は死んだわけじゃあ……？

間。ベリンスキー、泣き叫ぶ。

ゲルツェン　残念ながら……そうだ……オガリョーフからの手紙に書いてあった。スタンケーヴィチはイタリアでひと月前に亡くなった。

ベリンスキー、空を見上げ、空に向かってこぶしを振る。

ベリンスキー だれだ――この、我が子を食らうモレク神は？

ゲルツェン （間）ちがう。それは「赤毛の猫」だ。

ゲルツェン去る。

場面の移り変わりでは「赤毛の猫」（ジンジャーキャット）が葉巻を吸い、シャンパンのグラスを片手に、やや離れたところからベリンスキーを見つめている。音楽が流れる。

一八四三年春

踊る客やパーティー客が舞台にあふれ、通り過ぎていく。仮装する決まりではあるが、およそ軽い扮装（女羊飼い、スペインの貴婦人、バイロン、コサック兵）で、「赤毛の猫」（ジンジャーキャット）のように正体不明になるような仮装ではない。ジンジャーキャットは実際に巨大で、姿勢のよい、いかがわしい猫である……やがて群衆にまぎれて見えなくなる。ベリンスキーは彼に気づいていない。

仮面のアルルカンの扮装をしたツルゲーネフが立ち止まり、ヴァルヴァーラに一礼する。ヴァルヴァーラは無視し、ディヤコフと踊っているヴァレンカをつかまえようとする。

ヴァルヴァーラ　(ヴァレンカに)アレクサンドラは何曲も踊りすぎだわ。

ヴァレンカ　だけどあの子は夫と踊ってるんだから。

ヴァルヴァーラ　あなたはなんでも知ってるわけじゃないでしょう。

ヴァレンカ　どういうこと――？　(よろこんで)ああ……！

ヴァルヴァーラ　(ヴァレンカに)あなたは知らないの、知らないのよ！

ヴァレンカ、あわてて出ていく。ディヤコフ、ヴァルヴァーラに腕を差し出す。

ンカは帰ってきて、ふたりはもとのさやに収まった。
（ディヤコフに）とにかくわたしは万事うまく行くと言ったでしょう？——ヴァレ

ディヤコフ　わたしは世界一幸せな男です。

いっしょに出ていく。

チャアダーエフがベリンスキーと登場する。

チャアダーエフ　ところでなんだい、その扮装は？

ベリンスキー　懺悔《ざんげ》の衣です。

チャアダーエフ　意見を変えるのは恥ずべきことじゃないだろう。

ベリンスキー　ええ、それは得意なことだし、僕の長所のひとつです。どういうわけかほかの人間はみんな自分の考えがわかっていて、そこに執着してしまう！　僕は天使と格闘していた。天使が耳もとでささやくんです——「ベリンスキー、ベリンスキー、ひとりの子供の生と死はヘーゲルが説いた『歴史的必然』より重いはずだ。」

チャアダーエフ　わたしが言ったのは、プーシキンのことで意見を変えたことだ。彼がまだ生きていたとき、君は言っていただろう——プーシキンはもう終わっていると。

ベリンスキー　墓の下から彼がなにをもたらしてくれるかはわからなかった。でも終わっていたことに変わりはない。プーシキンの時代が終わったんです。だからみんな覚えてる――彼の死を知ったとき自分がどこにいたか。僕はいつも信じていた――芸術家は小鳥のように目的もなく歌を歌い、時代を表現すると。しかし、いま我々に必要なのは新しい種類の歌、べつの歌い手です。プーシキンのタチヤーナはオネーギンを愛したけど、貞節は守った――自分が結婚した馬鹿な男のためにです。彼女をジョルジュ・サンドに登場させたら、たちまちジョークだ――すたれかけた因習を守るなんて。

チャアダーエフ　プーシキンを生き返らせるには、ジョルジュ・サンドを粉にして墓にまけばいい――そう言われたら、わたしは今晩にもコーヒー挽《ひ》きをかばんに入れて、パリへ向かうさ。

ベリンスキー　いやあ、まったくだ、まったくです！

熱狂し、チャアダーエフを抱きしめ、よろめかせてしまう。

チャアダーエフ　いよいよ盛んに意見を変えているようだな。わたしは帰らないと――

倒れたら大変だ……もうひとりのタチヤーナも順番を待っていることだし……

チャアダーエフがタチヤーナに一礼して去り、タチヤーナ登場。

タチヤーナ　ヴィッサリオン……わたしたち、モスクワはあなたを永遠に失ったと思っていたわ。

ベリンスキー　いや、僕はその……帰ってきたのは……実を言うと結婚するんだ……君の知らない相手とね。若い女性と。

タチヤーナ　でもあなたは恋をしているだけなのよ！

ベリンスキー　僕はそこまでは言わないよ。

タチヤーナ　それならきっとペテルブルクで孤独なんだわ。

ベリンスキー　君は体を壊してたって。

タチヤーナ　体を？……ええ……相手はあそこよ、バルコニーの近く。あの人が見える？　ベルリンでミハイルと知り合った人なの。詩人になりたがってるわ。

ベリンスキー　背が高すぎやしないかな。ミハイルから便りは？

タチヤーナ　兄は「革命」を発見したの。やっとわかった、自分がどこでまちがったのかって。待っててくださる？

タチヤーナ、ツルゲーネフのところへ行く。ベリンスキー待つ。

タチヤーナ　わたしはお願いごとがあるだけなの。

ツルゲーネフ　会えてとてもうれしいよ。もう大丈夫？

タチヤーナ　ええ。わたしの手紙はどれもきっと……退屈だったでしょう。

ツルゲーネフ　君はこれからもずっと……

タチヤーナ　あなたの姉、あなたの詩の女神、そう……それも熱に浮かされた妄想よ。でも思い出すと、いまでもよろこびが湧《わ》いてくる。全身全霊でわたしは生きていた。身のまわりのすべてが姿を変えたわ。あれほどの幸せは二度と来ない。どんな哲学も心の準備にはならなかったもの。だからだれにおっしゃってもかまわないわ――わたしがあなたを愛していたこと――求められもしない愛をあなたの足もとに捧げたこと。

ツルゲーネフ　君はなにを……

タチヤーナ　ミハイルのことよ。援助がなければ兄は投獄されてしまうの。わたしはほかにだれをたよれば……

ツルゲーネフ　いくらです？

タチヤーナ　四千ルーブル。わたしは知ってるの――あなたがもう……

ツルゲーネフ　全額は無理だ。

タチヤーナ　兄にはどう書けば？

ツルゲーネフ　半分と。

タチヤーナ　ありがとう。

ツルゲーネフ　（肩をすくめ）いつでも気軽に言ってくれれば。なおさらだよ。（間）ある粉屋の女房がいてね……ペテルブルクで、田舎へ狩りに行ったときに会ったんだけれど……ある日、彼女が言ったんだ。「あたしに贈りものをくださいな。」「なにがいい？」「ペテルブルクから香水入りの石鹼を持ってきて。」つぎのとき僕はそうした。彼女は石鹼を持って走っていくと、やがて顔に頰紅《ほおべに》をつけて戻ってきた。ほんのり香る両手を差し出して、こう言うんだ。「わたしのこの手にくちづけをして――ペテルブルクの貴婦人の手にするように……」僕は彼女の前にひざまずいた……あれほど甘い瞬間を味わったことはないと思う。

タチヤーナ、涙して走り去る。ツルゲーネフ、待っているベリンスキーを目に留め、近寄る。

ベリンスキーさんですね？　すいません……これを受け取っていただけると光栄なのですが……

ツルゲーネフ、小さな本をポケットから取り出し、小さく一礼して差し出す。

ベリンスキー、本を取り、見てみる。

ベリンスキー　君は詩人なんだ？

ツルゲーネフ　それはあなたに決めていただかないと。ごらんのとおり、僕は読者に正体を明かすことを不必要にためらっているのかもしれません……

ベリンスキー　でも……まさか年じゅうそんな格好で歩き回ってるわけじゃあ……

ツルゲーネフ　いえ、扉のページのことです。

ベリンスキー　ああ、そうだね……（めくって書き出しを読み）「わたしは恍惚《こうこつ》とした若い女が好きではない……蒼白《そうはく》でふくよかな顔を好まないのだ……」

ツルゲーネフ　僕がはじめて自分の声で書いたものです。（一礼する）イワン・ツルゲーネフです。あなたは我が国でたったひとりの批評家だ。

ツルゲーネフ出ていく。

「赤毛の猫」が葉巻を吸い、舞台を歩いていく客たちから取り残される。ベリンスキーと「猫」、しばらく見つめ合う。

ベリンスキー　ベリンスキーです。

「猫」、葉巻を口から離す。

赤毛の猫　ああ、もちろん。

さらに見つめ合う。

一八四四年秋

プレムーヒノ、日没前。

セミョーンと召使たちが夕日に向かって椅子をならべる。七十六歳のアレクサンドルが屋敷のなかから登場する。

アレクサンドル　夕日を眺め、季節は過ぎて、神のもとへ。

ヴァルヴァーラが現われ、屋敷のなかから呼ぶ。

ヴァルヴァーラ　いったいなにをなさっているの？　風邪でもひいたらどうするんです！

アレクサンドル　みんなで沈む夕日を眺めるんだ。ワシリーが、あすには天気が崩れると言うから。

ヴァルヴァーラ　お入りになって。そんな馬鹿げた話、聞いたことがありませんよ。

アレクサンドル　なにが馬鹿げている？

セミョーン、アレクサンドルがぶつかりそうになった椅子を動かす。
だれだ？　セミョーンか？

セミョーン　はい。

アレクサンドル　できたやつだ。

手を差し出す。セミョーン、その手にくちづけをする。
ちがう、馬鹿もん、どこにある？

セミョーン、アレクサンドルをひとつの椅子まで案内する。

ヴァルヴァーラ　なにが馬鹿げているか教えてあげます。第一に夕日は出ていません。それから第二に、夕日が出ても、あなたには見えないじゃありませんか。だいたいワシリーは何年も前に死んでますよ。

アレクサンドル　ええ？　ああ、そうだった。森番はいまだれだ？

ヴァルヴァーラ　森はお売りになったでしょう。
アレクサンドル　そばへおかけ。

ヴァルヴァーラ、屋敷へ戻る。

「The moon is up and yet it is not night…」［月は出たが、夜はまだ来ぬ……］だれだ？
セミョーン　折り入って旦那《だんな》さまにお願いがございまして……近々徴兵があるとの噂《うわさ》がございます。だれも兵隊になりたがる者などおりません、旦那さま――おかげで若い者はびくびくしておりまして……
アレクサンドル　（腹を立てて）祖国に仕えることは誇りが許さんというわけか？　それ以上言えば、みんなひっくるめて軍隊に提供してやる――召集があろうとなかろうとだ！

セミョーンひざまずき、アレクサンドルの足にしがみつく。

セミョーン お許しください、旦那さま！　どうかあわれみを！

タチヤーナが屋敷のなかから、肩かけを持って登場。

タチヤーナ いったいどうしたの？　お母さまがこれをお父さまにかけてあげてって。

タチヤーナ、アレクサンドルの体に毛布をかける。

アレクサンドル 俺の手紙を盗み読みしたんだ！　（セミョーンに）いい加減にしろ。

タチヤーナ セミョーンは字が読めないのよ。どうしたの、セミョーン……？

セミョーン、頭を下げたまま、後ろ足で去る。

アレクサンドル あれは鷲《わし》だった。そうだろう？　封筒に鷲の浮き出し模様があった。さあ、とっとと下がれ……皇帝陛下はお前たちの罪なき主人にもっと悪い知らせをくだされたんだ。

タチヤーナ　セミョーンはもういないわ、お父さま。

まあ――見て！　雲のあいだから……

夕日が差す――弱々しく、赤みを帯びている。

ちょうど間に合った！

アレクサンドル　ああ、見える。

タチヤーナ　手紙はなんだったの？

アレクサンドル　司祭に読んでもらってな。ミハイルが正式な帰国命令を拒否したんだ。あいつは愚民どもを扇動する社会主義者と関わり合った――スイスにもそういう手《て》合《あ》いがいるとは。もの好きな！　愛らしい牛と山とチーズにまぎれ込んで！　皇帝陛下の命令により、元少尉ミハイル・バクーニンを貴族の身分剝奪《はくだつ》、無期限のシベリア追放、ならびに強制労働の刑に処するという判決だ……あいつの財産も国家が没収と宣告された。（間）お前たちは楽園で育ったんだ――子供たちみんな、ここへ来る者はだれもが目を見張る調和のなかで。ところがリュボーフィとあの騎兵将校との縁談のころ――あれはなんて名前だった？……太陽が消えたな。そうだろう?

　タチヤーナ、彼の手を取り、すこしして自分の目の涙を彼の手でぬぐう。

タチヤーナ　ええ、そうよ。不思議よね……プレムーヒノでは、ミハイルは政治に興味なんかなかった。わたしたちもっと高いところにいたわ。はるか高くに。

アレクサンドル　もう沈んだのか?

タチヤーナ　ええ、そうよ。そう言ったでしょう。

アレクサンドル　沈んでいくのは見えた。

　溶暗。

Ⅱ部　難破

時は一八四六年から一八五二年。場所はソコロヴォ（モスクワから約二十五キロ郊外にある貴族の領地）、ザルツブルン（ドイツ）、パリ、ドレスデン、ニース。

登場人物

アレクサンドル・ゲルツェン　急進派の作家
ナタリー・ゲルツェン　アレクサンドルの妻
タータ・ゲルツェン　ゲルツェン夫妻の娘
サーシャ・ゲルツェン　ゲルツェン夫妻の息子
コーリャ・ゲルツェン　ゲルツェン夫妻の年下の息子

子守
ニコライ・オガリョーフ　詩人、急進主義者
イワン・ツルゲーネフ　詩人、作家
チモフェーイ・グラノフスキー　歴史家
ニコライ・ケッチェル　医師
コンスタンチン・アクサーコフ　スラヴ派
警官
ヴィッサリオン・ベリンスキー　文芸批評家
ゲオルク・ヘルヴェーク　急進派の詩人
エマ・ヘルヴェーク　その妻
マダム・ハーグ　ゲルツェンの母親
ニコライ・サゾーノフ　ロシア人エミグレ
ミハイル・バクーニン　ロシア人エミグレ活動家
ジャン＝マリー　フランスの召使
カール・マルクス　『共産党宣言』の著者
店の少年

ナタリー（ナターシャ）・ツチコフ　ナタリーの友人
ブノワ　フランスの召使
乞食
マリア・オガリョーフ　オガリョーフの別居中の妻
フランツ・オットー　バクーニンの弁護士
ロッカ　イタリアの召使
レオンチー・バーエフ　ニースのロシア領事
召使たち、革命家たち、路上の人々など

第一幕

一八四六年夏

ソコロヴォの庭――モスクワから二十五キロの郊外にある貴族の領地。三十四歳のニコライ・オガリョーフが二十九歳のナタリー・ゲルツェンに、いわゆる「分厚い雑誌」のひとつ〈同時代人〉を読み聞かせていたところである。二十八歳のイワン・ツルゲーネフがあお向けに寝転んでいる。帽子を顔にかぶり、声の届かないところにいる。

ナタリー　どうしてやめたの？

オガリョーフ　もう読んでられない。彼は狂ったんだ。（本を閉じ、そのまま落とす）

ナタリー　そう、どうせ退屈だったし。

七歳のサーシャ・ゲルツェンが庭を走り、子守が乳母車を押しながらついてくる。サーシャは小さな魚を入れる壺《つぼ》と釣り竿《ざお》を持っている。

サーシャ、あんまり川に近づいちゃだめよ！（子守に）あの子を川べりで遊ばせないで！

子守、サーシャを追って退場。

オガリョーフ　でも……いま釣り竿を持ってたよ。
ナタリー　（呼んで）それにコーリャはどこ？
子守　（舞台の外を指差して）あそこに――
ナタリー　――ああ、よかった。わたしがちゃんと見ておこう。（話に戻り）退屈するのはかまわないの――特に田舎ではね。退屈も田舎の魅力でしょう。でも退屈な本は自分のことを言われてるみたいで。（脇を見やって、ほほえましく思いながら）

きんせん花《か》でも摘んで、食べながら過ごすほうがずっとましよ。（ツルゲーネフに目をやり）あの人眠ってしまったのかしら？

ナタリー　僕にことわりもなく。

オガリョーフ　アレクサンドルとグラノフスキーさんがもうすぐきのこを取って戻ってくる……とにかく、なんの話をしましょうか？

ナタリー　ああ……なんでも。

オガリョーフ　どうしてかしら、ここって前にも来たことがあるような気がするの。

ナタリー　君は去年も来たからだろう。

オガリョーフ　でもこんなふうに感じることってない？　時間というのはいろんな方向へ街道を旅していくけれど、何度もおなじ瞬間がめぐってくる……駅逓所《えきていじょ》で馬を替えるときみたいに……

ナタリー　これはもう始まってるのかな？　それともまだ話は始まってない？

オガリョーフ　ああ、回りくどい話し方はやめて。とにかく今年はなにかがちがうの……集まった顔ぶれはおなじでもね。去年の夏この家を借りたときは、みんなとっても楽しかったもの。なにがちがうのかわかる？

ナタリー　去年の夏は、僕はいなかった。

ナタリー ケッチェルさんもすねてしまうし……大の大人がコーヒーのいれ方のことで喧嘩《けんか》だなんて……

オガリョーフ でもアレクサンドルが言ったとおりだ。あのコーヒーはうまくなかった。ケッチェルのいれ方なら、うまくなるかもしれないよ。

ナタリー ああ、もちろんパリのコーヒーとはちがうでしょうね！……あなたもパリにずっといればよかったって思ってるんじゃない？

オガリョーフ いいや。ちっとも。

ツルゲーネフ、寝返りを打つ。

ナタリー イワン……？ いまこの人はパリにいるの。オペラ座の夢を見てるんだわ！

オガリョーフ ああ、これだけは言える――ヴィアルドーは歌える。

ナタリー でも彼女は醜いわ。

オガリョーフ 美しいものに恋をすることはだれにでもできる。ツルゲーネフがあのオペラ歌手に恋しているのは、僕らに対する非難なんだ――愛の言葉をむやみやたらと交わすもんじゃないって。僕のマリアが君たち夫婦にあいさつの手紙を送ったとき、自分は醜いって書いただろう？　僕は我ながら誇らしいよ。

ナタリー　それからあの人、わたしに虚栄心はありません、美徳そのものを愛しますって……あの人は自分の容姿についても見る目がなかったのよ、悪いけれど。

オガリョーフ　（我慢強く）ま、恋愛の話をしたいって言うなら……僕がマリアを連れて君たちふたりに会いにいったとき——覚えてるだろう？　四人でひざまずいて、手を取り合って、神に感謝した……それから、僕が書いた手紙の数々……「ああ、しかし、あなたを愛するは世界を愛するに等しい。我々の愛はエゴイズムを超越するのです……」

ナタリー　それはだれもが書いたことだわ、そうでしょう？　それはほんとうだったんだもの。

オガリョーフ　僕はマリアにこう書いたのを思い出すよ。「我々の愛は後世まで語り継がれ、神聖なものとして記憶に刻まれることでしょう。」それがいまや、あいつはパリで二流の画家とおおっぴらに同棲《どうせい》してる。

ナタリー　それはまたべつの話——よくある馬車の事故のようなものよ。だけど少なくともあなたたちは、馬車が溝にはまる前から、心も体もお互いのものになっていた。そちらのお友達はヴィアルドーの馬車の土ぼこりを追っかけてるだけなのよ。いくらブラーヴァと叫んでも、寵愛《ちょうあい》は永遠におあずけなの……夫だっているんだから——御者《ぎょしゃ》として。

オガリョーフ　やっぱり街道を旅していく話に戻ろうか？

ナタリー　そっちのほうがあなたにはつらくないってこと？

オガリョーフ　僕にはおんなじことさ。

ナタリー　わたしは人生をかけてアレクサンドルを愛しているわ。だけど昔はもっとよかった。ひとりの男をはりつけにする覚悟で、ううん、彼のためにはりつけになる覚悟で、言葉を、まなざしを、思いを求めていたんだもの……星を見上げればアレクサンドルを思うことができた。地の果てに追放されていても、おんなじ星を見つめている。そうして感じたの——わたしたちは……わかるでしょう……

オガリョーフ　（間）三角形だ。

ナタリー　つまんない人。

オガリョーフ　（驚いて）ちがうよ、僕は……

ナタリー　わたしたちは大人になってしまったの……愛だの恋だの言ってないで真面目に生活しろってこと。奥さま方はわたしのことを認めないわ。アレクサンドルはお父さんを亡くして、とても裕福になったけれど、だからってなんにも変わらなかった。わたしたちのあいだでは義務と自制心が大切なの。

オガリョーフ　義務と自制心は個性を表現する自由をうばう。マリアにもそれは話したよ。あいつはすぐさま理解した。

ナタリー　わたしたちはもう恋に酔いしれた子供じゃない。夜更けに駆け落ちして、帽子も持たずに飛び出したころとはちがうのよ……それからもうひとつ、あのこともあって……アレクサンドルは話したでしょう。わたし知ってるの。

オガリョーフ　いや、うん、まあ……

ナタリー　たかが召使の小娘だからって言うんでしょう。

オガリョーフ　いいや、そうは言わないよ。こういう場合、僕は「たかが伯爵夫人」って言うことにしてる。

ナタリー　まあ、うっとり星を眺めていたのもそれでおしまい。アレクサンドルが打ち明けなければ、わたしも知らずにすんだのに……男の人がこんなにも愚《おろ》かになれるなんて。

オガリョーフ　おもしろいけどね——アレクサンドルはいつも個人の自由を訴えてるくせに、それぐらいのことで人殺しでもしたような気分になるなんて。あいつはたかが夜中に帰って、かわいい召使の子に誘われて……

ツルゲーネフが目を覚まし、顔を上げる。

(ごまかして) ……許可証なしに旅行しただけじゃないか……

ツルゲーネフ、再び寝る。

……馬を替えたと言うかさ?──いや、ごめん……

ツルゲーネフ起き上がり、服のしわを伸ばす。ややしゃれた服装である。

ツルゲーネフ あの子、あんなもの食べて大丈夫?

ナタリー、とっさにコーリャのほうへ目をやるが、安心する。

ナタリー (呼んで) コーリャ! (そして去りながら) ああ、あんなにどろんこ!

ナタリー去る。

ツルゲーネフ　お茶を飲みそこねたかな？

オガリョーフ　いや、まだみんな戻ってこない。

ツルゲーネフ　探してこよう。

オガリョーフ　そっちじゃない。

ツルゲーネフ　お茶を探しに。ベリンスキーからいい話を聞いたんだけど、君に話すのを忘れてたよ。しがない田舎教師の話らしい。その教師はモスクワのある高校に職があると聞いたんだ。そこで彼は街へ出て、ストロガノフ伯爵の面接を受けた。「いったいなんの権利があって、この職に就こうというのだ？」ストロガノフは吠えた。「わたしが応募いたしましたのは」若者は答えた。「この職が空《あ》いているとうかがったからです。」「コンスタンチノープルの大使の職だって空いておる。」ストロガノフは言った。「そちらに応募すればよかろう？」

オガリョーフ　そいつはいい。

ツルゲーネフ　そこで若者は言ったんだ——

オガリョーフ ああ。

ツルゲーネフ 「閣下がそのような権限をおもちとは存じませんでした。コンスタンチノープルの大使の職でしたら、劣らぬ感謝の気持ちをもってお受けしたく存じます。」

ひとり大声で笑う。体格にしては意外なほど軽く高い声で、しかもけたたましい。〈同時代人〉を手に取る。

ゴーゴリがこの〈同時代人〉に載せたやつはもう読んだ？　本になるまで待ってもいいけど……

オガリョーフ 僕に言わせれば、彼は気が狂ったんだ。

ツルゲーネフ ベリンスキーは批評したくてうずうずしてるよ。おかげでますます体を壊してる。彼がドイツの温泉に行けるよう、ボトキンが寄付を集めたんだ……僕も母が死んでくれたら年に二万は使えるのに。僕もいっしょに行こうかな。温泉の水で僕の膀胱《ぼうこう》もよくなるかもしれない。

ナタリーが戻り、手についた土をぬぐう。

ナタリー　わたしはね、あの子の名前を呼んであげるの、耳の聞こえる子とおなじように。「コーリャ！」って呼んであげれば、いつかは振り向いてくれるんじゃないかって。（手首で涙をぬぐう）あの子はなにを考えてると思う？　ものに名前をつけられないのに考えることができるのかしら？

ツルゲーネフ　考えてるよ。感じてるんだから——どろんこ……花が咲いてる……黄色い……いいにおい……あまりおいしくない……ものの名前は先には来ない。言葉はよろよろ遅れてやってきて、感覚そのものになろうとするだけなんだ。

ナタリー　どうしてそんなことが言えるの？　あなた詩人でしょう？

オガリョーフ　僕らの知るところでは。

ツルゲーネフ、オガリョーフのほうを向く。無言で深く感動している。

ツルゲーネフ　（間）ありがとう。詩人として。つまり詩人としての君にね。僕のほうは小説を書き出したところだよ。

三十四歳のアレクサンドル・ゲルツェンと三十三歳のグラノフスキーがやってくる。ゲルツェンはかごを手にしている。

ナタリー　(飛び上がり)戻ってきたわ……アレクサンドル！　(節度の許すかぎり温かくゲルツェンを抱きしめる)

ゲルツェン　ただいま……どうしたんだ？　モスクワから戻ってきたわけじゃあるまいし。

グラノフスキー、愛想なく屋敷のほうへ向かう。

ナタリー　喧嘩していたの？

ゲルツェン　議論だよ。彼もそのうち機嫌を直す。ただ問題は、話があまりにも興味深くて……(かごを逆さまにする。きのこが一個落ちる)

ナタリー　もう、アレクサンドル！　そこにもひとつ生《は》えてるのよ！

かごを引ったくり、走り去る。ゲルツェン、彼女の椅子にかける。

ゲルツェン　君とナタリーは僕のことでなにを噂《うわさ》してた？　ま、礼を言っておこう。

オガリョーフ　君とグラノフスキーこそ、なにを言い争ってた？

ゲルツェン　霊魂は不滅か。

オガリョーフ　ああ、またか。

ケッチェル——四十歳でやせ型、年下の者たちにとっては「オヤジ」的な人物——屋敷から出てくる。ややもったいぶった様子で盆を持ち、盆には小型アルコールランプに載ったコーヒーポット、そしてカップが数個ある。ゲルツェン、オガリョーフ、ツルゲーネフが黙って見守るなか、ケッチェルはガーデンテーブルに盆を置き、コーヒーを一杯注ぐ。ゲルツェンにカップを持ってくる。ゲルツェン、コーヒーをすする。

ゲルツェン　おなじだ。

ケッチェル　なにが？

ゲルツェン　おなじ味だ。

ケッチェル　つまりコーヒーはすこしもうまくなっていないと？

ゲルツェン　そうだ。

ほかの者たちは神経質になっている。ケッチェル、一瞬大きく笑う。

ケッチェル　いやあ、実に異常だな。コーヒー一杯というささいなことでさえ、自分のまちがいを認めることができないとは。

ゲルツェン　僕じゃない。コーヒーだ。

ケッチェル　いいや、僕が言っているのは、なによりそのねじくれた虚栄心だ。

ゲルツェン　僕がコーヒーをつくったわけじゃないし、コーヒーポットをつくったわけでもない。べつに僕のせいで――

ケッチェル　コーヒーなど知るか！　君には理屈が通用しない！　我々はもう終わりだ。僕はモスクワへ帰る！

ケッチェル去る。

オガリョーフ　コーヒーだの霊魂の不滅だの言ってると、しまいに友人をなくしてしまうぞ。

ケッチェル戻ってくる。

ケッチェル　ほんとうにいいんだな？

ゲルツェン、コーヒーをもうひと口する。

ゲルツェン　悪かった。

ケッチェル　それでいい。

ケッチェル、ふたたび去り、登場したグラノフスキーとすれちがう。

グラノフスキー　（ケッチェルに）どうだった……？　（ケッチェルの顔を見ると、話題を取り下げる）なかにアクサーコフがいる。

ゲルツェン アクサーコフ？ ありえない。

グラノフスキー （勝手にコーヒーを飲む）なんとでも。（コーヒーの味に顔をしかめる）仲間のところから馬で来たらしいが……

ゲルツェン とにかく出てくればいいじゃないか。古い友人がつまらないことでいがみ合っても……

ケッチェル、なにごともなかったかのように戻ってくる。自分のコーヒーを注ぐ。

ケッチェル アクサーコフが来てる。ナタリーは？

ゲルツェン きのこを取りに。

ケッチェル ああ……それはいい。朝食に出たやつは実にうまかった。（ほかの者たちが見守るなかコーヒーをすすり、味を見る）まずい。まったく申しわけない。（カップを置き、あわただしくゲルツェンと頰《ほお》にくちづけし合い、抱きしめ合う。競うように自己非難）

ゲルツェン　そう悪くもないよ。
ケッチェル　ところで君には話したかな？　我々は全員、辞書に載るんだ。
ゲルツェン　僕はもうドイツ語の辞書に載ってる。
グラノフスキー　それは偶然だ、mein lieber Herzen…［親愛なるゲルツェン……］
ケッチェル　ちがう、僕が言っているのはまったく新しい言葉のことだ。
ゲルツェン　言わせてもらうがグラノフスキー、僕の場合は偶然じゃない。僕は心の通い合う男女のあいだに生まれた子供だった。だからドイツ人の母の「心」――「ヘルツ」にちなんで、ドイツ語の姓をもらったんだ。半分ロシア人、半分ドイツ人、心はもちろんポーランド人……よくばらばらに分割された気分になる。夜中に悲鳴を上げて目を覚ますんだ――オーストリア皇帝に残りの部分を要求されて。
グラノフスキー　そいつはオーストリア皇帝じゃない。メフィストフェレスだ。やつは実際そうだが。

ツルゲーネフ笑う。

オガリョーフ　新しい言葉ってなんだ、ケッチェル？

ケッチェル いまさら聞いても無駄だ。（ゲルツェンに向かって猛然と）どうして君は引ったくりみたいに、話をぜんぶ自分のほうへもっていくんだ？

ゲルツェン （抗議して、オガリョーフに）そんなことはない。ちがうかニック？

グラノフスキー いいや、たしかに。

ケッチェル （グラノフスキーに）君もおなじだ！

ゲルツェン （ケッチェルをさえぎって）第一に、僕には母の名誉を守る権利がある。それから第二に……

オガリョーフ 黙らせろ、黙らせろ！

ゲルツェン、意に反して笑いに加わる。

アクサーコフ、二十九歳、屋敷から登場する。どうやら扮装している。サイドに締め具のある刺繍《ししゅう》入りシャツを着て、ベルベットの縁《ふち》なし帽をかぶっている。ズボンは長いブーツにたくし入れている。

ゲルツェン アクサーコフ！ コーヒーでもどうだ！

アクサーコフ （礼儀正しく）きょうは直接お伝えしたくてまいりました。我々の関係は終わりです。残念ですが、しかたがない。お互いこれ以上、友人として会うことはできないでしょう。握手をしてお別れを言わせてください。

ゲルツェン、言われるままに握手する。アクサーコフ戻っていく。

ゲルツェン　みんないったいどうしたんだ？

アクサーコフ　アクサーコフ、なんなんだ、その衣裳は？

オガリョーフ　（怒りを込めて振り返り）ロシア人であることの誇りです！

アクサーコフ　でもそれじゃあペルシャ人だと思われるぞ。

オガリョーフ　あなたに申し上げることはありません、オガリョーフ。実際、ヨーロッパで遊び回っているお仲間たちのことを思えば、あなたを非難しようとは思わない……あなたの場合、追いかけてらっしゃるのはまちがった神ではなく、まちがった

オ　［ンナ］——

ゲルツェン　（かっとなり）気をつけろ！　さもないと痛い目にあわせるぞ！

オガリョーフ　（あいだに入り）そういう話はもういいだろう！——

アクサーコフ　西欧派のみなさんはさっさと医師に診断書をもらって、パスポートを申

請すればいい――パリの水を飲みにいけばいいんです……

オガリョーフ、ふたたびかっとなる。

ツルゲーネフ （穏やかに）とんでもない、とんでもない。パリの水は飲めないよ。しかし、

アクサーコフ どうしてもスカーフを手に入れたいならフランスへ行けばいい。

どうして理念を手に入れるのにフランスへ行く必要があるんです？

ツルゲーネフ フランス語で書かれているからね。フランスではなんでも出版できる。

素晴らしいことだ。

アクサーコフ その結果なにが生じました？　懐疑論《かいぎ》。唯物論《ゆいぶつ》。瑣末論《さまつ》。

オガリョーフ、まだ激しく興奮しており、さっと立ち上がる。

オガリョーフ もう一度言ってみろ！

アクサーコフ 懐疑論――唯物論――

オガリョーフ その前だ！

アクサーコフ　作家にとって検閲は悪とはかぎりません。正確さとキリスト教的忍耐を教えてくれる。

オガリョーフ　（アクサーコフに）まちがったなにを追いかけているだと？

アクサーコフ　（無視して）フランスは不道徳の掃きだめです。ただし自由に出版できる。そこに目がくらんで、あなたがたは盲目になっているんです。事実、西欧型のモデルとは、俗物や不当利得者のためのブルジョワ独裁だ。

ゲルツェン　僕に言うな。彼らに言え。

オガリョーフ去る。

アクサーコフ　（ゲルツェンに）そう言えばうかがいましたよ――あなたの社会主義ユートピア論について。そんなものがなんの役に立ちます？　ここはロシアだ……

（グラノフスキーに）ロシアにはまだブルジョワもいない。

グラノフスキー　僕に言うな。彼に言え。

アクサーコフ　みなさんにです。ジャコバン派にしてドイツかぶれの感傷主義者。破壊者にして夢想家。あなたがたは祖国の民衆に背を向けた――真のロシアの人々に！

百五十年前に彼らを見捨てたピョートル大帝とおなじです――我々にシルクのキュロットをはかせ、粉を振ったカツラをかぶせた偉大なる西欧派の皇帝と！　ただし、つぎの段階については、みなさん足なみがそろわないようですが。

オガリョーフ登場。

オガリョーフ　さっきの言葉を最後まで言うことを要求する！

アクサーコフ　残念ながら思い出せません。

オガリョーフ　そんなはずはない！

アクサーコフ　まちがったひげですか……？　いや……まちがったパスポートか……？

オガリョーフ去る。

いまからでも遅くはありません。我々はロシア独自の方法で発展できる。社会主義も資本主義も必要ないし、ブルジョワもいらない。そう、ルネサンスにけがされていない我々独自の文化、そしてローマ法王や宗教改革にけがされていない我々独自の教会があればいい。我々の運命と言っても過言ではない――スラヴ民族を団結させ、ヨーロッパをふたたび正しき道へと導くんです。これからの時代はロシアだ！

ケッチェル　十九世紀にけがされていない我々独自の科学もな。

ゲルツェン　だったら農民のシャツを着て、木の皮で編んだ靴を履けばいいだろう？真のロシアを宣伝したいなら、そんな衣裳で歩き回るのはよすんだ。外国にとって民族の歴史は解放の歴史だ。ここでは逆に農奴制へ、暗黒へと向かっている。もし我々が背を向けたら、この国が光を見出すことはない。そして光は向こうにある。（指差す）西に。（逆を指差す）こっちにはなにもない。

アクサーコフ　ではあなたがたはそちらへ、我々はこちらへ。さらばです。

去ろうとしたアクサーコフ、乱入してきたオガリョーフに会う。

我が国はプーシキンを失った――（指で「撃つ」）――我が国はレールモントフも失った。（ふたたび「撃つ」）オガリョーフを失うわけにはいかないでしょう。どうかお許しを。

オガリョーフに一礼して去る。ゲルツェン、オガリョーフの体に腕を回す。

ゲルツェン 彼の言うとおりだ、ニック。

グラノフスキー 彼の言うとおりなのはそれだけじゃない。

ゲルツェン グラノフスキー……喧嘩はよそう。ナタリーが戻ってくる。

グラノフスキー 喧嘩じゃない。彼の言うとおり、我が国には独自の理念がない。

ゲルツェン 思想の歴史もない国に、どこから理念がやってくる？ 我が国はなにも受け継いだことがない。なぜならここではなにも書けない、なにも読めない、なにも議論できないからだ。ヨーロッパが我々をせまりくる野蛮人の群れと見なすのも無理はない。この広大な国には毛皮をとる者、ラクダを飼う者、真珠をとる者……いろいろいる。だが独自の哲学者はひとりもいないし、政治的言説に貢献したことは一度たりとも……

ケッチェル いいや、ひとつある！ インテリゲンツィヤが！

グラノフスキー なんだって？

ケッチェル さっき話した新しい言葉だ。

オガリョーフ なんだか変な言葉だな。

ケッチェル　それはそうだが、我々独自の言葉なんだ。ロシア語が世界の辞書にデビューを果たす。
ゲルツェン　その意味は？
ケッチェル　我々のこと。ロシア特有の現象だ——社会階級のひとつと見なされた知的反体制勢力。
グラノフスキー　なるほど……！
ゲルツェン　……インテリゲンツィヤか！
オガリョーフ　アクサーコフもそのなかに？
ケッチェル　それは微妙なところだが、我々はなんでも足なみをそろえる必要はない。
グラノフスキー　（ゲルツェンに）アクサーコフやスラヴ派の西欧に対する見方はあながちまちがってはいない。
ゲルツェン　それどころかまったく正しい。
グラノフスキー　唯物論……
ゲルツェン　瑣末論。
グラノフスキー　なによりも懐疑論。
ゲルツェン　なによりも。いま君に異論はない。俗物や不当利得者のためのブルジョワ独裁。
グラノフスキー まだわからないのか？　だからと言って、我が国のブルジョワがおなじ道を行くことはないんだ。
ゲルツェン ああ。そうだろうが。
グラノフスキー いずれにしても、どうしてわかる？
ゲルツェン 僕にはわからない。君やツルゲーネフはヨーロッパへ行ったことがある。僕はまだパスポートももらえない。もう一度申請はしたんだが。
ケッチェル 申請は健康上の理由で？
ゲルツェン （笑う）僕じゃなくて小さなコーリャのためさ……僕らはあの子をなるべくいい医者に診せたくて……
オガリョーフ （舞台の外を見て）あれ、コーリャは……？
ケッチェル 僕は医者だ。あの子は耳が聞こえない。（肩をすくめる）残念だが。
　オガリョーフ、だれも聞かないので、ひとりコーリャを探しにいく。
ツルゲーネフ なんでも俗物とはかぎらないよ。ロシアを救うには西欧の文化を伝えるしかない……我々のような人間がね。

ケッチェル　いいや、「歴史の精神」だ。歴史の弁証法的精神こそ我が国の未来を示してくれる……

ゲルツェン　（怒りをぶちまけ）やめろ、やめろ！　それは君の思い上がりだ――そんな抽象概念の運命を我々が実行に移しているというのは！

ケッチェル　ああ、僕の思い上がりだと？

ゲルツェン　（グラノフスキーに、懐柔するように）僕はフランスに甘い夢を求めちゃいない。ルイ・ブランやルルーやルドリュ＝ロランとカフェで席を並べたり……インキも乾いていない〈ラ・レフォルム〉を買ってコンコルド広場を歩いたり……そういうことを考えれば、子供のように興奮はする。それは認めるが、アクサーコフの言うとおりだ――僕にはつぎの段階がわかっていない。我々はどこへ向かうのか？　地図を手にしているのはだれなのか？　人はさまざまな理想社会を研究する……権力を専門家に、労働者に、哲学者に……財産とは権利だ、財産とは窃盗だ、競争の害悪、独占の害悪……中央計画、無計画、住居の自由、恋愛の自由……どれもそれなりに調和しているし、公正かつ有効だ。だがどの地図でも説明のつかない問題がひとつある。「なぜ人間はほかの人間に服従すべきなのか？」

グラノフスキー なぜなら社会とはそういうものだ。こんなふうに問うのとおなじだろう――なぜオーケストラはそろって演奏すべきなのか？ だがそろって演奏するのに社会主義者になる必要はない。

ツルゲーネフ たしかに！――僕の母は田舎の領地にオーケストラを持ってるんだ。だけどもっと理解できないのは、母が領地のナイチンゲールまで「所有」していることだよ。

ゲルツェン ロシアのことをもち出すと、話はどうしてもややこしくなる。そのあいだにも未来はパリの工場の壁に落書きされているんだ。

グラノフスキー 彼らの未来はそうだろうが、我々の場合はちがうだろう？ 我が国には工場街もない。野蛮人が工業化されて、国じゅうにはびこるのを待っていてどうなる？ 文明国では尊ばれたものも、すべて平等という祭壇の上で粉砕されるんだ……バラックの平等という。

ゲルツェン これまで虐待されてきた民衆を君はそんなふうに決めつけるのか？ 民衆は生まれつき善良なんだ。僕は彼らを信じている。

グラノフスキー より高きものを信じなければ、人間は生まれつき動物とおなじだ。

ゲルツェンは怒りを抑えるのを忘れ、グラノフスキーも同様にやり返すうちに、口論となる。

ゲルツェン　迷信なしにはってことだろう。

グラノフスキー　迷信？　迷信だと？

ゲルツェン　迷信だ！　もっともらしいあわれな思い込みだ——外だか、雲の上だか、神のみぞ知る場所になにかがあって、それなしに人間は気高さを見出せないというのは。

グラノフスキー　その「雲の上」がない以上、恨みはこの地上で晴らさねばならない——唯物論とはしょせんそういうもんなんだ。

ゲルツェン　どうしてそんな——どうしてよくも——人間としての尊厳を捨てることができる？　よい選択をするにも悪い選択をするにも亡霊に服従する必要はない！　君は自由な人間なんだ、グラノフスキー、ほかに類を見ないほどの。

グラノフスキー　我々はもう終わりだ！　僕はモスクワへ帰る！

ナタリー　（舞台の外から）アレクサンドル……！

ナタリーがあわてて、おびえた様子でやってくる。彼女の心配をはじめは全員が誤解する。ナタリー、駆け寄ってアレクサンドルに抱きつき、話すことができない。かごにはきのこがすこし入っている。

グラノフスキー （ナタリーに）たいへん悲しいことですが、おいとましなければなりません。せっかくの……（去り始める）

ゲルツェン （ナタリーに弁解がましく）いまのはちょっとした議論だよ……

ナタリー うちに警官がやってくる。畑から見えたの。

ゲルツェン 警官だって？

召使が屋敷から出てくるが、警官に追い抜かれる。

そんな、二度とごめんだ……ナタリー、ナタリー……

警官 このなかにゲルツェンは？

ゲルツェン わたしです。

警官 これを読みたまえ。第三部長官オルロフ伯爵からだ。

警官、ゲルツェンに手紙を一通手渡す。ゲルツェン、破って開く。

ナタリー（警官に）わたしもいっしょに行かせてください。

警官　わたしはそのような指示は……

グラノフスキー（ゲルツェンに、方向転換して）残念だよ……

ゲルツェン、ナタリーを抱きしめる。

ゲルツェン　大丈夫だ。（みなに知らせる）最初の追放から警察の監視下に置かれて十二年、オルロフ伯爵からありがたい知らせだ——僕はいよいよ外国旅行を申請できる……！

ほかの者たちは安心し、彼を取り囲んで祝福する。警官ためらう。ナタリー、手紙をさっと取る。

ケッチェル　サゾーノフにまた会えるな。
グラノフスキー　彼は変わってしまったよ。
ツルゲーネフ　バクーニンにも……
グラノフスキー　彼は相変わらずだろう。
ナタリー　「……息子ニコライ・アレクサンドローヴィチの医学的治療を目的とした外国旅行を……」
ゲルツェン　（彼女を抱き上げ）パリだ、ナタリー！（彼女のかごが地面に落ち、きのこがこぼれる）
ナタリー　（うれし涙で）……コーリャ！……

ナタリー走り去る。

グラノフスキー　（ゲルツェンを抱きしめ）なにもかも水に流そう。
ゲルツェン　こっちこそ。ニックはどこだ？
警官　いい知らせだったわけだ。

ゲルツェン、それとなく悟ってチップをやる。警官去る。

ナタリー　（戻ってきて）コーリャはどこ？

ゲルツェン　い、い、い、コーリャ？　知らないよ。どうして？

ナタリー　あの子はどこ？

ナタリー、名前を叫びながら走り去る。

ゲルツェン　（あわてて追いかけ）あの子には聞こえないよ……

（舞台の外で）コーリャ！　コーリャ！

ツルゲーネフ、急いでふたりのあとを追う。グラノフスキーとケッチェルも心配してついていく。

間。そのあいだナタリーの声が遠くに聞こえ、やがて静寂となる。

遠い雷鳴。

サーシャがべつの方向から登場し、後ろを振り返る。前へ進み出て、落ちたきのこを目に留める。かごを置き直す。
オガリョーフが背後を見やりながら、のどかに登場。サーシャの釣り竿と壺を持っている。

オガリョーフ　（呼んで）おいでコーリャ！
サーシャ　聞こえないんだよ。
オガリョーフ　コーリャ！　こっちへおいで！
サーシャ　聞こえないってば。

オガリョーフ、コーリャのほうへ戻る。
遠い雷鳴。

オガリョーフ　ほらな？　あの子には聞こえたんだ。

サーシャ、きのこをかごに入れ始める。

一八四七年七月

ザルツブルン——ドイツの小さな温泉町。

ベリンスキーとツルゲーネフが表通りの小さな木造家屋の一階に部屋を取っている。中庭のあばらやを夏のあずまやとして使っている。

ベリンスキーとツルゲーネフ、それぞれ原稿を読んでいる。ベリンスキーは短編小説、ツルゲーネフは長い手紙。読みながら、大きな広口コップに入った水を飲んでいる。ベリンスキーは三十六歳、あと一年足らずで亡くなることになる。顔色が悪く、ひげはない。太い杖《つえ》を手に持っている。

ベリンスキー、激しく咳《せ》き込み、腹立たしげに杖で床を叩く。原稿をテーブルの上に置く。ツルゲーネフ、コップの水を飲み、顔をしかめる。

ベリンスキー　それで……どう思う？

ツルゲーネフ　こんなにまずいものを飲むために、わざわざドイツへ来たなんて……

ツルゲーネフ、手紙を読み終えてベリンスキーに渡す。

ベリンスキー　僕のゴーゴリへの手紙のことだ。

ツルゲーネフ　うん……必要があるのかな。

ベリンスキー　気をつけないと廊下に立たせるぞ。

ツルゲーネフ　君はもう言うべきことを言ったはずだ――〈同時代人〉に載ったゴーゴリの本についてはね。ベリンスキー、これが文芸批評の未来なのかな――まず酷評して、それから作者に口汚い手紙を送るのが？

ベリンスキー　検閲官は僕の書評を三分の一は削った。だけどそれは問題じゃない。ゴーゴリのやつ、僕があの本に叩かれたせいで反撃したと思ってる。それが許せないんだ。あいつには理解させてやらないと――僕にとっては最初の一、一、一ページから最後の一、一、一ページまでが侮辱《ぶじょく》だった！　僕はゴーゴリを愛していた。僕があの男を見出したんだ。いまやあいつは狂ってしまった。しかも、あの農奴制と体罰と検閲と無知と蒙昧《もうまい》主義的信仰の伝道者は、僕が腹いせに酷評したと思ってる。あいつの本は非人道的犯罪なんだ。

ツルゲーネフ　いや、あの本は……どうしようもなく馬鹿《ばか》げた本だけど、彼をこれ以上狂わせてどうする？　あわれんでやるべきだよ。

ベリンスキー、怒りに杖を打ち鳴らす。

ベリンスキー あわれんですまされることじゃない。ほかの国では、文明の開化を進めることはみんなの仕事だ。ロシアでそれを引き受ける者はどこにもいない。文学が一身に担ってる。僕にはそれがなかなか理解できなかったよ。駆け出しのころ僕は、芸術とは目的のない純粋な精神だと思っていた。若くてやくざな田舎者だったんだ――芸術的信念はダンディなパリジャンだったけど。

ツルゲーネフ 僕は純粋な精神ではないけど、社会の番人でもない。いや本当です、船長！ 僕の小説には主張がないと、だれもが文句を言っている。みんな戸惑ってしまうんだ。僕が賛成なのか反対なのか？ 作者が読者に共感してほしいのはこの人物か、もうひとりの人物か？ だれのせいでこの百姓《ひゃくしょう》は役立たずの飲んだくれになったのか、彼自身のせいか、我々のせいか？――作者の立場を読者は知りたがる。読者になんの関係がある？ 立場を述べればすぐれた作家になれるとでも？ いったいなんの関係がある？ （語気を強め）そもそもなんだって僕を責める？ 僕は具合《ぐあい》がよくないのに――まあ、君に比べたらよくないわけじゃないけど（あわてて）——いや、君はよくなる、心配いらない——悪かった——でも君のそばにいるために、はるばるこんなしけた町までやってきたのに……

それまで咳《せき》をしていたベリンスキー、苦痛に襲われる。ツルゲーネフ、そばへ来て介抱《かいほう》する。

楽にして、船長！　楽に……

ベリンスキー　（発作がおさまって）不思議だよ——どうしてこんな場所が評判になるのか。目の前で人がバタバタ死んでいくのに。

ツルゲーネフ　出ていこう！　僕といっしょにロンドンへ。向こうへ行く友達がいるんだ。

ベリンスキー　僕はオペラは好きじゃない……君は行けよ。

ツルゲーネフ　君を見捨てていくつもりはない。（間）せめて……戻ってからパリで落ち合ってもいい……パリを見ずに帰るわけにはいかないよ！

ベリンスキー　それもそうだ。

ツルゲーネフ　もうおさまった？

ベリンスキー ああ。

ベリンスキー、水をすこし飲む。

ツルゲーネフ (間)まだなんにも言ってくれてない――僕の小説のこと。

ベリンスキー わかってる。君は我が国最大の作家のひとりになる――数少ない作家のひとりに。僕の言うことにまちがいはない。

ツルゲーネフ (感動して)ああ……(陽気に)でも君って、フェニモア・クーパーのこともシェイクスピアにならぶほど偉大だって言わなかったっけ。

ベリンスキー まちがいじゃなかった。馬鹿げてただけだよ。

一八四七年七月

パリ。

ツルゲーネフとベリンスキーが屋外の広々とした場所(コンコルド広場)に立っている。ベリンスキー、陰鬱《いんうつ》な顔であたりを見回す。

ベリンスキー　ゲルツェンはマリニー通りに落ち着いた。シャンデリアがあって、召使もいて、なんでも銀の盆に載せてくる。彼のブーツについた雪もすっかり消えた。「去年《こぞ》の雪、いまいずこ」ってやつさ。

ツルゲーネフ　（指差して）このオベリスクはかつてギロチンがあった場所を示してるんだ。

ベリンスキー　コンコルド広場は世界一美しい広場と言われてるんだろう？

ツルゲーネフ　そう。

ベリンスキー　よし。じゃあこれで見た。もう一度さっきのウィンドウまで歩こう――赤と白のローブの。

ツルゲーネフ　あれは高かったよ。

ベリンスキー　見たいだけだ。

ツルゲーネフ　悪かったね……ほら……あんなふうにロンドンへ出かけて。

ベリンスキー　べつにいいよ。（つらそうに咳き込む）

ツルゲーネフ　疲れてきた？　待ってて。辻馬車をつかまえてくる。

ベリンスキー　僕もあんなローブを着れば、すごいものが書けるのに。

ツルゲーネフ去る。

一八四七年九月

ベリンスキーは回復する。シャンデリアが下りてくる。ベリンスキー、それを見ている。

ゲルツェンの声にベリンスキーが振り返る。舞台が――部屋が――さまざまな方向からセットされる。

ツルゲーネフが買い物の包みを開けている。ナタリーが袋を持っており、袋のなかには店で買ってきたおもちゃや本が入っている。マダム・ハーグ――ゲルツェンの母親で五十代――がサーシャとコーリャの世話をしている。コーリャは四歳になる。サーシャはコーリャに差し向かいで「話しかけて」おり、「コール・ヤ、コール・ヤ」と誇張して発音する。コーリャはコマを手にしている。

ゲオルク・ヘルヴェークは三十歳、頬《ほお》から顎《あご》にかけてひげをたっぷりと伸ばしているが、女性的繊細さをもち合わせた美男子である。ロマンチックに疲れ切った様子で長椅子に横になっている。彼の額《ひたい》に香水をあてているのはゲオルクの妻エマである。ブロンドで、愛らしいというよりはきりりと美しい。三十五歳の落ち目の貴族サゾーノフが同情的につき添っている。子守が現われ、ゲルツェンの母とふたりの子供たちのところに加わる。召使（ジャン＝マリー）はフットマンにしてヴァレットであり、みずから給仕の仕事もこなす。

正装のゲルツェンとナタリーは目立って変化し、すっかりパリの住民である。以前のゲルツェンは髪を後ろへとかし、ロシア風の顎ひげをたくわえていたが、いまはおしゃれに整えている。

場面の冒頭ではべつべつの会話が進行している。交互に聞こえてくるが、すべてつながっている。

ゲルツェン　君はいつもうちのシャンデリアを眺めているが……

ツルゲーネフ　（包みのこと）見てもいいかな？……

サーシャ　コール・ヤ……コール・ヤ……

ゲルツェン　……あのシャンデリアにはなにかあるんだろう……

ベリンスキー　いや……僕はただ……

ゲルツェン　……ロシアの友人はみんな不安になるらしい。あのシャンデリアはこう語っているんだ。「ゲルツェンこそ、我が国最初のブルジョワと呼ぶにふさわしい！インテリゲンツィヤにとってはなんたる損失か！」

召使、自信に満ちた貴族的な態度で母親に盆を差し出す。

召使　マダム……あなたをお誘いしても？

母親　まあ、いやだ……

召使　それはそうでしょう。おそらくのちほど。

召使、みなに盆を差し出して回り、出ていく。

ナタリー　ヴィッサリオン、ほら……見て、おもちゃ屋で見つけたの……

サーシャ　僕も見ていい？

母親 あなたのじゃないわ。自分のおもちゃがあるでしょう、もういらないくらい。

ナタリー、母親の話につかまってしまう。

ナタリー (落ち着かず) なじめないわ、ここの召使の作法には。

母親 ジャン＝マリーのこと? でも彼の作法は美しいわ、おばあさま。

ナタリー わたしはそのことを言ってるの。まるで平等な関係のように振る舞うんだもの——言葉まで交わして……

ツルゲーネフ、薄紙の包みから白地に大きな赤い柄《がら》の華《はな》やかなシルクのローブを取り出す。羽織ってみる。

ツルゲーネフ これだ……これ、すごくいい。これを着れば、まるで別人だよ。

ベリンスキー (恥ずかしげに) ……パリはブルジョワの俗念が渦巻く泥沼だ——前に僕はそう言ったけど、このローブだけはべつだったんだ。

ナタリー きれいだわ。買って正解よ。(買い物を見せて) ほら見て——お嬢ちゃんへのおみやげなしに帰るわけにはいかないでしょう……

ベリンスキー　ありがとう……

サーシャ　見てコーリャ……

ナタリー　さわらないの！　さあ行きなさい……（子守に）Prenez les enfants…［子供たちを連れてって……］

サーシャ　（ベリンスキーに）女の子のものばっかり。

ベリンスキー　そうだよ……男の子もひとりいたけど死んだんだ。

母親　さあ、いい子だから、タータに会いにいきましょう……おいでサーシャ……大きくなったんだから遊んでばかりいちゃだめよ……

ゲルツェン　ああ、子供は子供でいればいいよ、ママン。

ツルゲーネフ、ローブを脱ぐ。ナタリー、それを取り、おおまかに包む。

ナタリー　（ツルゲーネフに）あなたはロンドンにいたの？

ツルゲーネフ　一週間だけ。

ナタリー　隠し立てしないで。

ツルゲーネフ　僕はべつに。ヴィアルドーという友人の一家が……
ナタリー　ポーリーヌ・ヴィアルドーの歌を聴きにいったんでしょう？
ツルゲーネフ　ロンドンの街が見たくてね。
ナタリー　（笑って）だったらいいわ。ロンドンがどんなところか教えてちょうだい。
ツルゲーネフ　霧の都さ。街のあちこちにブルドッグがいて……

このあいだに母親とサーシャとコーリャ、子守とともに部屋を通り抜け、出ていく。コーリャがコマを置き忘れる。
彼らは、ちょうど登場したバクーニンと出くわす。バクーニンは三十五歳、堂々たるボヘミアンである。母親にあいさつし、子供たちにくちづけをして、召使の丸盆から勝手にグラスを一個取る。

バクーニン　ロシア人は勢ぞろいか！
ゲルツェン　バクーニン！
バクーニン　（ナタリーの手にくちづけをする）ナタリー。
ゲルツェン　ひとりで来たのか、バクーニン？

バクーニン　アンネンコフとボトキンも。おもてに辻馬車を待たせてある――ふたりはあと二台つかまえにいった。
ナタリー　そう――みんなで駅へ行って、ヴィッサリオンを見送りましょう。
バクーニン　サゾーノフ！　Mon frère!［我が兄弟！］（耳うちして）「緑のカナリア」が今晩飛び立つ――十時――いつもの場所――回しといてくれ。
サゾーノフ　言ったとおりだろう。
バクーニン　（ゲオルクとエマに）ゲオルクがいるのはわかったぞ。オーデコロンが表までにおっていた。ツルゲーネフ！（ツルゲーネフを脇へ引っ張る）これが一生で最後の頼みだ。
ツルゲーネフ　ことわる。
ベリンスキー　もう行く時間かな？
ゲルツェン　まだまだ時間はある。
バクーニン　ベリンスキー！　ゲルツェンから聞いたぞ――ゴーゴリへの手紙は天才的な代物らしいな。言わばお前の遺言だと。
ベリンスキー　あんまり希望がなさそうに聞こえるけど。
バクーニン　おい、なんだってロシアへ帰る？　警察は独房をあったためて待ってるんだ。

ナタリー やめて！

バクーニン 嫁さんと娘をパリに呼べよ。考えてみろ――検閲なしに出版できるんだ。

ベリンスキー もうそれだけでもうんざりだ。

バクーニン なにを言ってる？　ゴーゴリへの手紙を出版すれば、だれもが読めるじゃないか。

ベリンスキー そんなことに意味はない……フランスでは売文家や有名人ばかりがのさばってる……コラムを毎日、騒音で埋め尽くして――わいわい、がやがや、ぎゃあぎゃあと――動物園のアザラシが人々に向かって魚を投げるのとおなじだよ。真面目なやつはひとりもいない。ロシアの人々は作家を本物の指導者と見てる。詩人や小説家という肩書きは、我々にとってほんとうに意味のあるものなんだ。僕の記事は検閲で削られてしまう。それでも学生たちは〈同時代人〉の発売の一週間前からスミルディンの本屋にたむろして、まだ届かないかと催促する……そうして彼らは夜通し議論して、記事をみんなに回していく……フランスの作家たちは成功を謳歌《おうか》したつもりでいる。成功とはなにかを知らないんだ。ロシアにいれば、ひとりの作家でいなければならない。パリの作家がそれを知ったら、荷物をまとめてモスクワかペテルブルクへ飛んでいくよ。

すると一同沈黙。そしてバクーニンがベリンスキーを抱きしめ、続いてゲルツェンも涙をぬぐいながら同様に抱きしめる。

エマ　Sprecht Deutsch, bitte!［ドイツ語でお願いします！］

ゲルツェン、いまだ感じ入り、部屋の全員に向かってグラスを挙げる。ロシア人たちは真剣な面《おも》持ちでグラスを挙げ、乾杯する。

ゲルツェン　ロシア。我々は知っている。彼らは知らない。だが、いずれ見出されよう。

ロシア人たち、「ロシア！」とくり返し、飲む。

バクーニン　それに、俺は出発したとき、お前に別れを告げはしなかった。

ベリンスキー　お互いに口もきいてなかった。

バクーニン　ああ――哲学！　大いなる日々だ！

ナタリー　（ベリンスキーに）それで、奥さんへのおみやげは？
ベリンスキー　キャンブリックのハンカチを。
ナタリー　あんまりロマンチックじゃないわねえ。
ベリンスキー　いやあ、そういう女性じゃないんだ。
ナタリー　ひどい。
ベリンスキー　学校の教師だから。
ナタリー　だからって関係ないでしょう？
ベリンスキー　たしかにない。
バクーニン　（ベリンスキーに）まあ、近々会おうじゃないか――ペテルブルクで。
ゲルツェン　帰れるわけがないだろう？　召喚されても帰国せずに不在判決を受けたんだ。
バクーニン　革命を忘れている。
ゲルツェン　なんの革命を？
バクーニン　ロシア革命だ。
ゲルツェン　悪いが、きょうはまだ新聞を見ていない。
バクーニン　ツァーリもツァーリの業績もすべて消え去る――一年か、せいぜい二年以内に。

サゾーノフ　（感情たっぷりに）我々はデカブリストの子供だった。（ゲルツェンに）我々の仲間が逮捕されたとき、なにかの奇跡でやつらは僕とケッチェルのことを見逃したんだ。

ゲルツェン　こんなのはまっとうな会話じゃない。まずはヨーロッパで革命が起きる必要があるが、そのきざしはない。反体制勢力は自分たちを信用していないんだ。半年前、僕はカフェでルドリュ＝ロランやルイ・ブランに会うと、ベテラン将校に話しかける士官候補生のような気分になった。彼らがロシア人を見下《くだ》すのは正しいこととしか思えなかった。ロシアがなにを提供できた？　ベリンスキーの記事とグラノフスキーの歴史学講座。ところがだ——こっちの左派の名士たちは、来る日も来る日もあすの新聞の見出しを書きながら、そのニュースをだれかが実現してくれないかと願っている。ロシアにとってなにがよいかなど、彼らにわかるはずがない！　なにが「自由・平等・友愛」だ！　彼らは結局バスチーユのレンガで新しい監獄を建てている。自由のためにこれほど血を流しておきながら、これほど自由を理解しない国は世界のどこにもない。僕はもうイタリアへ行くよ。

バクーニン　（興奮して）フランス人なんか放っておけ。ポーランドの独立運動こそヨーロッパで唯一の革命の火花だ。俺はこっちに出てきて六年。ちゃんとわかって話をしてる。ちなみに俺はライフルを百丁調達《ちょう》しようと思ってるんだ――支払いは現金で。

サゾーノフ、突然バクーニンに「シッ」と合図する。召使が登場しており、バクーニンの目を引く。

ツルゲーネフ 僕が出そう。

ゲルツェン ことわる。歩いてくればよかったんだ。辻馬車が帰りたがってる。五フラン貸してくれないか？

ツルゲーネフ、召使に五フラン渡す。召使出ていく。

ベリンスキー そろそろ出発の時間じゃないかな？

サゾーノフ （ベリンスキーに）残念だよ。君ほどの力があれば、もっといろんな仕事ができたのに。ロシアにいても時間の無駄だ。

ゲルツェン　（サゾーノフに）だったら聞くが、君はいままでなにをした？　カフェ・ランブランで毎日エミグレの連中とポーランドの国境について議論を交わして、それで仕事をしたつもりなのか？――

サゾーノフ　まあまあ、君は我々の状況を忘れている。

ゲルツェン　どんな状況だ？　君たちは何年も自由に生きてきた。将来の大臣候補を気取って、自分の呼び名を「ピンクのインコ」とか「紫のパラキート」とか――

サゾーノフ　（激怒して）だれだ、暗号の名前を話したのは？

ゲルツェン　君だ。

サゾーノフ　（わっと泣き出し）信頼されていないのはわかっていたよ！

エマ　Parlez français, s'il vous plaît!［フランス語でお願いします！］

バクーニン　（サゾーノフを抱いてなぐさめ）俺が信頼しているじゃないか。

ナタリー　ゲオルクは大丈夫かしら？

ゲルツェン　これ以上大丈夫な男は見たことがないよ。

ナタリー、ゲオルクとエマのところへ行く。

バクーニン　（ゲルツェンに）ゲオルク・ヘルヴェークを見くびっちゃだめだ。こいつは政治活動のためにザクセンを追放されたんだ。

ゲルツェン　活動？　ゲオルクが？

バクーニン　しかも革命家に必要なものをちゃんと持ってる――金持ちの妻を。夫のためならなんでもする女だ。マルクスがゲオルクに経済的諸関係を語るそばで、エマは一時間、足をさすってやっていたそうだ。

ゲルツェン　マルクスの足を？

バクーニン　ちがう。ゲオルクが「足が寒い」と言ったんだ……ほかの部分は、どうやらダグー伯爵夫人にぬくめてもらっているらしいが。

ナタリー　（エマに）Continuez, continuez…［続けて、続けて……］

ゲルツェン　（気分を害し）我が家で友人のゴシップはごめんだ……だいいち、ほんとうかどうかわからないだろう。

バクーニン　（笑って）たしかに――こいつのホラかもしれない。

エマ、ゲオルクの額をさすり続ける。

ナタリー　（そばに来て）ああ、愛っていうのはこうあるべきだわ！
バクーニン　愛とは謎であり、女の特権はすべてを捨てて聖なる愛の炎を守ることである。
ゲルツェン　僕は、自分を子供扱いさせないからって、とがめられているわけか？
ナタリー　とがめたりしないわ、アレクサンドル。わたしはただ、見ていて素敵だと言ってるの。
ゲルツェン　なにが？　ゲオルクのふさぎの虫が？
ナタリー　いいえ……エゴイズムを超越する女性の愛よ。
ゲルツェン　エゴイズムのない愛は女性から平等と自立をだまし取る。むろん、ほかのどんな……満足も。
バクーニン　彼は正しい、マダム！
ゲルツェン　だがさっき君が言ったのはその逆だ！
バクーニン　（臆面《おくめん》もなく）またしても正しい！
ゲオルク　（ドイツ語で）Emma, Emma... ［エマ、エマ……］
エマ　Was ist denn, mein Herz? ［どうしたの、わたしの大事な人？］
ゲオルク　Weiss ich nicht... Warum machst du nicht weiter? ［わからない……どうして

やめるの？」

エマ、ふたたび彼の額をなで始める。

ナタリー　（ゲルツェンにこっそりと）冷たい人。

ゲルツェン　僕はゲオルクのことは好きだが、こんなのは馬鹿げてる。

ナタリー　（怒って）理想の愛にはそういうことが欠けているわけじゃない……それとも、あなたそう思うの？

ゲルツェン　なんの話だ？

ナタリー　いやらしいわ、それじゃあまるでゲオルクが女性を……満足させられないみたいじゃない……

ゲルツェン　（刺激されて）させられるさ。相手は伯爵夫人って話だ。

ナタリー　なるほどね。ま、たかが伯爵夫人なら……

急に部屋を去る。残されたゲルツェンは面食らう。ベリンスキーは床にひざをつき、おもちゃのひとつ——小さく平らな木製のパズルに頭を悩ませている。バクーニンが大声で注目を集める。

バクーニン　我が友人諸君！　同志諸君！　俺から諸君に乾杯を！　個々の自由と万民の平等に！

穏やかに、うやうやしく乾杯がおこなわれる。

ゲルツェン　それはどういう意味だ？　なんの意味もない。

バクーニン　君が自由でなければ、俺も自由じゃない！

ゲルツェン　それはおかしい。君は僕が囚《とら》われていたときも自由だった。君のことは心から愛しているよ、バクーニン。僕はまるでファンファーレのような……いや、ファンタジーのような君の演説が大好きだ。革命をたたえる一種の言葉の音楽で、君はヨーロッパに名を馳《は》せた。しかし君の音楽からは、わずかな意味さえ引き出すことは不可能だ――政治的理念や行動方針は言うまでもない。自由とはパスポートを持っているということだ。自由とは我が家の風呂場で歌っても許されるということだ。だが隣人がべつの歌を歌う自由を大きな歌声で侵害することは許されない。だからなにより僕や僕の隣人の自由にさせてくれ。革命オペラ、国家オーケストラ、大衆ハーモニー委員会、なんでもいいが、それに参加するもしないも……

ツルゲーネフ　それはもののたとえだろうね？

ゲルツェン　そうともかぎらない。

サゾーノフ　個人の自由と集団に対する義務とのあいだにはなんの矛盾もない――

ゲルツェン　そうだろうか？

サゾーノフ　――なぜなら集団の一員になることは個人の利益になるからだ！

ゲルツェン　だれも利益を得なかった――プラトンもルソーも僕も……

バクーニン　理念を行動に先立たせるのがまちがいだ。とにかく行動！　理念はあとからついてくる。まずはすべてを破壊せよ。

ゲルツェン　ベリンスキー、この狂気から救ってくれ！

バクーニン　破壊こそ創造的情熱だ！

ベリンスキー　どう組み合わせても四角にならない――子供のパズルができないなんて……

ツルゲーネフ　もしかすると丸かもしれないよ。

コーリャがコマを探しに登場する。ナタリーも登場し、仲直りしようと早足でゲルツェンのそばへ行く。

ナタリー　アレクサンドル……

ゲルツェン、彼女を抱きしめる。

ゲオルク　Mir geht es besser.［気分がよくなった。］

ベリンスキー　ツルゲーネフはいい点を突いたな……

エマ　Georg geht es besser!［ゲオルクの気分がよくなったわ！］

以後の会話は「無駄に」書かれたものである。互いに重なって話され、話し声が連続する。

ベリンスキー　我が国の問題は封建制と農奴制なんだ。理論上のモデルが、ロシアになんの関係がある？　こんなにも巨大で後《おく》れた国に！

ツルゲーネフ （ベリンスキーに）僕の母の領地だけでもフーリエのモデル社会の十倍は大きい。

ベリンスキー ユートピアなんてうんざりだ。そういう話は聞き飽きたよ。

以下、右の会話と同時に。

バクーニン ポーランド人はスラヴ民族と手を組むべきだ。民族主義こそ唯一、革命段階に達した運動だ。すべてのスラヴ民族が立ち上がる！　最後まで言わせろ！　三つの必要条件がある――オーストリア帝国の分割――農民の政治参加――労働者階級の団結だ！

サゾーノフ （バクーニンと重なって）ポーランド人のなかには君をツァーリの手先と思っているやつもいる。フランス人はドイツ人を軽蔑《けいべつ》しているし、ドイツ人はフランス人を信用していない。オーストリア人はイタリア人とそりが合わないし、イタリア人はイタリア人どうしそりが合わない……だがロシアはみんなに嫌われている。

右と同時に召使登場し、ゲルツェンに話す。

ゲルツェン　（ゲオルクに）Du riechst wie eine ganze Parfümerie.［君は香水屋みたいににおうぞ。］

ゲオルク　Wir haben der Welt Eau de Cologne und Goethe geschenkt.［我が国は世界にオーデコロンとゲーテをもたらしたんだ。］

召使　（ゲルツェンに）Il y a deux messieurs en bas, Monsieur le Baron, qui retiennent deux fiacres.［ふたりの紳士が下にお見えです、男爵さま――辻馬車を二台待たせておいでです。］

ゲルツェン　Allez les aider à descendre leurs baggages.［荷物を降ろすのを手伝ってくれ。］

召使　Hélas, c'est mon moment de repos - c'est l'heure du café.［残念ながら休憩です――カフェに行く時間でして。］

ゲルツェン　Bien. C'est entendu.［わかった。かまわないよ。］

召使　Merci, Monsieur le Baron.［ありがとうございます、男爵さま。］

召使去る。

ナタリー　（ゲルツェンと召使のやり取りに重なって）ハイネも！

エマ　Und Herwegh!［ヘルヴェークも！］

ナタリー　ええ！　ええ！

エマ　Du bist so bescheiden und grosszuegig. Schreibst du bald ein neues Gedicht?［あなたはほんとうに控えめでおおらかな人なのね。新しい詩はじきに書くつもりなんでしょう?］

ゲオルク　Ich hasse solche Fragen!［その質問には飽き飽きだ！］

エマ　Verzeihg mir - sonst weine ich.［許して――わたしを泣かせないで！］

すべての会話が同時に途切れ、無音となるが、マイムが続くあいだ、焦点はコマを持って座っているコーリャへ。

最終的にはツルゲーネフとベリンスキーの会話にゲルツェンが割って入り――第一幕終わりのリプライズを参照――これをきっかけに全体が離散し、無音のまま退場していく。

ツルゲーネフとサゾーノフ、ベリンスキーの小型の旅行かばんと包み類を運んでやる。ローブが残っているが、だれも気づかない。

コーリャがひとり残される。

遠くで雷が鳴るが、コーリャには聞こえない。やがて雷鳴が近づく。コーリャがあたりを見回す。なにかに気づいている。

音が次第に大きくなる。群衆のどよめき、ライフルの発砲音、叫び声、歌声、ドラムの音……そして女性の声。有名な女優ラシェルの声である。ラシェルは「ラ・マルセイエーズ」を歌っている。

多くの赤旗。そしてフランスの三色旗。

ナタリー登場。コーリャを抱き上げ、走って出ていく。

［一八四八年二月二十四日、ルイ・フィリップ王政崩壊。］

一八四八年三月
屋外――コンコルド広場。
［ゲルツェンの回想録によれば、このころがバクーニンの人生でもっとも幸福な日々であった。］

バクーニンが旗竿を振り、巨大な赤旗をはためかせる。三十歳のカール・マルクスと遭遇《そうぐう》したところである。マルクスは黄色いカバーの本『共産党宣言』を持っている。ツルゲーネフ、仰天《ぎょうてん》した様子であたりを見回す。

バクーニン　マルクス！　こうなるとだれが思った⁉

マルクス　こうなることになっていたんだ。わたしは予想していたよ。

バクーニン　どうして話してくれなかった？　だれもが一生忘れないだろう――フランスに共和政が復活したとき、自分がどこにいたか！

マルクス　わたしはブリュッセルにいた――『共産党宣言』の初版が印刷から届くのを待っていた……

バクーニン　俺もブリュッセルにいた――〈ラ・レフォルム〉が届くのを待っていたんだ。俺がフランス政府に宛てた公開状が載っていて……

ツルゲーネフ　うそだろう！　僕もブリュッセルにいた！……『セビリアの理髪師』で……その本、見てもいいかな？

マルクス、本を渡す。

バクーニン　俺はずっと兵舎に暮らしてる――共和国警備隊といっしょにな。信じられないだろうが、プロレタリアの人間に会ったのは実にはじめてだ。

マルクス　ほんとうか？　どんな連中だ？

バクーニン　あれほど気高い人種には出会ったことがない。

ツルゲーネフ　（ドイツ語で読み上げ）Ein spektrum verfolgt Europa... 幽霊がヨーロッパに出没している――das spektrum des Kommunismus.［幽霊がヨーロッパに出没している――共産主義の幽霊が！］

バクーニン　毎日二十時間は立ちっぱなしだ、反逆と破壊を訴えながら……

マルクス　警視総監が言っている――君のような人間があと三百人いれば……フランスは統治不能になると。

バクーニン　すでにポーランド国家委員会がプロイセン領ポーランドに設置されて、ロシアへの侵攻を計画している。ここは俺が出ていかないと。ツルゲーネフ、これが一生で最後の頼みだ……

ツルゲーネフ　財務大臣に頼むといい。

バクーニン　フランスの暫定《ざんてい》政府が俺にポーランド行きの金を出すと思うか？

ツルゲーネフ　まちがいなく。

マルクス　(ツルゲーネフに) 君は作家だ。どうだろう――「共産主義の幽霊」というのはおかしいかな？　共産主義が死んだように聞こえては困るんだ。

ゲオルク・ヘルヴェーク登場。ややもするとオペラコミックを連想させる赤・黒・金の軍服姿である。

ツルゲーネフ　そうだね……亡霊が……化《ば》けものがヨーロッパに出没している……

バクーニン　ヘルヴェーク！

ゲオルク　(やや照れて) どう思う？

バクーニン　いいじゃないか。君はフリーメーソンか？

ゲオルク　そうじゃない――ドイツ亡命民主主義者の義勇軍を指揮しているんだ。これからバーデンまで進軍さ！

バクーニン　進軍って、ここからドイツまで？

ゲオルク　そうじゃない、まさか――前線までは列車だよ。僕は切符を六百枚持ってる。

ツルゲーネフ　フランス政府が資金をくれたのか？

ゲオルク　そう、どうしてわかったの？
バクーニン　素晴らしい！
ゲオルク　エマのアイデアさ。
ツルゲーネフ　やっぱり君はほんとうの詩人じゃなかったよ。ただの詩人だ。軍隊の経験はあるんだろうね？
ゲオルク　エマが言うには、詩人だろうと革命家だろうと天才は天才だって。
バクーニン　そのとおりだ。バイロンを見てみろ。
ゲオルク　バイロンはあまりにも書きすぎたけどね。

ツルゲーネフ、本に戻って考え込む。エマ登場。彼女もまた軍服風の衣裳で、赤・黒・金の帽章を帽子につけており、流行の店の仕着せを着た少年を連れている。少年はエレガントな包装の包みをいくつか背負わされている。店の小型の手押し車を押していてもよい。

マルクス　（鋭く介入し）ちょっと待て、ヘルヴェーク！

するとマルクス、エマに気づく。

エマ 進軍用の食料は調達したわ、あなた――シュヴェー特製、牛肉のパイ包みに七面鳥のトリュフ詰めも――

マルクス 恥を知れ！

エマ 主人も食べなければならないの、カール。いっしょにシャンゼリゼまでいらっしゃいな。ゲオルクが部隊を閲兵《えっぺい》するの！

マルクス、憤《いきどお》りに我を忘れ、ヘルヴェーク夫妻を追って出ていく。

マルクス 身のほど知らずが！ 勝負はプロレタリアとブルジョワのあいだで決まるんだ。場ちがいな茶番で経済闘争に介入する権利はない！

エマ この人の言うことを気にしてはだめよ、あなた。

店の少年、マルクスとヘルヴェーク夫妻に続いて去る。

ツルゲーネフ （考えて）亡霊が……幽霊が……ちがう……

バクーニン （有頂天《うちょうてん》で）すべてはこのためだったんだ――最初の最初から……君とベルリンで――覚えてるか？ ウンター・デン・リンデンを歩きながら、歴史の精神について激論を交わした……

ツルゲーネフ （影響され）精神が……精神がヨーロッパに出没……ちがう……

バクーニン 革命こそはプレムーヒノで追い求めた「絶対的なるもの」だ。みんなそこへ向かっていたんだ。

ツルゲーネフ （本をぽんと叩き、満足げに勝ち誇った様子で）妖怪だ！ 妖怪がヨーロッパを歩き回っている――共産主義の妖怪が！

銃撃や暴動の音。

ナタリーと十九歳のナタリー（ナターシャ）・ツチコフがはしゃぎながら駆け足で登場する。ナターシャの髪は濡れている。ナタリー、三色旗をショールにして羽織っている。

ナタリー ナターシャ Vive la Ré-pub-lique! Vive la Ré-pub-lique!［共和政万歳！ 共

和政万歳！」

ふたりの女性はすでにつぎの場面に入っている。

一八四八年五月十五日

べつのアパルトマン。新しく完成した凱旋門《がいせん》に近い。ゲルツェンがコーリャの手のひらを取って、自分の顔にあてている。

ゲルツェン　Vive la République［共和政万歳］、コール・ヤ！（ナタリーに）それはどこで手に入れたんだ？

ナターシャ　みんなこれを羽織ってるわ！

ナタリーとナターシャ、我を忘れてロマンチックな友情にひたっている。すべてがよろこびに、あるいは滑稽《こっけい》さに、あるいは深い感情にあふれている。

ナタリー　ナターシャからあなたへの贈りものよ。
ゲルツェン　そう……ありがとう。

ナタリー、「ショール」を脱ぎ、ゲルツェンに差し出す。きわどい格好だが、実際あらわになっているのは肩と腕だけである。

ナターシャ　わたしが着てるわ！
でも君は服を着ていないじゃないか。
ナタリー　かわいそうに、この子ったらずぶ濡れでやってくるんだもの。だからわたし――
ナターシャ　「その服、脱ぎなさい！　いますぐに！」
ナタリー　自分のドレスを着せてあげたの。
ゲルツェン　そう。それにしても、君のドレスが一着しかないとは知らなかった。実際、店を一軒出せるぐらいあると思ってたよ……
ナタリー　だけど、この子にはわたしの香りでいてほしいし、わたしもおなじ香りでいたいから――

ナターシャ　あなたって椿《つばき》の香りがする……

ナタリー、うっとりとナターシャの髪の香りをかぐ。

ナタリー　ロシア！

ゲルツェンの母親、登場。

母親　ナタリー！――召使が入ってきたらどうするの……！（コーリャをつかまえ）ごらんなさい、恐ろしいお母さまねえ……こういうのを共和政っていうのかしら……（ナタリーに）あなたに手紙が来てるわよ。

ナターシャ　わたしからだわ！

ナタリー、母親から手紙を受け取る。ナタリーとナターシャ、我を忘れて抱きしめ合う。

召使のブノワがドアを開け、サゾーノフとツルゲーネフを通す。ゲルツェンはあわててナタリーに三色旗を羽織らせる。

サゾーノフ　Citoyens!［市民諸君！］

ナタリーとナターシャ、楽しげに悲鳴を上げながら飛び出していく。

やっと戻ったか……

母親　イタリアから十日前に戻ったんですよ。（ブノワに）Veuilliez demander à la bonne de servir le diner des enfants dans le petit salon.［子供部屋に子供たちの夕食を用意するよう、あの娘に言ってきてちょうだい。］

ブノワ、貴族のあいだで交わされるようなうやうやしい一礼をして出ていく。

母親、ツルゲーネフの控えめな一礼に応える。

こんどの召使はますます偉そう。前のは話しかけてきた。こんどのはいまにも踊りに誘ってきそうだわ。さあコーリャ、お夕食にしましょう。（コーリャを連れて出

ていく）

ゲルツェン　フランスの召使にはなによりも驚いた。彼らを売買できないのは知っていたが、貴族のように取り澄ました態度には戸惑ってしまう。

ツルゲーネフ　で、さっきの若い子はいったい……？

ゲルツェン　妻の恋のお相手さ。ナターシャ・ツチコフ。ローマで彼女の一家に会った。オガリョーフの故郷の隣人だよ。

サゾーノフ　さっき僕とツルゲーネフは国民議会を取り巻く群衆のなかにいた。

ゲルツェン　僕は市庁舎に行ってきた。破られた約束、転がった首、警察に引き下ろされた赤旗。三色旗は飛ぶようにはためきながら「通常業務」を告げている。それで、いまやどう思う——君の民主共和政について？

ツルゲーネフ　僕の？　僕は君とおなじ旅行者だ。パリの人々がどう思っているかを聞くべきだろう……それが驚いたことにわからない。彼らは芝居の切符でも買って、興味津々《しんしん》ことの成り行きを見守っているようだ。レモネード売りや葉巻売りは商売繁盛で笑いが止まらない——大漁の網を曳《ひ》く漁師のようさ。共和国警備隊はどちらにつくか様子を見て、結局は暴徒の始末にかかった。

ゲルツェン　暴徒？　旗をかかげて行進している労働者だぞ。

サゾーノフ　フランスなんか放《ほう》っておけ！　地図のあちこちに歴史がつくられようとしているんだ。オーストリアとプロイセンの皇帝はパニック状態。ロシア政府もいよいよ窮地《きゅうち》だ。ツァーリも誠意を示さなければならなくなる。

ゲルツェン　ああ、そうだ！　やつはコサック兵を全員召集するだろう。憲法制定を求める声に各国の君主が怖《お》じ気《け》づいても、ツァーリ・ニコライはただひとり、独裁者の座を守り抜くわけだ。

サゾーノフ　そうじゃない、わからないのか？　我々の時代がやってきたんだ！　ツァーリには教養ある自由主義の内閣が必要となる――ヨーロッパを経験した人間が。政府は我々にたよらざるをえない。

ゲルツェン　君と僕に？

サゾーノフ　まあ、我々のサークルの人間に。そう考えたことはないのか？

ゲルツェン　断じて言うが一度もない。（ツルゲーネフに）君はなに大臣になりたい？

サゾーノフ　笑うがいいさ……舞台はいまや〈同時代人〉に載った君のちゃちな記事よりも大きいんだ。すでにバクーニンはポーランドへ出発した――警視総監から偽造パスポートをもらって！

ゲルツェン　（ツルゲーネフに）見ろ。共和政の樹立からたったの六週間。彼らはロシアのツァーリに敢えて迷惑はかけられない。ロシアの扇動家《せんどう》にねぐらは提供できないというわけだ。君には理解できないのか——きょう起きたことがなんなのか？

ツルゲーネフ　ああ、選挙で選ばれた議会を労働者のリーダーが粉砕した——たまたま趣味に合わないという理由で。あれは暴動だ。そして秩序が勝利したんだ。

ゲルツェン　ツルゲーネフ！　これは趣味の問題か？　共和国が、打倒したばかりの君主国とおなじ暴挙に出るというのは、美意識が狂っているからじゃない。この共和国は迷信で成り立っている——「Vive la République!」という呪文だけで。ところが結局、共和政にとって革命は不要となったばかりか、邪魔なものとなってしまった。権力というのはバリケードを築いた無知な連中と分かち合うものじゃない——貧乏な連中は声をもつなというわけだ。まあ、きょうで終わりだと思っちゃいけない。やかんのふたが破裂すれば、台所もろとも吹き飛ぶだろう。労働者が扉を蹴り倒し、王権を手にしたあかつきには、こういう文明的探求や洗練は——君が「秩序の勝利」と呼んだものは——すべてたきぎやしびんと化す。それを僕は悔やむだろうか？　ああ、悔やむとも。だが我々は宴《うたげ》を堪能した。ウェイターに代金を請求されても文句は言えない。「L'addition, messieurs!［みなさん、お勘定です！］」というわけだ。

ツルゲーネフ　ああ、まあ……第二共和政が犯した罪は、このコックとウェイターの復讐劇の重みには耐えきれないよ。暫定政府は選挙の実施を約束した。そして選挙は実施された。九百万のフランス人がはじめて投票をおこなったんだ。まあ、彼らが投票したのは王政主義者、不労所得者、法律家……そして社会主義の残党はくたばった。君には不満があるんだろう？　組織労働者によるクーデターとほどよい期間の恐怖政治があれば、事態は収拾するかもしれない。君がパラドックス担当大臣にでもなって、皮肉に関する特別任務にあたるといい。ゲルツェン……ゲルツェン！　それでもフランスは文明の頂点にいるんだよ。

ナタリーとナターシャ、ゲオルクとともに登場する。ゲオルクはひげも威厳もなくなっている。

ゲルツェン　（戸惑い）はい……？

ツルゲーネフ　ヘルヴェークだ――ドイツから戻ってきた。

サゾーノフ　ひげがない！

ブノワ、ワインの入ったグラス数個を運んで登場する。

ゲルツェン 大切な同志！ Mon brave!［我が勇者！］

ナタリー 首に懸賞金をかけられたんですって！

ゲルツェンが抱きしめると、ゲオルク、わっと泣き出す。

ゲルツェン 彼にグラスを。

ゲルツェン、ゲオルクにグラスを一個渡す。サゾーノフ、ツルゲーネフ、ナターシャ、ナタリー、丸盆からグラスを取る。

（グラスを挙げて）君のドイツ革命に！

ゲオルク Dankeschoen, danke…［ありがとう、ありがとう……］（グラスを挙げて）Auf die Russische Revolution… und auf die Freundschaft!［ロシアの革命に……友情に！］

ナタリー　友情に！

ナターシャ　愛に！

サゾーノフ　（グラスを挙げ）Vive la République!［共和政万歳！］

ゲルツェン　（グラスを挙げ）打倒ブルジョワ！　Vive le prolétariat!［プロレタリア万歳！］

出ていくブノワ、痛々しい反感をあらわにする。

Mille pardons, Benoit.［たいへん失礼、ブノワ。］

ゲオルク、ふたたび泣く。ナタリーがなぐさめる。

一八四八年六月

木々やベンチのならぶ大通り。ゲオルク、ナタリー、ナターシャ、散歩したり座ったり……。乞食《こじき》がひとり、じっと動かず立っている。シャツはひどくはだけ、杖をついている。

ゲオルク　みんなから散々な言われようさ——敵の姿が見えたとたん、僕はドブに隠れたって。そんなこと君たちは信じないよね？

ナタリー　もちろん信じないわ。

ナターシャ　もちろんよ。

ナタリー　エマだってそうよ。彼女はその場にいたんだし。

ゲオルク　彼女が僕を押し込んだんだ。

ナタリー　ドブに？

ゲオルク　そうじゃない——このことすべてに……ドイツ亡命民主主義者の代表だなんて。大失態さ。フランス人は苦もなく国王を追い出したのに、バーデンみたいなちっぽけな王国に革命があっさりつぶされるなんて。だけどエマはいまも僕を信じてくれてる。出会う前から彼女は僕に恋をしていた。ドイツの女性の半分がそうだった。僕の詩集は六回も版を重ねたんだ。僕は国王にも会った。そして僕はエマと出会った。

ナタリー　そして彼女はあなたを射止めた！

ゲオルク　マルクスの言うことを聞いていればよかった。
ナタリー　マルクス？　どうして？
ゲオルク　やめろと説得されたんだ。
ナタリー　（驚いて）エマとの結婚を？
ゲオルク　そうじゃない――亡命民主主義者の義勇軍。
ナターシャ　とにかく、これであなたもドイツのプーシキンに戻れるわ。
ゲオルク　プーシキンはあまりにも書きすぎたけどね。でもマルクスは僕が恥をかいて大よろこびさ……僕はあいつを名家という名家に連れてってやったのに――マリー・ダグーのサロンにも紹介して……
ナタリー　伯爵夫人の？
ゲオルク　そう、作家のね。彼女も僕の崇拝者さ。
ナターシャ　あこがれるわ。彼女はリストに恋をしたの。なにもかもが恋に道を譲らなければならなかった――名声も夫も子供たちも……ジョルジュ・サンドとショパンのように！　ピアニストって素敵だわ！
ナタリー　ええ、ほんと――わたしたちはみんなジョルジュ・サンドの弟子だもの！
ナターシャ　「心のままにどこまでも進むこと！　愛をたよりに究極の善を求めるこ

と！」

あなたはピアノは、ゲオルク？

ゲオルク　少々ね。エマが言うには、もしも僕が練習すれば、ショパンやリストも油断してはいられないって。

ぶらぶらと歩いていく。乞食は残る。ツルゲーネフ登場。

遠い雷鳴。

一八四八年六月二十一日

通り。前の場面の乞食は残っている。ツルゲーネフがカフェのテーブルで書きものをしている。

ツルゲーネフ　やかんのふたは六月二十二日に破裂した。はじめはこれといって目につくものはなかった……ところが先へ進むほど、大通りの様子は変化した。四輪馬車は少なくなり、乗合馬車は姿を消した。商店やカフェはあわてて店を閉めている…

…街の人通りはぐんと減った。その一方、どの家の窓もすべて開き、おおぜいの人々が——その多くは女性や子供、女中や子守であるが——窓辺に群がっている。しゃべったり、笑ったり、大声ではないが互いに呼び合ったり、あたりを見回したり、手を振ったり——まるでパレードでも待っているかのようである。色とりどりのリボン、スカーフ、縁なし帽、ホワイト・ピンク・ブルーのドレスが、大小の光を反射しながら夏のそよ風にもち上がり、さらさらと音を立てている……わたしはすこし近づいてみた。バリケードの前は人気《ひとけ》もわずかで、男が数人、車道を行《い》き来《き》しているだけである。労働者たちはやってきた路上の見物たちと冗談を交わす……ひとりは兵隊用の白の剣帯を腰に巻き、栓《せん》を抜いたボトルと飲みかけのグラスを見物に向かって差し出している。まるでこっちで一杯やれよと誘いかけているようだ。その隣の者は二連銃の銃身を肩に載せ、声をかぎりに「民主社会主義共和国万歳！」と叫ぶ。そのかたわらにはストライプのドレスを着た黒髪の女が立っており、やはり剣帯を腰に巻いて、そこに拳銃を差している。この女だけは笑わない……そのあいだにもドラムの音は次第に近づき、次第に大きくなってきた。第二共和国政府は反逆的な労働者に対し、いよいよ業《ごう》を煮やしている。軍隊が投入されたのだ。

ドラム、群衆、発砲音……ナタリーはコーリャを抱き、子守は三歳のタータを乗せた乳母車を押し、ゲルツェンの母親はサーシャの手を引きながら、あわてて通りを渡る。サーシャは三色旗の旗竿を持ち、それが邪魔になっている。

ナタリー ああ神様——神様——急いで……死体でいっぱいの乗合馬車が何台もあったわ。

母親 落ち着きなさい。子供たちがいるのよ……

ゲルツェンが彼らに合流し、コーリャを抱く。

ゲルツェン (サーシャに) 早くママといっしょに。早くなかへ。

ゲルツェン、サーシャの三色旗を取り上げる。

ナタリー あなた見た?

ゲルツェン　ああ。
ナタリー　乗合馬車を？
ゲルツェン　ああ。早く、早く！

ふたたびラシェルの歌声が聞こえる……が、「ラ・マルセイエーズ」はライフルの一斉射撃の音にかき消される。
乞食は残る。

一八四八年六月二十七日
屋内──ゲルツェンのアパルトマン。
乞食は動かない。彼は登場以来ずっと身動きしていない。革命の音が遠くで続いている。
ゲルツェンが三色旗を手にしている。コーリャが床に座り、コマで遊んでいる。ゲルツェン、乞食に目を留める。

ゲルツェン　君はなにがほしい？　パンか？　残念ながら、パンのことは理論にない。我々は本の虫なんだ。本のなかの解決法しかない。言葉が我々のよりどころだ――言葉と抽象概念が。とは言え、すべては美しく運んでいる。前回――第一共和政では――つまり一七八九年には誤解があった。我々は発見したと思っていた――社会の前進もまた科学であると。第一共和政では理性的な事業として、道徳と正義が具現化したはずだった。結果が期待はずれだったのは認めざるをえない。ところがいまや、まったく新たな理念が現われた。歴史そのものがドラマの主人公であり、作者でもある。人はみんな物語のなかにいるんだ。物語はジグザグに、言わば「弁証法的に」進行し、普遍の幸福で幕を閉じる。君にとってはちがうかもしれない。君の子供たちにとってもちがうかもしれない。それでも普遍の幸福には持てるものすべてを賭ける価値がある――君にはそのシャツしかないだろうが。それまではたまたま君がジグで、彼らがザグとなるんだ。

場面は移り変わる。楽しげな音楽が街から聞こえてくる。乞食はもういない。

コーリャはゲルツェンとともに残り、床に座ったままコマで遊ぶ。

ブノワがツルゲーネフを部屋に通し、数通の手紙を丸盆に載せてゲルツェンに届け、出ていく。

ツルゲーネフ もう外には出てみた？ 生活は見事に平静を取り戻した。劇場は開いてる。馬車も通りに戻ってきた。紳士淑女が廃墟《はいきょ》見物、まるでローマの観光客さ。考えてみると、つい金曜日の朝だろう。洗濯屋が服を届けにきて、「始まったわよ！」って知らせてくれた。あれから四日間、うだる暑さのなか閉じこもって、銃声に耳を傾けた。事態がはっきりわかっていながら、なすすべもない……ああ、あれは拷問《ごうもん》だった。

ゲルツェン それでも服は洗濯されていた。

ツルゲーネフ そういう会話を続けるつもりなら――

ゲルツェン こっちが始めた会話じゃない。この四日間のせいで十年憎しみをいだくことになってもおかしくない。

ツルゲーネフ だったら出ていく。でも意見させてもらうと、君の服もだれかが洗濯しなきゃならないはずだ。

ゲルツェン グラノフスキーから手紙だ！ 彼にも聞かせてやりたいよ！ （手紙を開く）君たち自由主義者というのは、かならず血しぶきを浴びることになる――どんなに距離を置こうとしてもだ。ああ、たしかに僕にもひとり洗濯屋はいる。ひょっとしたら何人も。使用人という階級があってこそ、我々幸運な少数派はより高き使命に専念できる。知識人は考えることを許されなければならない——詩人は夢を見ることを、地主は土地を所有することを、ダンディな紳士はスカーフを完璧に着こなすことを。これは一種の人食いだ。まねかれざる者たちがこの宴には必要なんだ。僕はセンチメンタルなモラリストじゃない。自然もまた無慈悲《じひ》だ。自分が食われ相手が食う——それが自然の秩序だと思われているかぎり、古い秩序の消滅を惜しむのは我々だけだ——人に服を洗濯させたり、小説を書いたり、オペラに行ったりする我々だ。だが秩序はまったく人工のものだと民衆がいったん気づいたとき、ゲームは終了だ。僕はこの災難にほっとしている。死体の山が共和政のうそを暴いてくれた。これは権力側のスローガンで成り立った政府なんだ。とにかくこれでわかったわけだ。暴政をおこなうのに皇帝はいらない——私有財産がおびやかされた日には社会民主主義者が仕事を継ぐだろう！

ツルゲーネフ　（穏やかに）どこかロシア的なことなのかな？　なにもかも極端に取ってしまうのは。

ゲルツェン　（冷ややかに）まちがいない。それは若さにつきものだ。ロシアは若い。

（鋭く）アンビヴァレンスとか——ふたつの相容れない信念をかかえながら、どちらにも皮肉の目を向けるとか——そういうのはヨーロッパの伝統芸だ。

ツルゲーネフ　他人の立場に身を置く謙虚さはあってしかるべきだ。ああ、たしかに、それを身につけるには何世紀もかかるけれど。

ゲルツェン　（グラノフスキーの手紙を手に叫び）ベリンスキーが死んだ。

ツルゲーネフ　うそだ、うそだ……まさか、うそだ、そんな、そんな……うそだ！……もうたくさんだ。

ナタリー登場し、ゲルツェンのところへ行く。

ナタリー　アレクサンドル……？

一八四七年九月

ゲルツェン、ナタリー、ツルゲーネフ、コーリャ、舞台に残り、ナタリーの再登場からリプライズされる場面とおなじ位置へ。

ゲオルク　Mir geht es besser.［気分がよくなった。］
ベリンスキー　ツルゲーネフはいい点を突いたな……
エマ　Georg geht es besser!［ゲオルクの気分がよくなったわ！］
ベリンスキー　我が国の問題は封建制と農奴制なんだ。

これより先は異なる方法でくり返される。全体的に喧噪《けんそう》が続くのではなく、ベリンスキーとツルゲーネフの会話が「保護」され、その他の会話がほぼマイムでおこなわれる。喧噪が無音になった箇所は、今回も変わらない。

ツルゲーネフ　理論上のモデルが、ロシアになんの関係がある？　こんなにも巨大で後れた国に！（ベリンスキーに）僕の母の領地だけでもフーリエのモデル社会の十倍は大きい。
ベリンスキー　ユートピアなんてうんざりだ。そういう話は聞き飽きたよ。僕はロシアでなにをするのが好きだと思う？　ペテルブルクに鉄道の駅が建つのを眺めていることなんだ。レールが敷かれるのを見ているだけで心が浮き立つ。一、二年もすれば、友人や家族や恋人や手紙がモスクワとのあいだを目まぐるしく行き交う。生活はすっかり様変《さま》わりする。現実の営みにこそ詩は宿ってる――まだ文芸批評の知らないなにかが！　いままで自分がしてきたことにはうんざりだ。うんざりだし具合が悪くなる。僕は文学に恋をして、一生恋わずらいのままだった。どんな女にもこれほど熱烈な、これほど忠実な崇拝者はいなかった。僕は彼女が落としたハンカチを残らず拾った――レース、亜麻布《あま》、鼻をかむやつ――なんでもよかった。生きている作家も死んだ作家もみんな僕のために書いていた。おかげで僕は有頂天になったり、侮辱されたり、歓声を上げたり、頭をかきむしったりした。だまされたことはめったになかった。君の作品——『猟人日記』は、ゴーゴリの若いころ以来の傑作だ。ドストエフスキーってやつも、このままやれれば引けは取らない。ロシアの作家に人々は目を見張ることになる。文学では、我々は偉大な民族になったんだ、用意もできていないうちから。

ツルゲーネフ　また一周してますよ、船長。

ゲルツェン　たいへんだ！　乗り遅れてしまう！（ナタリーをなだめ）顔色が悪い。君はうちに残るんだ。子供たちといっしょに。

ナタリーうなずく。

ナタリー （ベリンスキーに）わたし駅へは行きません。忘れものはないわね？

バクーニン まだ考えを変えても遅くはないぞ。

ベリンスキー わかってる。それが僕のモットーだ。

ナタリー、ベリンスキーを抱きしめる。ツルゲーネフとサゾーノフ、ベリンスキーの旅行かばんと包み類を運んでやる。

ゲルツェン フランス語を話そうとすることはない。ドイツ語も。ただあるがままでいるんだ。まちがった船には乗るんじゃない。

コーリャがひとり残される。

辻馬車が何台か出発する音。

遠くで雷が鳴るが、コーリャには聞こえない。やがて雷鳴が近づく。コーリャがあたりを見回す。なにかに気づいている。

ナタリー登場。コーリャの鼻にくちづけし、コーリャの名前を誇張して発音する。コーリャ、彼女の口もとをよく見る。

ナタリー　あなたの名前はコーリャ……コーリャ……

ナタリー、ベリンスキーのローブに気づく。力を落として声を上げ、ローブを取って部屋を走り出る。

コーリャ　（無意識に）コー・ヤ……コー・ヤ。（コマで遊ぶ）

第二幕

一八四九年一月

パリ。

ゲオルクがゲルツェンとナタリーに本を読み聞かせていたところである。ナタリーは腰かけており、その足もとにゲオルクがいる。ゲルツェンは寝椅子で横になり、シルクのハンカチを顔にかぶっている。本——あるいは冊子——は黄色いカバーのかかった『共産党宣言』である。

第一幕の幕開きを真似ている。

ナタリー　どうしてやめたの？

ゲオルク、本を閉じ、そのまま落とす。ナタリー、ゲオルクの髪をなでる。

ゲオルク　もう読んでられない。彼は狂ってる。
ナタリー　そう、どうせ退屈だったし。反論しようにも、マルクスはこう言うだけなんだもの――「いや、君ならそう考えるだろう。なぜなら君は君の階級の産物であり、ほかの考え方はできないからだ。」
ゲオルク　たしかに。だけど、それなら僕はそう考えるさ。なぜなら以下同文。
ナタリー　「わたしには同意できないわ、カール――道徳はすべて経済的諸関係によって定義されるなんて。」するとマルクスは答えるの――
ゲオルク　「いや、君ならそう考えるだろう。なぜなら君はプロレタリアの一員ではないからだ！」
ナタリー　(合わせて)「――なぜなら君はプロレタリアの一員ではないからだ！」
　ゲルツェン、顔のハンカチを取る。ナタリー、ゲオルクの髪をなで続ける。
ゲルツェン　でもマルクスはケツの穴までブルジョワだ。
ナタリー　アレクサンドル！　いやだわ、そんな言葉……

ゲルツェン　失敬、中産階級だ。

ゲオルク　ドイツ人の気質なんだ。そういうことさ。

ナタリー　なにが？

ゲオルク　もしも君が搾取《さくしゅ》されたみじめな労働者なら、君は歴史のドラマのなかで不可欠な役を演じていて、いつか勝利するってこと。なにもかもが計画どおりに運ぶんだ！　これがフ、ラ、ン、ス人の気質だと、搾取されたみじめな生活では、配管に水漏れが生じても、馬鹿だから自分では直せない……すると労働者は仕事のできる配管工の登場を待つしかなくなる。なるほど、それは流行《はや》らないわけさ。

ゲルツェン　だがどうすれば共産主義が流行る？　自前の靴型を持った靴屋は、靴工場の労働者に比べれば貴族だ。自分で自分の人生を決めるのは、それでどんな失敗をしようと、人間として必要なことなんだ。いわゆるユートピア社会では、なにが問題になると思う？　蚊の大量発生じゃない。なにか人間的なことなんだ。僕はマルクスよりバクーニンのほうがいいと思う。「とにかく行動――理念はあとからついてくる！」逆さまだが、世界は実際そうなっている。バクーニンはパーティーに飽きた子供のように飛び出して、ドイツじゅうの革命を追いかけた。いまは偽名を使ってザクセンにいる――そんなことを手紙で知らせてくるんだ！　少なくともあいつは行動を求めて出かけたよ。

ナタリー　ゲオルクは命がけで戦場に出たのよ！　ひげを剃《そ》った顔を民衆が知ってしまったから

ゲルツェン　あいつもそうだ。ところで、ひげを民衆が知ってしまったから……

には、伸ばしたほうがいい。

ナタリー　ひどい人。（ゲオルクに）からかってるだけよ。もうだれもそんなこと気にしない。みんな忘れてるわ。

ゲルツェン　僕は忘れてない。

ナタリー　やめて。

ゲオルク　いいんだ。君は僕にひげを伸ばしてほしい？

ナタリー　わたしはないのに慣れてしまったから。エマはなんて言ってるの？

ゲオルク　エマが言うには、君に聞いたほうがいいって。

ナタリー　まあ！　お上手だこと。でもまた伸ばしてもチクチクするのはわたしじゃないから。

ゲルツェン　どうしてエマはいっしょに来なくなった？

ゲオルク　僕には一、二時間、自由が必要なんだ。家庭の生活を離れたくて。世にもおぞましい制度だよ。

ゲルツェン 僕はここも家庭の生活だと思っていたが。
ゲオルク そう。だけど君の奥さんは聖女だ。エマのせいじゃない。彼女のお父さんが破産したのは歴史の弁証法のせいなのに、お父さんは僕を責めるんだ……エマにはとてもつらいことさ、仕送りがなくなってしまったんだから。だけど僕になにができる？――革命のはざまの革命詩人に。

ゲルツェン、新しく届いた数通の手紙を取り、目を通す。

ゲルツェン ルイ＝ナポレオン王子をたたえる詩でも書くんだ――共和国大統領に選ばれた記念に。フランスの大衆は自由選挙によって自由を放棄した。
ゲオルク 「配管工ボナパルト、その名は信頼のあかしです。」
ゲルツェン みんなロシアでは無邪気だった――あの夏のソコロヴォで。覚えてるか、ナタリー？
ナタリー 覚えてるわ――あなたはみんなに喧嘩を売って。
ゲルツェン そう、議論を。それでもみんな信じていた――フランスよ！ フランスよ、革命の眠れる花嫁よ！ たいしたジョークだ。花嫁の望みはただひとつ、ブルジョワのめかけになることだった。ついでに言えば、人民主権というのは結局、我々の能書きにすぎなかった。西欧型のモデル！　グラノフスキーは苦笑いしているにちがいない。アクサーコフは腹を抱えて笑ってるだろう。僕はここで座礁《ざしょう》したんだ——
——自分で災いをまねいておいて、ひとり生き残った人間のように。

ゲルツェン　君がストイック？

ゲオルク　ストイックになることを学ばないと。僕をごらんよ。

ゲルツェン　アパシーとか？

ゲオルク　どう見える？

ゲオルク　そう。アパテイア——無関心さ！　古代ストア派の哲学者にとって、無関心に優柔不断なところはなかった。たゆまぬ努力と集中力が必要とされたんだ。

ゲルツェン　僕は君が大好きだよ、ゲオルク。

ゲオルク　（かたくなになり）無関心は消極的なものじゃない。無関心とは自由だ。自由を得るには、ありのままの現状を受け入れなきゃならない。現状は現状だ。いまのところ変えようがない。僕たちは恐ろしいショックを受けた。歴史は結局、知識人には見向きもしなかった。歴史はむしろ天気みたいなものさ。決して先の予想はつかない。

ゲルツェン いや、君を愛しているよ。

ゲオルク まったく、僕たちはいそがしかった！――空の下を駆けずり回って、風向きを大声で指図して、雲に異議を申し立てて……そうして光が差し込むたびに歓声を上げた。自分たちの理論が証明されたと勘ちがいしたんだ。とにかく……僕とおなじ傘の下に入ろうよ？ ここはそれほど悪くない。ストア派の自由とは、ピクニックで土砂降りの雨にあっても天気が変わるのをじっと待つことさ。

ゲルツェン ゲオルク……ゲオルク……（ナタリーに）彼だけだよ、いまでも僕を支えてくれる友人は。

ゲルツェン、ナタリーに封筒を一通渡す。

ナタリー まあ……ナターシャから！ あの子がロシアへ帰ってしまって、ほんとうにさみしい。

ゲルツェン 僕らはパリを離れるべきだ。コーリャにいちばんいい学校がチューリヒにある。あの子がもうすこし大きくなったら、母がいっしょに行ってくれる。

ナタリー （ゲオルクに）新しいやり方ができたのよ。わたしの顔に手をあてて。

ゲオルク　こう？

ゲオルク、手のひらをくぼませ、彼女の顔にそっとあてる。ナタリー、声に出さず「ンマンマ」、「ッパッパ」とくり返す。

ナタリー　感じるでしょう？　こうすれば、ちゃんとできてるかどうかわかるの。ママ……パパ……ベイビー……ボール……ゲオルク……ゲオルク……

無意識のうちに、くちづけしようとしている恋人どうしのようになる。ゲルツェン、手紙を見て急に立ち上がる。

ゲルツェン　オガリョーフがナターシャと婚約した！

ナタリー、思わず声を上げ、手紙を開く。ふたりとも読む。

ゲオルク　オガリョーフにはいつも、どこか惹かれるものがあったよ。それがなんなのかはわからないけど……彼はとてもあやふやで、ものぐさで、ふがいない感じの人間だった。

ナタリー ニックはなんて言ってるの？

ナタリーはよろこび、ゲルツェンの手紙を取って自分の手紙を渡す。あわてて出ていく。

ゲオルク 彼には奥さんがいたと思うけど。僕が知り合ったときにはいたはずだよ。

ゲルツェン マリアだろう。

ゲオルク マリア――それだ。彼女は画家とつき合っていたんじゃなかったかな。いやあ、そいつはたいそう立派な絵筆の持ち主だって言われてた。彼女は死んだの？

ゲルツェン いいや、ぴんぴんしている。

ゲオルク 結婚はどうするの？

ゲルツェン 僕はいろんな夫を知ってるが、オガリョーフだけは自分の信念を曲げずに生きている。忠誠を尽くすのは素晴らしいが、所有するのはけしからんという信念だ。ところがマリアは虚栄心の強い軽薄な女で、僕はニックが心配だった。彼女は僕のナタリーとはちがう。でもオガリョーフの場合、愛を誇りにすることはなかった。言わばレッテルだけの愛で、彼はそれを耐え忍んだ。それを君は弱さだと思うんだろう？　ちがう、それは強さだ。オガリョーフが自由な人間であるのは、自分から自由に与えるからだ。僕には自由のからくりがわかってきた。自由とは与え合うものなんだ。我先にとうばい合うものじゃない。人は他者の協力を得るために、あきらめるものと必要なものとのバランスを取る――そして他者もそれぞれおなじようにバランスを取る。このからくりを使いこなせるのは多くて何人までか？　おそらく、いわゆるユートピア社会よりも少ないだろう。

ナタリー、帽子をかぶって登場する。

おそらく、多くて三人未満。ふたりなら可能だ――そこに愛があれば。ただし、ふたりでも保証はない。

一八四九年四月

画家のアトリエ。
ナタリー、あたりを見回す。一枚の絵に反応する。マリア・オガリョーフ、三十六歳、ローブを羽織りながら登場する。

マリア　でもオガリョーフにはもう手紙を書いたの……わたしは再婚する気はない、だから離婚は必要ないって。
ナタリー　そうじゃなくて……あの人には必要なの。
マリア　そうでしょうね。わたしに必要なのは妻の立場を守ることよ。
ナタリー　あなたの立場？　でもマリア、あなたはもう何年もあの人の妻じゃないわ――名前はべつとして。
マリア　名前はべつでも大きいわ。それもあるけど、わたしはあの人に三十万ルーブル貸してるの――六パーセントの利子で、あの人の所有地を担保にしてる。離婚なんかされたら、わたしはどうなるの？　新しい奥さんも自分の立場を考えてるとしたらなおさらよ。知ってるでしょう――あの人がお金のことになると、どんなに子供か。だれにでも言いくるめられてしまう。父親が死んで、あの人は魂四千の領地をもっていたのに、真っ先にいちばん大きな所有地を農奴たちに明け渡したの。どう考えても、たよりになるような人じゃないわ。しかもあなたを嘆願に送り込むなんて。自分で来ればいいじゃない、その熱心な花嫁さんもいっしょに。あなたは彼女を知ってるの？

ナタリー　（うなずき）ツチコフの一家は去年ロシアに戻ったの。ニックは前から知っていたけど、彼女が外国から戻ってはじめて……その、わかるでしょう……それに、ナターシャに恋をしない人はいないわ。わたしも彼女に恋をしたもの！

マリア　ほんとうに？　ほんとうに恋を？

ナタリー　ええ！　ほんとうに、どうしようもなく恋に我を忘れたわ。あんなにだれかを愛したことは一度もない。おかげでわたしは生き返ったの。

マリア　愛人だったの？

ナタリー　（困惑して）いいえ。どういうこと？

マリア　ああ。どうしようもなく我を忘れたけど、ほんとうじゃなかった。わたしの絵を見る？

ナタリー　あなたの……？　その……失礼にはならないかしら……

マリア　あなたはずっと理想の愛を思い描いた。だからあなたには――こんなのきっとありえないわね？「ビデにまたがる女」！　（笑う）描いてもらったの――ある昼下がり、わたしたちがセーヌ通りの帽子屋の上に住んでいたとき。あそこをご存知？　こんど連れてってあげるわね――あなたに合うのを見つけましょう。さあ、とくとごらんなさい。

ナタリー　（見ながら）この磁器の感じはよく描けてるわ……でも人が来たらどうするの――あなたの……お相手のお友達とか、大家さんとか、知らない人とか……？　なにかで隠すの？

マリア　まさか……これは芸術だもの。

ナタリー　気にならないの？

　　マリア、首を振る。

マリア　（自信たっぷりに）わたしは絵のなかにいるのよ！

ナタリー　それってどういう……［意味］？

マリア　溶け込んでいるの。

ナタリー　（間）わたしは鉛筆でスケッチしてもらったことしかなくて。

マリア　裸で？

ナタリー　（恥ずかしげに笑い）アレクサンドルは絵を描かないもの。

マリア　芸術家に頼まれたらためらわないこと。そうすれば女らしい気持ちになれるわ。

ナタリー　でもわたしは女らしい気持ちでいるわ、マリア。女性を尊い存在にするのは理想の愛よ。あなたはそれを愛の否定だと言っているみたいだけど、あなたこそ否定しているんだわ――愛というものの……素晴らしさを……それには普遍的な観念が必要なの――自然のなかの思想というか――それがなくては、この世に恋人たちはいなくなるし、芸術家だっていなくなる。なぜなら、どちらもおなじひとつのもので、それが異なるかたちで現われただけなの。万物のつながりを否定すれば、どちらも価値のないものになってしまう……ああ、哲学の話はドイツ語ですべきね……

マリア　いいえ……それはわたしにだって理解できたわ――ニコライ・オガリョーフと出会ったときなら。ペンザの知事の舞踏会よ。追放された詩人――それ以上ロマンチックなことってないでしょう？　ふたりはろくに踊りもしないで、つまらない哲学を語ってるうちに、これは恋だと思ったの。流行に流されてるだけだなんて思いもしなかった。うぶなふたりがぴったりと恋に落ちただけなのに、「世界精神」なんて言葉をもち出して。そんなのドイツの学者が思いついた言葉でしょう――もどかしいディテールを省いた言葉。天上の天使たちが賛美歌を歌ってるなんて話もしたわ。でもわたしがつぎに恋をしたときはにおいがした。テレビン油、タバコの煙、よごれた洗濯物……愛の麝香《じゃこう》よ！　欲望をかき立てて満たすことこそ自然なの。男と女のあるべき姿。ほかはみんな因習よ。

ナタリー　（おずおずと）でも、動物としての自然だけが人間にとっての自然じゃない……それに赤ちゃんができるようになれば……

マリア　わたしにだって子供はいたわ……死産だったの。知ってるでしょう。知ってるはずよ――オガリョーフはなんでもあなたの夫にしゃべっちゃうんだから……はじめてアレクサンドルに会わされたときなんか、審査でもされてる気分だった――わたしの結婚なのに。

ナタリー　わたしがニックに会ったときもおんなじよ。お腹にはサーシャがいたし。

マリア　かわいそうなニック。わたしはべつの男の子供を妊娠したのに、あの人にとってはなんでもなかった。妻と親友の板ばさみになったことのほうがよっぽど苦しかったのね。

ナタリー　だけどはじめはわたしたち、みんな愛し合っていたわ。忘れたの？　四人で手を合わせて、ひざまずいて、神に感謝したでしょう？

マリア　だって、わたしひとり立ってるのはいやだったもの。
ナタリー　そんなのうそでしょう？
マリア　いいえ、うそじゃない。恥ずかしかったわ……子供じみて――
ナタリー　はじめから！　なんてかなしい人なの、マリア……わたし、あなたがかわいそうで……
　マリアは突然怒りに身をまかせ、ナタリーはすっかり驚いてしまう。
マリア　わたしを見下さないで。偉そうな思いやりはたくさんよ。つくり笑いで人を小馬鹿にして、あなたっていつもそうだった。勝手に感情を高ぶらせては、くだらないおしゃべり……オガリョーフにはこう伝えてくれてかまわないわ――わたしからなにを取ろうとしても無駄ですって……これはあの人のお友達全員に言ってるの！
　会談は終わったようである。ナタリー、平静を保つ。
ナタリー　じゃあ帰るわね。なにを言ってあなたを怒らせてしまったのかわからないけど。

帰る支度をする。

ところであなたの肖像画、あまりあなたに似てないわ。でもそのこと自体は取るに足りない。テクニックそのものに意味はないの――芸術であれ、恋愛であれ。じゃああなたは、芸術作品の意味はどこにあると思うの？　感情の高ぶりを絵画や音楽や詩に移し替えることでしょう？　それをくだらないおしゃべりだなんて、自分をなんだと思っているの？　なぜなら才能は、芸術を自然に合わせることじゃない。それは自然そのもので、芸術家を通して現われるものなの。人間がみずからつくる世界こそ究極の芸術作品よ。それは人間を通して、世界でいちばん意識をもった部分を通して、完全なものになろうとしてる。けれどたいてい理想には届かない。だれもが芸術家になれるわけではないもの、当然よ。そこでわたしたち、せめてものなぐさめに恋愛をするけれど、愛の理想には届かないの。

一拍。

わかったわ。お乳を大きく描きすぎたのよ——お尻も小さすぎるわね。

ナタリー出ていく。

一八四九年五月

ザクセン。監獄の一室。弁護士（フランツ・オットー）がテーブルに席を取っている。バクーニンが鎖につながれ、向かいの席に座っている。

オットー ドレスデンではなにをしていたのかね？

バクーニン 来たとき、それとも離れたとき？

オットー おおまかでいい。

バクーニン 来たときは、ドレスデンを拠点にオーストリア帝国の破壊を企てていたんです。ところがそれから一、二週間後、ザクセン国王打倒の革命が勃発して、わたしはそれに参加しました。

オットー　（間）わたしがだれだかわかっているね？
バクーニン　はい。
オットー　わたしは君の弁護士だ。君の弁護をするよう、ザクセンの当局に任命された。
バクーニン　はい。
オットー　君は反逆罪に問われている。有罪になれば死刑だ。（間）君はなんの用でドレスデンに来た？　察するに美術館を訪れるためじゃないのかね。あそこにはラファエロの名作「システィーナのマドンナ」がある。たぶん君にはなんの知識もなかったんだろう――国王に対する民衆の蜂起《ほうき》がせまっていたことなど。五月三日にバリケードが現われたのも君にはまったくの驚きだった。
バクーニン　はい。
オットー　ああ。よろしい。いかなる暴動も君は計画しなかった。そういうものに対する責任や関与はいっさいなかったし、それらの目的に対する関心はなかったわけだ。
バクーニン　おっしゃるとおりだ！　ザクセン国王もご自由に議会を解散してください。かまいません。あのような集会を、わたしは軽蔑の目で見ています。
オットー　やはりそうか。内心では君主制を支持していたか。
バクーニン　五月四日に、わたしは街で友人に会いました。

オットー　偶然に。
バクーニン　偶然に。
オットー　名前は？
バクーニン　ワーグナー。ドレスデン歌劇場の音楽監督です――少なくとも我々が焼き払うまでは――
オットー　おっと……余計なことまで口走ってはいけない。
バクーニン　いやあ、よろこんでましたよ――劇場側の趣味をけなしてましたから。とにかくワーグナーは市役所へ様子を見にいくと言う。それでわたしもついていった。そこでは暫定政府の樹立が宣言されたばかりだった。これがにっちもさっちも行かない。貧乏な連中には革命の手法がこれっぽっちもわかってなかった。だから、ここは俺に任せろと言って――
オットー　ちょっと――ちょっと待て――
バクーニン　国王の部隊はプロイセンからの援軍を待っていた。ぐずぐずしている暇はなかったんです。鉄道の線路をはずさせて、大砲を置く場所を指示して――
オットー　待て、待て――
バクーニン　（笑って）そうそう、わたしは「システィーナのマドンナ」をバリケードに飾ろうと提案したんです。プロイセン人は非常に文化的だから、まさかラファエロを砲撃することはないだろうと……

オットー、勢いよく立ち上がり、座り直す。

オットー わたしがだれだかわかっているね？

バクーニン はい。

オットー 君はなんの用でドレスデンに来た？　答える前に言っておくが、オーストリアとロシアの両皇帝が君の身柄の引き渡しを求めている。

バクーニン （間）来たときは、ドレスデンを拠点にオーストリア帝国の破壊を企てていたんです。それを最初の足がかりにしてヨーロッパに火を放ち、ひいてはロシアで革命を起こそうと考えた。ところがそれから一、二週間後、わたしもびっくりしたことに、ザクセン国王打倒の革命が勃発して……

一八四九年六月

ゲルツェンの論文『向う岸から』より――「パリの郊外ではモンモランシーがもっとも気に入っている。特にこれといったものはない。どの公園もサンクルーの公園のように手入れは行き届いておらず、トリアノン宮のように木々のブドワールもない……モンモランシーの自然はきわめて素朴だ……そこには大きな木立がある。高台に位置する静かな場所である……この木立に来ると、どういうわけかロシアの森を思い出す……いまにも穀物の乾燥小屋から煙のにおいが漂ってくるように思われるのだ……道は木立を切り開くように通っており、そこでわたしはなんともせつない気分になる。そこから見えるのはズヴェニゴロドではなく、パリだからだ……窓の三つしかない小屋……それはルソーの家である……」

「草上の昼食」……このタブローは十四年後に描かれるマネの絵を先取りしている。ナタリーは草の上に座っている裸の女性で、そばにいるふたりの服を着た男性がゲオルクとゲルツェン。エマはかがんで花を摘んでいる背景の女性である。さらにまわりに目をやるとツルゲーネフがおり、一見ナタリーをスケッチしているように見えるが、実はエマを描いている。このタブローはふたつの場所をひとつに重ねたものなのである。ひとつはナタリーとゲオルクで、ゲルツェン、エマ、ツルゲーネフがもうひとつの場所にいる。エマは出産間近である。ナタリーのそばには小さなかごがある。

ゲルツェン 馬鹿だったよ——サゾーノフの説得に負けて、あいつのデモに参加したのは。数時間勾留されただけで、コンシェルジュリーの監獄に入るのは二度とごめんだと思った。汚物入れが囚人何百人に一個しかない。

ゲオルク 開けてもいい？

ナタリー まだよ。

エマ ゲオルクとナタリーはどこへ行ったのかしら？

ゲルツェン 僕はハンガリーのパスポートを借りたよ。

ツルゲーネフ 警察は君を引き留めることに興味はないよ。

ゲルツェン ここに残ってザクセンのバクーニンのようになるつもりはない。

ツルゲーネフ でもここは共和制の国だ。

ゲルツェン 「紅《くれない》のオウム」もすでにジュネーヴへ飛び立った。

ナタリー のぞいた？

ゲオルク いいや、しっかりつむってる。なにをしてるの？

ゲルツェン　見てもいいか？
ツルゲーネフ　見たければ。
ナタリー　じゃあいいわ――目を開けて。
ゲルツェン　（ツルゲーネフの肩越しに見ながら）ああ……
ゲオルク　ああ神様！
エマ　もう動かずにはいられない――ごめんなさい――！
ゲオルク　ナタリー……
ツルゲーネフ　ああ！　もういいよ！
ナタリー　シーッ……
ツルゲーネフ　悪かった――
ゲオルク　ああ、君は……
ツルゲーネフ　もう君はいらない。
エマ　ひどい言い方……！
ゲオルク　でも、もしだれかが……
ナタリー　シーッ……
ゲルツェン　ロシアの現代美術はどうなることか。

ナタリー あなたのために裸になりたかったの——わかるでしょう。
ゲオルク わかる。わかるよ。
エマ それより、ふたりはどこへ行ったの？
ナタリー 一度きりよ！
ツルゲーネフ きのこを取ってる。
ナタリー これからは客観的世界において、わたしが毎晩あなたの向かいでアレクサンドルのシラーの朗読を聞くとき、あなたはわたしの「純粋存在」を思い出すの。
ゲルツェン 僕はそれを言ったつもりだ。
ツルゲーネフ これがロシアの現代美術だ。
ゲオルク 僕はほんとうに……一度きり？　いい？
ナタリー 話はやめましょう……ふたりで目を閉じて、ルソーの「精神」とふれ合うの——ルソーが歩いたこの森で！
ゲルツェン あそこがルソーの暮らした場所だ——あの小屋が。若いころはあこがれたよ。ルソーがすべて解決したと思っていた。自然状態における人間——文明の悪に染まることなく、欲望に値する善良な社会だけを欲望する……理性の勝利！……しかし、僕もあの小屋に暮らしていたら、普遍的理性の存在を信じるかもしれない。

ここの自然は素朴だ。故郷を思い出す。君が泊まりにいく田舎はどんなところだ？

ツルゲーネフ　愉快なところさ。

エマ　お友達はそこに土地をもってるの？

ツルゲーネフ　ロシアの土地に比べたらたいしたことはない。端《はし》まで見渡せる。

ゲルツェン　そこの連中は魂をいくつ所有してる？

ツルゲーネフ　ひとりにひとつ。

ナタリー　ああ、ゲオルク！　なによりもわたしは与えたいの！

ゲオルク　その前に服を着て……

ナタリー　なによりもあなたには受け取ってほしいの！

ゲオルク　受け取るよ、受け取るけど、ここでは……

ナタリー　わたしから強さを受け取ってちょうだい。それからよろこびも。

ゲオルク　ああ、わかった、わかったよ。僕を理解してくれるのは君だけだ。

ふたりくちづけする。はじめてである。ナタリーは最初ためらいがちである。

ゲルツェン　ところで、その田舎ではなにをする？

ツルゲーネフ　僕らは狩りに出るのが好きでね。
ゲルツェン　ヴィアルドー夫人も銃を撃つのか？
ツルゲーネフ　いいや、彼女はアメリカ人じゃない。オペラ歌手だ。彼女の旦那《だんな》は撃つけどね。
ゲルツェン　ああ。ちゃんと狙いどおりに？

ツルゲーネフ、スケッチを丸めてしまう。

エマ　ああ――せっかくじっとしていたのに。
ゲオルク　（突然くちづけをやめて）でもエマがきっとあやしんでる……
ナタリー　エマには話しましょう！
ゲオルク　そんなこと！
ナタリー　どうしていけないの？
ゲオルク　だいいちエマがアレクサンドルに話したら。
ナタリー　そう思う？　わかりっこないわ、あの人には。
ゲオルク　そうだね。

ナタリー　あの人には理解できないもの。
ゲオルク　ああ、たしかに。
ナタリー　わたしの愛にエゴイズムはないの。それがあの人にもわかったら。
ゲオルク　どうにかしよう。
ナタリー　たぶんいつの日か……
ゲオルク　ああ、それなら……火曜日に。服を着て、僕の大切な人、僕の美しき魂！
ナタリー　じゃあ見ないで。
ゲオルク　しまった！　きのこをひとつも見つけてない！

ゲオルク、かごをつかみ、ナタリーに熱いくちづけをする。

ゲルツェン　ゲオルクとナタリーを探してくる。

ゲオルク、早足で去る。ナタリー、服を着始める。ゲルツェン退場。

エマ　いまはなにを書いているの？

ツルゲーネフ　お芝居をね。
エマ　わたしたちのこと？
ツルゲーネフ　ある村の屋敷のひと月のできごと……人々はみんなまちがった相手に恋をする……
エマ　(間) ひとつ聞きたいことがあるんだけれど、あなたを怒らせてしまうかもしれなくて。
ツルゲーネフ　とにかく答えよう。ノーだ。
エマ　どうして質問がわかるの？
ツルゲーネフ　わからないよ。いまの答えを好きな質問に当てはめればいい。
エマ　それは妙案ね……じゃあお気の毒に。あなたが身も心も捧げているのに報われないなんて。(間) それじゃあ、もうひとつ聞きたいことがあるんだけれど。
ツルゲーネフ　イエス。

エマ泣き出す。

お気の毒に。

エマ　だけどそのとおりよ。わたしの苦しみがあなたにもわかったら。ゲオルクはね、わたしにとってはじめての人なの。新婚旅行でイタリアへ行ったとき、ゲオルクがそこのコロンを気に入らなくて、わたしはパリから別注のコロンを取り寄せたんだけど、それがローマに届いたときには、わたしたちナポリにいて、ナポリに届いたときには、わたしたちローマに戻っていて、結局コロンはわたしたちを追いかけて、パリに戻ってきてしまったの。運送代がしゃれにならなかったわ。ずっとそうやってわたしはゲオルクとつき合ってきたの。これでいい、これでじゅうぶんってことはなにひとつなかった。

ツルゲーネフ　僕のはじめての人は農奴だった。たぶん母の差《さ》し金《がね》だと思う。あれは十五歳のときだった。僕は庭にいた。その日は霧雨《きりさめ》模様だった。ふと見ると、女の子がやってくる……彼女はまっすぐにやってきた。言っておくけど、僕は彼女の主人なんだ。彼女は僕の奴隷だった。彼女は僕の髪をつかんでこう言った――「いらっしゃい！」……忘れられない……言葉はよろよろ遅れてやってくる。芸術は絶望してしまう。

エマ　それはべつよ。それはエロチシズムだもの。それで幸せになったことはないでしょう。

ツルゲーネフ　でも究極の幸せの瞬間はある……エクスタシーが！……
エマ　そうなの？
ツルゲーネフ　……鴨《かも》が濡れた足を素早く動かして頭を掻いているときとか……雌牛《めうし》の口がしろがね色の糸を引いているときとか――池のほとりで顔を上げて、こちらをじっと見つめている……

ゲオルク、かごを持ってゲルツェンとともに登場。
ナタリー去る。エマ、かごを取って逆さまにする。毒きのこが一個落ちる。

ゲルツェン　（ゲオルクに）エマにいい知らせを伝えてやれよ……
エマ　ナタリーはどこ？
ゲオルク　戻ってこなかった？
ゲルツェン　子守や子供たちを呼びにいってるんだろう。
ゲオルク　（エマに）ねえ、どう思う？　みんなで一軒の家に暮らすんだ――アレクサンドルやナタリーといっしょにニースで！　アレクサンドルが先に行って、家を探しておいてくれる。

エマ　どうして……どうしてパリを離れるの？

ゲルツェン　我々はパリを誤解していた。欺《あざむ》かれたんだ。我々は自分たちをだましていた。

ナタリー登場。

（ナタリーに）僕はだまされていたよ。しかたがない。僕らも自分たちのあやまちに目を向けよう——僕らの情熱と悪徳に。その時に備えるんだ——僕らだけの共和国で理想の生活を送りながら。僕らはおおぜいだ——母と子供たちを入れて九人いる。

ナタリー　子供たちがきっとお腹を空《す》かせてる。わたしも飢え死にしそうだわ。

ツルゲーネフ　雨が降りそうだ。

ゲルツェン　（ナタリーに）ゲオルクが申し出てくれた——君と子供たちが南へ行くときはつき添ってくれる。（エマに）君の主人は親切そのものだ。

エマ　（ゲルツェンに）あなたのためなら、主人にできないことはないもの。

ゲオルク　（エマに）赤ちゃんが生まれたら君も来るんだ。

ナタリー　行きましょう——あの空き小屋に入ればいい。

ゲルツェンとナタリー、手をつないで去る。

ゲオルク　（ツルゲーネフに）いまはなにか書いてるの？

ツルゲーネフ　いやあ……

エマ　（苦々しく）ええ、そうよ。喜劇なの。

ゲオルク　そうなんだ？

エマは爆発寸前である。

エマ　ええ、そうなの。

ツルゲーネフ　降ってきた。

ツルゲーネフ、手のひらを差し出して最初の雨粒を受ける。ゲオルク背を向け、そそくさと去る。ツルゲーネフ、エマに腕を差し出す。ふたり去る。

一八五〇年九月

ニース（当時はイタリアの街）。

海辺の遊歩道に面した大きな屋敷のベランダで、ゲルツェンが書きものをしている。明かりは地中海である。小石を洗うさざ波の音が聞こえ、庭の一部が見える。ベランダは広い空間で、家族の食事用テーブルと数脚の椅子があり、小さめのテーブルとそれを囲む快適な椅子も数脚ある。

ゲルツェンの母親とコーリャがゲルツェンから離れた場所で、ふたり熱心に手鏡を使っている――コーリャが自分の口の動きを観察しているのである。イタリア人の召使ロッカが食卓の準備をしながら、ひとり楽しく歌っている。そばを通るついでに母親とコーリャに向かってセレナーデを歌う。母親、どうにかつくり笑いをする。コーリャ、彼女となにやら示し合わせ、ゲルツェンのところへちょこちょこと走る。ゲルツェン、コーリャのためにやや誇張して発音する。

ゲルツェン　Was moechtest du denn?［どうしたんだ？］

コーリャ、自信をつけようと母親のほうを向く。母親、笑顔を返す。

コーリャ　Ich spreche Russisch!［僕ロシア語話せるよ！］「いいお天気ですね！　僕の名前はコーリャです！」

ゲルツェン　Wunderbar!［素晴らしい！］（大よろこびではしゃぎ回る）Jetzt sprichst du Russisch!［ロシア語を話せるようになったか！］

コーリャ　Ich spreche Russisch!［僕ロシア語話せるよ！］

ゲルツェン　Zeig es Mami!［ママにも見せてあげるんだ！］（ロッカに）Do vei Signora?［妻はどこに？］

ロッカ　Sta nel giardino.［お庭にいらっしゃいました。］

ゲルツェン　（コーリャの読唇《どくしん》のために明確に発音して）Garten.［庭だ。］

コーリャ、庭へ駆けていく。ゲルツェン、母親にくちづけをする。

ありがとう。子供たちは自分がロシア人だってことを忘れないようにしないとね。(訂正のために、もう一度くちづけをして) おばあさまはドイツ人だけれど。

ロッカ、屋内へ向かいながら、母親に軽くセレナーデを歌う。

母親 つぎの召使は曲芸でもするんじゃないかしら。だけどイタリアは、スイスよりは居心地がいい——子供や年寄りの女にとっては特にね。チューリヒの学校では限界だったもの。ばれたときのショックったらなかったわ——まさか学校が危険な革命家の子供をかくまっているなんて。

ゲルツェン だけど僕らは学校でいちばんの教師を盗んで、コーリャの家庭教師になってもらった。終わりよければさ……それに僕はうれしかった。僕のささやかな本にチューリヒの善良なる市民たちは恐れをなした。この先なにも書かなかったとしても、あの一冊——『向う岸から』だけでじゅうぶんだよ。あとはあれがロシア語だったら。

母親 (不安にはち切れて) ドイツ語だけでじゅうぶんよ! ミハイル・バクーニンがどんな目にあったか! 投獄されて、ロシアへ送り返されたのよ。

ゲルツェン だけどバクーニンは普遍的な人類愛を説くのに流血の反乱を起こしたんだ……昔の帰国命令を無視していたし。

母親 でもロシアはまだわたしたちの祖国でしょう？ 国が迎えを寄越《よこ》してからでは手遅れよ。

ゲルツェン、なだめようと彼女の手を取る。

ゲルツェン 帰れるわけがないだろう？ 僕は両方試した。まずは闇と恐怖と検閲。それから光と安全と出版の自由――どちらがいいかはわかってる。それでもロシアは僕を救ってくれたんだ。僕にはひとつの目的がある。改めて悟ったよ――ロシアは唯一これから出番を迎える国だ。我々が何者か、こちらではだれも理解していない。見て――

ゲルツェン、興奮してフランスの新聞を見せる。

ここにロシアのことを書いたやつがいる。これはフランスの新聞だ。こいつはフランスではじめてロシアの民衆について書いた。こいつによれば、ロシアの民衆は人間でないことが証明された。なぜなら彼らには道徳観が欠けている。ロシア人は泥棒でうそつきだけれど、罪はない。なぜならそれは生まれつきだから。

母親　（興味をなくして）それはわたしたちじゃない。農民のことよ。

ゲルツェン　そう、たしかに農民たちは地主や役人や判事や警察にうそをつくし……盗みも働く。それでも彼らは正しい。なぜなら彼らは見捨てられてしまったんだ。彼らにとって僕らの道徳は関係ないだろう？　盗みでもしなければ、自分たちは公平な分け前を受け取っていると認めてしまうことになる。彼らはずっと命がけで、既成の秩序に声なき受け身の抗議をしてきた。彼らのために声を上げる者はだれもいない。

母親　（庭を指差し）コーリャがナタリーに浜へ行くって駄々《だだ》をこねてる――ナタリーはそんな体じゃないのに。子守はどこにいるのかしら？

ゲルツェン　（新聞を投げ置き）こいつは頭のいかれたパンフレット書きじゃない。人道的な見地で知られる一流の歴史学者で、フランスの知識層のために書いてるんだ。

母親　あなたもコーリャの家庭教師を迎えにジェノヴァへ行かないと。そろそろヨーロッパにロシアをちゃんと紹介しないと。そうでしょう？

母親、そそくさと出ていく。

ゲルツェン、懐中時計を見ると、あわてて去りかけ、戻って庭のほうへ大声で言う。

ゲルツェン　海であの子の手を離すんじゃないよ。

ふたたび去りかけ、エマと出くわす。彼女はもう身重《みおも》ではなく、小さな乳母車を押している。

ゲルツェン　ゲオルクのことでなにか便りは？　どうしていつまでもチューリヒにいるんだ？

エマ　知らないわ。

ゲルツェン　とにかくだめだろう。ゲオルクがいなければ、僕らの理想は完成しない。

エマ　いま、お時間あれば……

ゲルツェン　（思い出して）ああ、そうだ。（ポケットから小切手を取り出し、エマに渡す）一万……

エマ　すみません。なるべく早く……

ゲルツェン　わかってる。

妊娠七カ月のナタリーが見える。

（ナタリーに）家庭教師を迎えにいってくるよ。コーリャもじきに浜で演説の練習をさせてもらえる――デモステネスみたいに口に小石を入れて……

ゲルツェン出ていく。ナタリー、前へ出てくる。

ナタリー　手紙は届いた？

エマ、ナタリーに封をした手紙を渡す。

ありがとう。

ナタリー、胸もとに手紙をしまう。

エマ あの人が来るって書いてあったら、わたしに教えてくれるわね。
ナタリー もちろんよ。
エマ ゲオルクのことを愛しているなら、アレクサンドルと別れたらいいのに。
ナタリー (首を振り) アレクサンドルに知られてはいけないの。前に一度あやしまれたときなんか……正気を失いかけていたもの。あの人を安心させるためなら、わたしはどんなことでもしたわ。
エマ あなたはいちばん手っ取り早いことをしたの。おかげでゲオルクは心底傷ついた――あなたがアレクサンドルの子供を身ごもって、親密なところを見せつけるものだから。その体じゃあ実際、女として使いものにはならないわ。そうじゃなければゲオルクはいつまでもチューリヒに引きこもったりしないはずよ。
ナタリー 自分を侮辱するものじゃないわ、エマ。彼はあなたも愛しているのよ。
エマ わたしは郵便屋よ。お宅の二階に下宿してる。わたしたちはそれで経済的に精いっぱい。わたしにとってこれほどひどい侮辱はないわ。それでもわたしはゲオルクのためによろこんでそうしているんだもの。わたしがパリから着いたとき、あの人まるで別人だった。わたしよりつらい思いをしたの。あなたがあの人を幸せにできないなら返してちょうだい。どっちにしろあの人は帰ってくるわ。

エマの赤ん坊が泣き出す。エマは抱き上げ、あやして歩く。

ナタリー　あなたはまだなんにも理解していない。わたしのおこないはすべて神の愛の精神から湧《わ》き出るものなの。わたしはその愛を全宇宙に感じている。あなたのものの見方だけれど、あなたは「自然」からすっかり離れてしまっているわ。ゲオルクはあなたを愛している。アレクサンドルを愛している。あなたとわたしの子供たちを愛している。彼の愛はすべての人類を抱きしめるの。

ゲオルク登場。旅行服姿で小型の旅行かばんを持っている。

ナタリー　ゲオルク！

エマ　ゲオルク！

ゲオルク、妻と赤ん坊と身重の愛人をひと目見ると、背を向ける。

ナタリー ゲオルク！

エマ ゲオルク！

ナタリー、よろこびに叫びながら彼を追いかけ、エマも続く。

ナタリー ゲオルク！

エマ ゲオルク！

一八五〇年十一月

生まれたばかりの赤ん坊が家のなかで泣き出す。花束が郵便配達人と執事（ロッカ）によって届けられる。

ゲルツェンが葉巻を吸い、飲みものを持って家から出てくる。ハンカチで目もとをぬぐっている。ゲオルクとエマが登場。

ゲルツェン　女の子だ！（乾杯して）ナタリーと……オリガに。
ゲオルク　ナタリーとオリガに！
エマ　おめでとう。

ゲオルク、ゲルツェンのそばに寄り、彼の肩で泣く。

ゲルツェン　おいおい……
ゲオルク　（ゲルツェンを抱きしめて）僕は君を愛している。ナタリーを愛している。オリガを愛している。すべての人類を愛している。もう言葉にならないよ……！

ゲオルク、泣きながら退場。

ゲルツェン　（上機嫌で）ゲオルクは心がやさしすぎるんだ、この世界で暮らしていくには。
エマ　でも、あなたたちふたりにはナタリーという固いきずながある……ナタリーとわたしにゲオルクという固いきずながあるように。

ゲルツェン、呑《の》み込めないうちに同意する。

ゲルツェン たしかに……

エマ (明るく)それに考えてみて! あのふたりはあなたとわたしを愛しているの! そしてお互いを!

ゲルツェン、彼女の口調になにか引っかかる。

ゲルツェン いやあ……

エマ (笑って)そしてすべての人類を、もちろんよ。

ゲルツェン いったいなにを言ってるんだ?

エマ ほら、わたしは何カ月もパリに残っていたのに、ゲオルクはめったに手紙をくれなかった。手紙をくれたのはナタリーだったの。ゲオルクがどんなに素晴らしくて、やさしくて、繊細な人かを教えてくれたわ——お宅の子供たちにもどんなに親切か、あの人がどんなに魅力的か……彼女の心は広くて愛に満ちている。そこにはみんなの居場所があるんだわ……

ゲルツェン、無言で彼女を見つめる。

ああ、とにかく……行かないと……わたしのかわいそうな主人をなぐさめに……

エマ去る。ゲルツェンは腰をかけ、ワイングラスに葉巻を入れる。場面が移り変わる。ナタリーはもはや身重でなく、白の服を着て、屋外で肖像画のためのポーズをとっている。

一八五一年一月

ナタリー、自分がモデルになった絵をゲルツェンに見せにくる。

ゲルツェン　ああ、なるほど……どこに飾ろう？

ナタリー　ああ……でもこれはゲオルクへの贈りものなの、新年のお祝いに。

ゲルツェン　僕としたことが。

ナタリー　気に入った？

ゲルツェン　とてもね。ヘルヴェークさえ許してくれたら、注文して複製をつくってもらおう、自分用に。

ナタリー　怒っているのね。

ゲルツェン　なにを怒ることがある？

ナタリー　じゃあ、それをどうぞ自分用に。

ゲルツェン　それだけはごめんだ。

　ナタリー泣き出し、我を見失う。

ナタリー　ゲオルクは我が子も同然なのよ。あの人はほんの小さなことでも落ち込んだり、打ちひしがれたり、舞い上がったりするの。あなたはどんな男の人よりも大人だもの。こまやかな愛情を求める気持ちがわからないんだわ、ちがう種類の愛に焦《こ》がれる——

ゲルツェン　頼む、わかりやすく話してくれ。

ナタリー　あの人はあなたを崇拝しているの。あなたに認めてもらうために生きているの。わかってあげて――

ゲルツェン　ナタリー、落ち着いて自分の心に聞いてみるんだ。自分に正直に、それから僕にも。もしも僕に出ていってほしいなら出ていくよ。サーシャとふたりでアメリカへ渡って――

ナタリー、ほとんどヒステリー状態。

ナタリー　どうしてそんな！　どうしてそんなことが！　ありえないでしょう！　あなたはわたしの祖国なの。人生のすべてなの。わたしはあなたへの愛をたよりに生きてきた――神の世界にいるように。その愛がなければ、わたしは存在できないの。

ゲルツェン　生まれ変わって、人生をはじめからやり直すしかなくなってしまう――

ナタリー　わかりやすく話してくれ、後生《ごしょう》だから！　もうヘルヴェークは君の体を知っているのか？

ナタリー　せめてあなたに理解できたら！　わたしに許しを請うことになるわ――あな

たがそんなことを言うなんて！

ゲルツェン　あいつは君をうばったのか？

ナタリー　わたしが彼をうばったの——この胸に赤ん坊のように。

ゲルツェン　詩でも語ってるつもりか、それともままごとか？　僕が知りたいのは、あいつが君の愛人かどうかだ。

ナタリー　わたしは純潔よ——この一身にかけて、世界にかけて。わたしの心の奥底には、非難されるようなことはなにもない。これでわかるでしょう。

ゲルツェン　（憤激《ふんげき》して）わかるってなにが？

ナタリー　わたしはあなたのものってこと、わたしはあなたを愛してるってこと、ゲオルクへの愛は神にさずかったものだってこと——あの人が出ていけば、わたしは病気になってしまう——あなたが出ていけば死んでしまう！　出ていくべきなのはわたしかもしれない——ロシアへ一年間。ナターシャだけだもの、この愛の純潔を理解してくれるのは。ああ、どうしてこんなことに？　どうしてなの——このけがれなき世界が、愛に満ちたわたしの心が粉々にくだけ散ってしまったのは？

ゲルツェン　なんなんだ！——仰々しい芝居はやめて、教えてくれ！——ヘルヴェークは君の愛人なのか⁉

ナタリー　あの人はわたしを愛しているの。ええ――わたしを愛しているの――

ゲルツェン　愛人なのか？　あいつとベッドをともにしたのか？

ナタリー　ああ――わかったわ。あの人をわたしの心に連れ込むのは平気でも、わたしのしとねに連れていくのは――

ゲルツェン　そのとおりだ。あいつのしとねでも、お花のしとねでも、市役所の裏の壁だろうと――

ナタリー　アレクサンドル、アレクサンドル、こんなのあなたじゃない――あの大きな心の持ち主じゃない。あのときわたしがか弱い無垢《むく》な心を捧げたのは――

ゲルツェン、彼女をつかんで揺さぶる。

ゲルツェン　御託《ごたく》はいいから教えてくれ！　ほんとうなのか？

ナタリー、くずおれて泣く。

ほんとうなんだな。言ってくれ。言ってくれ。

ナタリー　あの人はわたしの愛人よ！　これでいいんでしょう！
ゲルツェン　ありがとう。あの浮浪者――あの調子のいい恩知らずの色情狂――あの泥棒！――
ナタリー　ああ神様、わたしたちがなにをしたの――子供たちも！
ゲルツェン　それを考える時間はあっただろう――身をもち崩して、みんなの名誉をけがす前に。ああ、僕は出ていくよ！
ナタリー　だめよ！――だめ！――あの人死ぬわ。
ゲルツェン　死ぬ、あいつが？　それはまた荒唐無稽《こうとうむけい》な――どういう恋愛だ？
ナタリー　まちがいないわ、自殺してしまう。あの人ピストルを持ってるの。
ゲルツェン、狂ったように笑う。
ゲルツェン　ああ、それには手入れをしないと――あいつが戦争に持っていったピストルなら、泥が詰まってるにちがいない！
ナタリー　アレクサンドル、恥ずかしくないの？　わたしが翻弄《ほんろう》されてるのをいいことに笑いものにするなんて――わたしの人生を取り戻してくれた恋人なのよ。

ゲルツェン　ああ、ありがたいことを言ってくれるよ！　だったら僕が着の身着のままで連れ出す前はどうだった——君の人生は？

ナタリー　みじめだったわ。そのとおりよ。わたしはよろこんで差し出した。あなたのものよ。好きにすればいい。それならひと思いに殺してちょうだい。なぶり殺しはいや！

ナタリーくずおれ、すすり泣く。ゲルツェン、彼女の隣に座って手を取る。憤りは吐ききっている。

ゲルツェン　君は帽子も持たずにやってきた。（たまらず涙を流し、彼女を抱きしめる）許してくれ、僕のほうこそ——いま言ったことはなにもかも。本気で言ったわけじゃない。僕は失ってしまったんだ——ほとんど考えてもみなかったものを。自分の存在を。自分の人生の手がかりを。

エマ登場。

エマ　ゲオルクがあなたに殺してほしいそうよ。

ゲルツェン笑う。

ゲルツェン　自分で頼みにこられないのか？

エマ　これは大きな災難よ――あなたにとっても、わたしにとっても。だけどあなたがしてきたことをわたしがしてきたことと比べてみて。ナタリーをあの人と行かせてあげて。

ゲルツェン　もちろんだ！　ナタリーが望むなら。

エマ、ナタリーのそばへ行き、ひざまずく。

エマ　あの人を救って。

ナタリー　できないわ。わたしのなけなしの強さはアレクサンドルのために必要だもの。わたしはどこまでもこの人と行くわ。

ゲルツェン　行くのはあいつだ。（エマに）あすの朝出ていくなら、ジェノヴァへの馬車代は出そう。

エマ立ち上がる。

エマ　出ていくわけにはいかないわ。買い物のつけが残っているの。

ゲルツェン　それもよろこんで引き受けるよ。

エマ、ふたたびナタリーのところへ走り、自暴自棄でどさっと腰を下ろす。

エマ　あなたがゲオルクと行かないんだったら頼んできて――行くとき、わたしを連れてって――わたしを捨てないでちょうだいって！

ゲルツェン　僕の妻に、君の代わりに泣きつけと言うのか……？

エマ　いいでしょう？

ナタリーうなずく。エマ、出ていこうと立ち上がる。

ゲルツェン　君は自分から奴隷になった。これは自業自得だ。

　（ゲルツェンに）エゴイスト！

　　エマ出ていく。

ゲルツェン　い、い、もちろん僕はエゴイストだ！　人間は不思議だ！　卑下《ひげ》すること……奴隷になることを誇りにしている……人が人に服従する社会は、みんなが黙って似通《にかよ》った人間でいるようつくられたものだ……どうして自分のなかにあるものをすべてくすぶらせておくことがある？　自分だけの個性じゃないか。その小さな暖炉《だんろ》に絶えず自尊心をくべておかなければ、生き生きと血の通った、愛に値する人間でいることはできない！　エゴイズムは愛の敵じゃない！　愛の糧《かて》だ。だから君なしでは、僕は破滅してしまうんだ。

　　ゲルツェンの自信が崩壊する。ナタリー、彼をなぐさめる。彼女は気をもち直し、涙もなく話す。

ナタリー　いいえ……いいえ……破滅はしないわ、アレクサンドル。わたしの居場所はほんの小さな一部分だもの——あなたの……価値観のなかではね。それをあなたに返すことはできない。だけどわたしがなにを失ったのかも考えて……愛の理想よ——大いなる愛はすべてを包み込む——決して人を傷つけるような下劣で馬鹿げたものではないの。

ロッカの声が聞こえる——そして姿が現われる——歌っている。食卓の準備をしながら、ベランダを祝い用に飾る。

一八五一年十一月

ゲルツェン、ベランダで仕事をしている。ロッカが歌いながら、ベランダと食卓を祝い用に飾り、女中が手伝っている。ロッカは出たり入ったりしている。

ロッカ　Principe!［王子さま！］

ロッカ、ひとりの男を案内する。ロシア領事である。領事は一礼する。ロッカ去る。

領事　レオンチー・ワシーリエヴィチ・バーエフです。アレクサンドル・イワーノヴィチ・ゲルツェンだね、言うまでもなく。

ゲルツエン　そうですが。

領事　わたしはニースのロシア領事だ。

ゲルツエン　これはまた。

領事　通達があってお邪魔した。

ゲルツエン　どなたから？

領事　オルロフ伯爵から。

ゲルツエン　ああ。前回はいい知らせでした。どうぞおかけください。

領事　どうも。（領事座り、ポケットから書類を一通取り出す。読み上げる）「長官オルロフ伯爵より外務大臣ネッセルローデ伯爵への通知によれば……（起立して、頭を垂れる）……皇帝陛下の……（ふたたび座る）……慈悲深きご命令により、アレクサンドル・イワーノヴィチ・ゲルツェンはただちにロシアへ帰国するものとする──ついては当人に通告すること。猶予《ゆうよ》に関してはいかなる理由も容認されず、延期はいかなる状況においても許可されない。」（書類をたたみ、ポケットにしまう）わたしはどう返事をすれば？

ゲルツェン　行きませんと。

領事　どういう意味だね、「行きません」とは？

ゲルツェン　文字どおりです。行きません。残ります。とどまります。

領事　わかっておらんな。皇帝……（起立して頭を垂れ、座る）……陛下のご命令により、君は……

ゲルツェン　わかっています。ですからわたしは行きません。

領事　つまり陛下のご命令に対し、畏れ多くも執行猶予を要求すると……

ゲルツェン　いえいえ、これ以上はっきり申し上げようがない。わたしは猶予は求めません。いかなるときも行かないのです。

領事　無期限の猶予ということかね？　おそらく君は病気なんだろう。重い病気で旅行はできない。それなら前例はあるだろう。

ゲルツェン　わたしたちのどちらかが狂っているんだ。わたしは健康でぴんぴんしている、精神面では特に。ですからあなたのほうでしょう。本気でお考えですか？　わたしが自分から手錠に両手を差し出すなんて、いくら皇帝陛下の——いちいち立たないでください！

領事　しかしわたしはどうすれば？　わたしの立場も考えてくれ。もし万が一にも皇——（起立しようとしてやめる）陛下のご意思に反する行為にわたしが介在したとなれば、わたしの名前がもっとも好ましくない状況において注目されることになる。それではまるでみずから吹聴《ふいちょう》しているようなものだ……陛下の威厳を軽んじる行為、甚大なるお怒りをものともせぬ行為にわたしが一役買っていると——陛下のお怒りにはどんな国家も震え上がるのだよ。

ゲルツェン　（いまやおもしろがって）おっしゃる意味はわかりました。

領事　ありがとう。

ゲルツェン　しかし、あなたが悪い知らせを伝えるのはオルロフ伯爵だ。

領事　おなじことだ。オルロフ伯爵はわたしの名前を忘れはしまい。

ゲルツェン　それでもあなたは伝令にすぎない。

領事　あの方にはクレオパトラのようなところがあるから。

ゲルツェン　一杯やりましょうか。Rocca! Vino.［ロッカ！　ワインを。］

ゲルツェン、ロッカを呼ぶ。ロッカ、アリアを中断し、ワインを出す。

わたしが直接オルロフ伯爵に手紙を書くというのはどうですか？　それなら、わたしが申し上げたことをあなたは知らなかったことになる。

領事　そうしてくれるかね？　それはまことにありがたい。

ゲルツェン書き始める。ワインが注がれる。

ゲルツェン　お帰りなさいの。母がうちの子をひとり連れて、パリへ行っていましてね。ふたりが今晩マルセイユからの汽船で戻るんです。

これからなにかのお祝いでも？

領事　耳の聞こえない小さなお子さんと？

ゲルツェン　不思議に思っていたんですよ――どうしてオルロフはこんな場所に領事を置いているのかと。

領事　いいや、ちがうよ……たいしたエゴイストだ！　あれは君の子供たちだね――子守と浜辺で遊んでいるのは。たしかに君の言うとおりだ。世界は静まり返っている。我が国でもパスポートはほとんど発行されていない……パリでの一連のできごと以来。

ナタリー、サゾーノフを連れてベランダにやってくる。

ナタリー 見て、ジュネーヴからお客さんよ!

ゲルツェン (領事に)妻を紹介させてください。こちらは……

領事 バーエフ、ロシア領事です。

ナタリー、ぎくりとする。

ナタリー え……? (ゲルツェンに)大丈夫なの?

ゲルツェン 申し分ない。(領事に)それからこちらは……

サゾーノフ、妙に丁寧になる。

サゾーノフ　ああ。これはたいしたもんだ。だれにも告げずやってきたのに。
領事　わたしはゲルツェン君に用があったんだ。
　　サゾーノフ、疑い深げに笑う。
サゾーノフ　それはそうでしょうが。オルロフ伯爵にあっぱれと伝えてやってください……見事な情報収集力だ。
領事　君はオルロフ伯爵を知っているのかね？
サゾーノフ　いいえ。ですが彼はわたしを知っているでしょう。わたしは長年パリにいたころ、彼の悩みの種でしたから。
ゲルツェン　（書きながら）いいから座って、一杯やれ――
サゾーノフ　（ゲルツェンを無視して）領事も多少はご存知でしょう――わたしのジュネーヴでの……活動を。オルロフに伝えてやってください――いずれまちがいなく相まみえることになるだろうと。
領事　ぜひとも。名前はなんと言えばいい？

サゾーノフ　こう言えばいい……「紅のオウム」はまだ空を飛んでいる……それで通じますよ。

ゲルツェン、手紙に署名して封をする。

ゲルツェン　これでよし。

領事、手紙を受け取り、ナタリーとサゾーノフに一礼する。ゲルツェン、領事につき添って出ていく。

場面は移り、夜になる。

ナタリーとロッカ、おそらく女中もいっしょに、再会の準備を終えようとしている。中国風の提灯、ひもに吊るされた小さな旗々、おもちゃがテーブルに置かれ、「お帰りコーリャ」の幕。理想的にはサーシャもこの場面にいるとよい。彼はいまや十一歳である。登場はしないが、妹のタータは七歳である。

サゾーノフもなんとなく手伝ってはいるが、じきにやめてしまい、ぶらぶらと歩きながら酒を飲む。ナタリーはサゾーノフの話を適当にしか聞いていない。

サゾーノフ　ボトキンから手紙をもらったよ……

ナタリー　どうしてまだ着かないのかしら？　アレクサンドルといっしょに汽船を迎えにいけばよかった……

サゾーノフ　モスクワは鉄道の開通でお祭り騒ぎだったそうだ。ツァーリ・ニコライはご満悦さ。橋からトンネルから、ぜんぶじきじきに視察した。やつのドイツの親類にはだれもが畏《おそ》れ入ったらしい――駅の食堂でたいそうな食欲を披露したとか……

ナタリー　（気が気でなく）どうしてこんなに遅いのかしら？　きっとおばあさまのトランクね。旅行のときはまるで皇太后さまだから。

サゾーノフ　ほかにいっしょなのは？

ナタリー　おばあさまの女中だけだと思うわ、コーリャの家庭教師のシュピールマンも。（ロッカに）Per favore, andate a vedere se vengono.［来ないかどうか見てきてちょうだい。］

ロッカ　Si, Signora.［はい、奥さま。］

ロッカ、舞台の端でゲルツェンと出会う。ゲルツェン、払いのけるようにロッカとすれちがう。ナタリー、ゲルツェンに気づく。

ナタリー　アレクサンドル……？　みんなどこなの？

ゲルツェン　みんな来ないよ。マルセイユからの船は……来ないんだ。

ゲルツェン、泣きながら彼女を抱きしめる。

ナタリー　（わけがわからず）みんな来ないの？

ゲルツェン　そう。海で事故があって……ああ、ナタリー！

ナタリー　コーリャはいつ来るの？

ゲルツェン　あの子は来ないよ。かなしいけれど。

ナタリー、もがいてゲルツェンの腕を振りほどき、彼をこぶしでぶつ。

ナタリー　やめて、そんなこと言わないで！（走って屋内へ入る）

ゲルツェン　（ロッカに）ぜんぶ始末してくれ。

ゲルツェン、飾りを指差す。

サゾーノフ　そんな……なにがあったんだ？

ゲルツェン　べつの船に衝突された。百人が溺《おぼ》れて死んだんだ。（ロッカに）Sbarazzatevi tutto questo.［これをぜんぶ始末してくれ。］

ゲルツェン、ナタリーを追って屋内へ入る。ナタリー、深いかなしみに泣き叫ぶ。ロッカ、事情を呑み込めないまま、ろうそくを消し始める。

一八五二年八月

夜、イギリス海峡を渡る汽船のデッキ。ゲルツェンが手すりのところに立っている。しばらくして、バクーニンが手すり沿いにならんでいることに気づく。

バクーニン 我々はどこへ向かうのか？　地図を手にしているのはだれなのか？

ゲルツェン ミハイル？　死んだのか？

バクーニン いいや。

ゲルツェン それならよかった。ちょうど君のことを考えていたら、君がそこにいた――あまりにも……自然に！　そう、あのときの君のようだ。僕は雨のなかを見送った――君がはしけに乗って、汽船の待つクロンスタットへ向かうところを。覚えてるか？

バクーニン あのとき俺を見送りにきたのは君だけだ。

ゲルツェン いま僕を見送りにきたのも君だけだ！

バクーニン どこへ行くんだ？

ゲルツェン イギリスへ。

バクーニン ひとりでか？

ゲルツェン ナタリーは死んだんだ、三カ月前に……僕らはコーリャをなくしてね。海で溺れて、母もいっしょに――コーリャに話し方を教えていた若者も。三人とも見つからなかったよ。それがナタリーには命取りになった。

バクーニン それはかわいそうに。

ゲルツェン ああ、ミハイル、コーリャが話すところを聞かせたかったよ！ あのおかしなこと、かわいいことと言ったら……あの子はなにを言われても理解できた。あれを見れば、ほんとうに聞こえると思っただろう！ ただ耐えられないのは……（泣き崩れんばかりである）……せめて事故が夜じゃなかったら。あの子は暗闇では聞こえないんだ――くちびるが見えないと。

バクーニン 小さなコーリャ、こんなにも早く命を絶たれて！ だれだ、このモレク神は……？

ゲルツェン ちがう、そういうことじゃない！ あれがコーリャの人生だった。子供はみんな大人になる。だから我々は、子供の目的は大人になることだと考える。だが子供の目的は子供でいることだ。自然というのは生きているものを一日たりともないがしろにはしない。生きているものはどんな瞬間にも全身全霊を注ぎ込む。ユリの花は造花ではなくても、永久に咲いてはいなくても、値打ちが変わることはない。人生の恵みは流れのなかにあるものだ。あとでは遅い。歌い終わった歌がどこにある？ 踊り終わった踊りがどこにある？ 未来を所有しようと望むのは我々人間だけなんだ。世界というのはさりげなくも我々の目的地を明らかにする――我々はそう信じこもうとする。行き当たりばったりな歴史のカオスに毎日いつも気づいているのに、その絵はどこかがまちがっていると考える。自然の最高の創造物には一貫性が、意味があるにちがいない。きっと無数の小さな流れは――故意の流れも偶然の流れも――地下を流れる広大な川で修正される。その川はかならずや我々を望みどおりの場所へと運んでくれるはずだと！　ところがそんな場所はない。だからそこはユートピアと呼ばれるんだ。子供が死ぬことに意味はない。軍隊や国家がすたれるのとおなじだ。生きているあいだに子供は幸せだったのか？　それが本来問うべき問題、たったひとつの問題なんだ。もし我々が自分を幸せにできないなら、未来の人々を幸せにしてやろうというのは俗悪どころか思い上がりだ。（間）君にはなにがあったんだ、ミハイル？　裏切られたのか？

バクーニン　いいや。もう参加する革命がなくなってしまった。兵隊に捕まったときには疲れ果てて、どうでもよくなった。とにかく俺は眠りたかった。眠る時間はたっぷりあった……金を送ってくれて礼を言うよ。葉巻と本は買わせてもらえた。俺は英語も勉強したぞ！（訛《なま》って）「George and Mary go to the seaside.」［ジョージとメアリーは海辺に行きます。］

ゲルツェン　話に聞いたんだ――社交界の婦人たちが君の救出資金を集めていると。

バクーニン　オルロフ伯爵も聞いたんだろう。国境では、俺をペテロパウロ要塞へ護送しようと二十人のコサック兵が待ち構えていた。こうなったら革命が起きるのを待つだけだ。

ゲルツェン　なんの革命？

バクーニン　ロシア革命だ。もはや遠からずやってくる。ヨーロッパのようなブルジョワ革命じゃない。やつらにはがっかりだった。ドイツ人やフランス人は、貴族の特権を取り上げることにはこぞって賛成した。なのに自分たちの財産は一丸《いちがん》となって守り抜いた。

ゲルツェン　当然だろう。

バクーニン　どうして教えてくれなかった？

ゲルツェン　耳を貸さなかったじゃないか。

バクーニン　貸すわけがないだろう？　金持ちより貧乏な民衆のほうが票の数は多かった……どういうわけであんなことになった？

ゲルツェン　それはこの先も常に問題となるだろう。

バクーニン　大いなる日々だ、ゲルツェン！　それでも俺たちはフランスで共和政復活の日に居合わせた。俺の人生でもっとも幸福な日々だった。

ゲルツェン　そのとき僕はイタリアにいた。パリに戻ってから十日経って、革命が死んだことを知ったんだ……そしていまや第二共和政も死んだ。知ってたか？　大統領ルイ＝ナポレオンはわずか数千人を逮捕して、皇帝ルイ＝ナポレオンへと変身した。民衆にとってはどうでもよかった。それは恥にまみれた共和政から抜け出すひとつの道だった。第二帝政はちょうどいいときにやってきて、それまでの一年にうまくけりをつけたんだ。家具や女性のファッションにも重要な変化が起きるだろう。君が正しい。もはや我々ロシア人にとって西欧型のモデルは必要ない。文明は我が国を素通りした。ロシアは地図に載ってはいても、歴史に載ってはいない。だからうまく逃れた。これから先は迷うことなく進んでいける。

バクーニン　俺はヨーロッパへ行くことしか考えてなかった。だが答えはずっと俺の後ろに――ロシアにあったんだ。農民よ立ち上がれだ、ゲルツェン！　マルクスは俺たちを惑《まど》わした。やつは街の人間だ。やつにとって農民はほとんど人間じゃない。農産物だ。乳牛やカブといっしょなんだ。とにかくやつはロシアの農民を知りもしない！　ロシアには反乱の歴史がある。それを我々は忘れていた。

ゲルツェン　待て――待て……

バクーニン　俺が言うのは、うやうやしく司祭の手にくちづけするようなじいさんどもじゃない——スラヴ派にはそういうのもいるだろう。俺が言うのは覚悟を決めた男たちと女たちだ！　目に見えるものすべてを焼き払い、地主どもを縛り首に！　熊手の先には警官の首を！

ゲルツェン　待て！　「破壊こそ創造的情熱」か！　君はまったく——子供だな！　我々は民衆のなかへ入っていき、彼らを導いていかねばならない——一歩ずつ。それでもロシアにはチャンスがある。農村の共同体を基盤に真の人民主義を確立できる。アクサーコフの言うセンチメンタルな家父長制度でも、社会主義エリートによる鉄の官僚制度でもない。徹底的な自己統治——ロシアの社会主義だ！　僕はパリを離れたとき、絶望していた。僕の人生は無意味だった。それをロシアが救ってくれた……ところが運命はべつのいたずらをひそかに用意していた……まだそこにいるのか、ミハイル？

バクーニン　ああ、いるとも。君が君の道をつらぬくなら、俺は何年でもそこにいる。

バクーニン消える。

ゲルツェン だれも地図を手にしてはいない。地図はないんだ。西欧でつぎに勝利するのは社会主義かもしれない。だがそれは歴史の目的地ではない。社会主義もやはり極端や不条理へと走り、ヨーロッパはふたたび崩壊寸前となるだろう。国境は変わり、民族は分裂、街は焼け野原……法律も教育も産業も破綻、農地は荒れ放題となるだろう……そしてそのとき、裸足《はだし》の人間と靴を履いた人間のあいだに新しい戦争が始まる……そういうもんさ。文明のありさまを、君はかなしいと思うだろう？ 僕もかなしいよ。

ナタリーの声が――過去の声が――遠くに聞こえ、コーリャをくり返し呼んでいる。

ナタリー （舞台の外で）コーリャ！

遠い雷鳴。

ゲルツェン あの子には聞こえないよ。

ナタリー　(舞台の外で)コーリャ！

ゲルツェン　かなしいよ、ナタリー。とてもかなしいよ。

一八四六年夏

以前とおなじソコロヴォ。冒頭の場面の続きである。遠い雷鳴。オガリョーフとサーシャ。

オガリョーフ　ほらな？　あの子には聞こえたんだ。

ナタリーがコーリャを呼ぶ声がする。さらに遠くに男たちの声が聞こえる。

ナタリー　(舞台の外で)コーリャ！　コーリャ！

オガリョーフ　コーリャはここだよ！　僕が見てる。

ナタリー　(登場しながら)ああ、よかった……よかったわ！

オガリョーフ　あわてない、あわてない……溝をつたってた。すっかりどろんこだよ。

ナタリー走り寄る。

ナタリー　ママはコーリャをなくしてしまったと思ったわ！　いらっしゃい、小川できれいにしましょう。（去りながら）アレクサンドル！……こっちよ！……

オガリョーフ、まだサーシャの釣り竿と壺を持っている。遠くで男たちの呼び合う声が聞こえ、見つかったことを伝え合っている。

ツルゲーネフ　こっちにいた！

ケッチェル　大丈夫だ！

最後にもう一度、遠い雷鳴。

オガリョーフ　人生だよ、人生……（サーシャに）僕がパパと知り合ったのは、溺れて死にかけた男の人のおかげなんだ……ルジニキの川で。

サーシャ　（興味をもち）ほんとうに？

オガリョーフ　ああ、ほんとうさ！　君のお父さんは川べりで遊んでて、ぜんぶ見てた。そこからいろいろつながってね――なぜって溺れた男の人は僕の家庭教師だったんだ……そして僕はお父さんと出会って、僕らは親友になった。

サーシャ　ううん、ちがうよ。僕おじさん知らないもん。

オガリョーフ　おいおい、おじさんは君のお尻を生まれる前から叩いてたんだぞ！　人生でいちばん幸せな日だった、あの日はね。みんなでひざまずいて、手を取り合った――君のお母さんとお父さんと、僕の奥さんと僕とで。そして……そのあと僕は旅へ行った。（間）いや、いちばん幸せだったのはその日じゃない。それより前、雀《すずめ》が丘だ。あそこでお父さんと僕は……僕らが丘のてっぺんまで登ると、夕日の沈むモスクワの街がふたりの足もとに広がっていた。そこで僕らは約束したんだ……いっしょに革命家になろうってね。おじさんが十三歳のときさ。（すこし笑って、空を見上げる）嵐はここをそれていったな。

ゲルツェン　（舞台の外で）ニック……！

ゲルツェン、オルロフからの手紙を持って登場する。

オガリョーフ　僕がだれだかサーシャに教えてやってくれよ。

ゲルツェン　見ろ……オルロフ伯爵からだ。

手紙をオガリョーフに渡す。オガリョーフ読む。

(サーシャに)　ニックか？　ニックはパパの親友だ。

オガリョーフ、ゲルツェンに手紙を返す。

オガリョーフ　(サーシャに)　な？

オガリョーフ、ゲルツェンを抱きしめ、よろこんで祝福する。ナタリー登場

……コーリャを抱いていると理想的である。

ゲルツェン　パリへ！

グラノフスキー、ケッチェル、ツルゲーネフ登場。
ゆっくりと溶暗が始まる。

僕らはパリへ行くんだ、ナタリー！

全員、話しながら歩き去る。

Ⅲ部　漂着

時は一八五三年から一八六八年。場所はロンドン、ジュネーヴ。

登場人物

アレクサンドル・ゲルツェン
サーシャ・ゲルツェン　ゲルツェンの息子
タータ・ゲルツェン　ゲルツェンの娘
オリガ・ゲルツェン　ゲルツェンとナタリーの娘
リーザ・ゲルツェン　ゲルツェンとナターシャの娘
マリア・フォム　ドイツ人の子守
ゴットフリート・キンケル　ドイツ人亡命者

ヨハンナ・キンケル　その妻
マルヴィーダ・フォン・マイゼンブーク　ドイツ人亡命者
アーノルト・ルーゲ　ドイツ人亡命者
カール・マルクス
アーネスト・ジョーンズ　イギリスの急進主義者
アレクサンドル・ルドリュ＝ロラン　亡命中のフランス人、共和主義者
ルイ・ブラン　亡命中のフランス人、社会主義者
スタニスラフ・ヴォルツェル　亡命中のポーランド人、民族主義者
ジュゼッペ・マッツィーニ　イタリアの民族主義者
コッシュート・ラヨシュ　亡命中のハンガリー人、民族主義指導者
コッシュートの側近
ルドリュ＝ロランの側近
イギリス人のメイド
ゼンコーヴィチ　ポーランド人エミグレ
エミリー・ジョーンズ　ジョーンズの妻
チェルネッキー　ポーランド人の印刷屋

チョルゼフスキー　ポーランド人の本屋
ミハイル・バクーニン　亡命中のロシア人、無政府主義者
ニコライ・オガリョーフ　詩人、〈鐘〉の共同編集者
ナタリー・オガリョーフ　その妻
ブレイニー夫人　ゲルツェン家の子守
ポーランド人エミグレ
イワン・ツルゲーネフ　ロシアの小説家
メアリー・サザーランド　オガリョーフの愛人
ヘンリー・サザーランド　メアリーの息子
ニコライ・チェルヌイシェフスキー　ロシアの急進主義編集者
医者　ニヒリスト
ペロトキン　ロシアからの訪問者
セムロフ　ロシアからの訪問者
コルフ　ロシア人将校
パーヴェル・ヴェトシニコフ　ロシアからの訪問者
スレプツォフ　ロシアの革命家

テレジーナ　サーシャ・ゲルツェンの妻

第一幕

一八五三年二月

ロンドン――ハムステッドのゲルツェン宅。四十歳のアレクサンドル・ゲルツェンが肘《ひじ》かけ椅子で眠りながら夢を見ている。部屋は（場面の冒頭では）仕切られていない。ゲルツェン家の空間はおおまかに区切られて、いくつかの異なる部屋や場所となり、いまのように屋外を表現することもある。

風が吹いている。小鳥のさえずり。

十三歳のサーシャ・ゲルツェンが凧《たこ》糸を引きながら、舞台を後ろ向きに駆ける。いっしょにいるのは若い子守（乳母）のマリア・フォムで、八歳のタータ・ゲルツェンと、ベビーカーまたは簡素な乳母車で眠っている二歳児（オリガ）の世話をしている。ゲルツェンは肘かけ椅子から話す。

マリア　もう降ろしなさい。うちに帰る時間よ！

サーシャ　ううん、まだだよ、まだ！

マリア　（サーシャが去っていくので）お父さんに言いつけるわよ！

ゲルツェン　見えるか、タータ？……セント・ポール大聖堂……パーラメント・ハウス

……

タータ　どうしてあそこをパーラメント・ハウスって言うのか、わたし知ってるわ、パ

パ……パーラメント・ヒルから見えるからよ。

サーシャ戻ってくる。不満を口にしながら切れた凧糸を巻いている。

サーシャ　切れちゃった！

マリア　オリガを起こさないで……

タータ　見て！　あそこ！　サーシャの凧、いちばん高く飛んでる！

サーシャ　そりゃそうさ。糸が切れたんだもん！

マリア　（乳母車をのぞき込み）手袋を片方落としちゃったわね。探しに戻らないと……

ゲルツェン　君のポケットに入ってる。

マリア　あら見て、わたしのポケットに入ってた！

ゲルツェン　もしずっとイギリスにいるなら、「アイセイキ」を覚えなきゃだめだぞ。

サーシャ　「I say, I say!」

ゲルツェン　（訂正してゆっくりと）「I say, I say!」

サーシャ、マリアとタータとオリガについて去る。

サーシャ　（真似しながら去り）「I say, I say!」

ゲルツェン　I say, old chap!

ゲルツェンの夢のなかでは多くの人々がパーラメント・ヒルを散歩している。彼らはドイツ、フランス、ポーランド、イタリア、ハンガリーからやってきたエミグレ——政治亡命者である。

ドイツ人――ゴッドフリート・キンケル（三十七歳）は長身で白髪まじりの詩人である。細かなことにうるさい教授だが、それに似合わず首から上はまるでゼウスである。彼は彼自身の最大の崇拝者であるが、美人の妻ヨハンナ（三十二歳）も彼に劣らない。マルヴィーダ・フォン・マイゼンブーク（三十六歳）は夫妻の友人で、飾らず知的な独身のロマン主義者である。アーノルト・ルーゲ（五十歳）は失脚した急進派ジャーナリスト、恨みがましく尊大である。カール・マルクスは三十四歳。連れの人物はイギリス人のアーネスト・ジョーンズ（三十三歳）、中流階級出身の著名なチャーティスト運動家である。

フランス人――アレクサンドル・ルドリュ＝ロラン（四十五歳）は大柄な男。亡命している「公認の」（つまりブルジョワの）共和主義者のリーダーであり、側近を連れている。ルイ・ブラン（四十一歳）は非常に小柄な男で、亡命している共和主義者のなかでも社会主義派のリーダーである。

ポーランド人はヴォルツェル伯爵（五十三歳）。急進派となった貴族である。穏やかな人柄で喘息《ぜんそく》をわずらっている。

イタリア人は有名な革命家ジュゼッペ・マッツィーニ（四十七歳）。

ハンガリー人はコッシュート・ラヨシュ（五十一歳）。祖国の革命の英雄であり、亡命している美形の指導者。彼の側近は半軍服姿である。まずはキンケル夫妻とマルヴィーダが現われる。

ヨハンナ　いとしいあなた、わたしたちが着ているのは特注のベストなんでしょう？　わたしはただもう心配なの、あなたがお風邪でもおひきになったらと！

キンケル　我が人生の光よ、このベストがあれば、風邪もすっかり腰を抜かして退散するさ。

ヨハンナ　わたし、あるものを主人に持たせたの──護身用に。

マルヴィーダ　それはフランネル？　わたしは断然フランネルの効き目を信じているの。

ヨハンナ　マルヴィーダにお見せになって、いとしいあなた。主人がなにを取り出しても、悲鳴を上げてはいけないわよ。

このあいだにコッシュートとルドリュ＝ロランがそれぞれ側近を連れ、べつべつに登場している。

ヨハンナ、キンケルがコートのボタンをはずすのを手伝う。マルヴィーダ、小さな叫び声を上げる。

マルヴィーダとヨハンナ　ああ！

マルヴィーダ　手に取ってみても？

マルヴィーダとヨハンナ　ああ！

マッツィーニが登場しながら、興奮した様子でコッシュートとあいさつを交わす。と同時にジョーンズがマルクスをともない、ルドリュ＝ロランを目に留める。

マッツィーニ　コッシュート！　Carissimo!［もっとも親愛なる君！］

コッシュート　ジュゼッペ・マッツィーニ！

ジョーンズ　I say!　ルドリュ＝ロラン！　それからコッシュート司令官閣下！　I say!

マッツィーニ　（ルドリュ＝ロランに気づき）Ministre! Bravissimo!［大臣！　素晴らしい！］

ジョーンズ　（紹介して）コッシュートのことはご存知だろう？（同時にコッシュートに）ルドリュ＝ロランのことはご存知でしょう？

コッシュートとルドリュ=ロラン、互いに近づく——半信半疑ながら歓喜に満ちて。

ルドリュ=ロラン 偉大なる国家ハンガリーの英雄にフランスからごあいさつを！

コッシュート 君の高潔な人柄、勇気、自己犠牲は各地で自由のたいまつが燃えるたびに思い出されよう！

フランスとハンガリーの側近、儀礼的一礼を交わす。

キンケル (ヨハンナとマルヴィーダに) 見るんじゃない。ごろつきのマルクスだ。

マルクス (ジョーンズに) 君はまだつき合っているのか——あの大きな顔をして腹の腐ったルドリュ=ロランと？

ジョーンズ Oh, I say!

マルクス コッシュートのやつは、歴史からゴミのように捨てられたことに気づいていない。マッツィーニもそうだ。イタリアの民族主義者よりはわたしのケツのイボのほうがよっぽど役に立つ。

キンケル　（ヨハンナとマルヴィーダに）たいしたペテン師だ！

悪口はすべて本人には聞こえない声で話す。マルクスとキンケル、互いに目が合う。

マルクス　キンケルだ！……あの見かけ倒しのとんま。

ルーゲ登場。

ルーゲも来た——もうひとりのずうずうしいほら吹きが。

ルーゲ　（ルドリュ＝ロランとコッシュートにあいさつしながら）あそこにいるのはわたしとおなじドイツ人——詐欺師のマルクスだ。ああ、ゴッドフリート・キンケルも——まあ、あれはただのノッポな男だが。ところで革命はいつ始めよう？

ルドリュ＝ロラン　ミゼラブルな十万フランさえあれば、あすにでもパリへ革命の指令を送ることができるんだが。

マッツィーニ　パリの、ひいては全人類の解放はミラノから！

ヴォルツェルとブラン登場。

ヴォルツエル　（喘息《ぜんそく》の咳《せき》をして）ポーランドからごあいさつを――ハンガリー、イタリア、そしてフランスに！

ブラン　社会主義フランスからごあいさつを――ハンガリー、イタリア、そしてブルジョワの亡命共和派に！……そしてドイツに、ドイツに、ドイツに。「分裂すれば倒れ、団結すればクソッたれ！」

ルーゲとキンケル、お互いを無視する。ルーゲ、マルクスを無視する。

マルクス　（ジョーンズに）ルイ・ブランには用心しろ。あのひとりよがりな指人形――自分のケツの穴のにおいまで愛してやまないやつだ。

ヴォルツエル　（握手して）ゲルツェン！　ポーランドはロシアを許そう！

ジョーンズ　I say!　ゲルツェンだ！

マルクス　ロシアは場ちがいだ。ゲルツェンを委員会から除名することをわたしは提案する。

ジョーンズ　Oh, I say ――それは無茶な話だ。

マルクス　それならわたしがやめてやる！

マルクス出ていく。エミグレたち、去っていく彼に、いまやあからさまに野次を飛ばす。

ルーゲ　堕胎師《だたい》！

キンケル　寄生虫！　たかり屋！

ルドリュ＝ロラン　オナニスト！

マッツィーニ　エコノミスト！　（みなに）Arrivederci!［さようなら！］きょうはミラノ――あしたは世界！

マッツィーニ出ていく。

ブラン　夢想家が！

ヴォルツェル　（ジョーンズに）続けよう。わたしは五時からシェパーズ・ブッシュで数学を教えなければならないんだ。

ジョーンズ　Gentlemen! Order, order!［紳士諸君！　静粛《せいしゅく》に、静粛に！］亡命民主主義者のための国際友好協力委員会を開会します！

脇で人知れず、キンケル夫妻とマルヴィーダのあいだでドラマがある。ほかの者たちは気づかないが、大仰《おおぎょう》なクライマックスに達し、ヨハンナがキンケルとマルヴィーダに交互にピストルを向けている。

ヨハンナ　このヘビ！　ボタンを留めて！　わたしは盲目だった、盲目だったわ！

キンケル　やめろ、やめろ！　撃つな！　ドイツを思い出せ！

ヨハンナ、ピストルを撃つ。

ドアがバタンと閉まるような音。ゲルツェンは驚いて目を覚ます。

これより先は「ゲルツェン家の屋内」となり、ずっとこのまま、あるいはこのままではなくとも、必要に応じてテーブル、椅子、肘かけ椅子、机、ソファなどが置かれ、概念上のドアや仕切られた空間がある。
ゲルツェンが眠っていた部屋にマルヴィーダが入ってきたところである。
夢に登場していた人物で舞台に残った者は「隣の部屋」で談笑している――ワイングラスを持っていたり、タバコを吸ったり、メイドが補充する軽食を食べたり。

ゲルツェン　(目を覚まし) あぁ！……大丈夫ですか？

エミグレたちがだれかの発言に楽しく爆笑する。

マルヴィーダ　ごめんなさい。風でドアが……ノックはしたんですが。

ゲルツェン　(立ち上がり) いや――いや――すいません！　ちょっと疲れが出て……いつの間にか……

マルヴィーダ　なにか夢でも？

ゲルツェン　やれやれ、そうだといいんだが。

マルヴィーダ　あなたのお手紙ちょうだいしました。
ゲルツエン　ああ、そうだった。僕の手紙。
マルヴィーダ　お子さんたちに家庭教師が必要とか。
ゲルツエン　タータにだけ。サーシャにはもう家庭教師がいるし、オリガはまだ幼《おさな》い。娘たちは妻が亡くなって以来パリの友人宅で暮らしているんです。そろそろいっしょに暮らしたほうがいい。タータに必要なのは数学と歴史と地理と……あなたは英語は？
マルヴィーダ　初心者なら教えられます。フランス語で教えましょうか、それともドイツ語で？
ゲルツエン　それはそうだ！――うちは家族ではロシア語を話すんですが。
マルヴィーダ　わたしもロシア語を習いたいんです。あなたの著書は読みました。『向う岸から』。もちろんドイツ語ですけれど。
ゲルツエン　ロシア語でも印刷されるといいんだが！　可能性はほとんどない！
マルヴィーダ　わたしの親しかった人でドイツの革命に参加した人がいたんです。彼は去年亡くなりました。若くして亡くなったんですけれど……手袋が落ちてる。子供の……

ゲルツェン　それはわたしのだ。

マルヴィーダ、ゲルツェンの椅子の脇に落ちた小さな手袋を拾う。ゲルツェン に手袋を渡す。ゲルツェン、それをポケットにしまう。

ゲルツェン　ところで――いくらお支払いしましょうか？

マルヴィーダ　では一時間二シリングでいかがでしょう。

ゲルツェン　では三シリングでいかがでしょう。ここはイギリス流に握手といきますか？

ふたり握手する。ゲルツェン、彼女を別室へ案内していく。

うちではイギリス人のことを「アイセイキ」と言うんです――「I say-ki」とね！

マルヴィーダ、キンケル夫妻に合流する。ヨハンナはキンケルのコートのボタンを留めている。コッシュートがみなに別れの握手をして回っている。パーティーは解散しつつあり、メイドが状況に応じて外套《がいとう》や帽子を用意する。

ヨハンナ　外は霧かしら？　我が愚《おろ》かなる騎士は死神をも無分別《ふんべつ》へと追いやる決意ですわ！

ゲルツェン　外はいつも霧ですよ。

ハンガリーの側近　（ゲルツェンに）司令官閣下がそろそろおいとまを申しておりますーーほかのみなさんもご遠慮なくお帰りいただいてよろしいと。

ルーゲ　ジョーンズ君、マルクスから聞いたよーーチャーティストはあと二年で政権を取るーー私有財産も三年後には廃止されると！

ジョーンズ　Oh, I sayーーそれは時期尚早《しょうそう》でしょう。

ルドリュ＝ロラン　革命の光は唯一フランスから！　フランスとはすなわちヨーロッパです！　（側近にぶつぶつと）あれを見ろ！　コッシュートが先に帰ろうとしている！

ヴォルツェル　おやすみ、閣下。

コッシュート　（ヴォルツェルに）あのルドリュ＝ロランは見上げた男だが、誇大妄想《もうそう》が過ぎるようだ。

ヴォルツェル　聞いたか？　マッツィーニは生きているが潜伏中だそうだ。

コッシュート　勇敢な愛国者だが、かなしいかな絶望的なロマン主義者だ。

コッシュートとヴォルツェル、握手をする。コッシュート、ゲルツェンに握手して退場。

キンケル　（ジョーンズに別れを告げ）「You show the steep and thorny way to heaven while we the Primrose Hill of dalliance tread.」「君は天国への険《けわ》しきいばらの道を示すも、我らは快楽の「サクラソウの丘」を踏みゆく。」

ルドリュ＝ロラン　（側近に）あのドイツ人まで先に！　さっさと辻馬車をつかまえるんだ。最後になってしまう。

側近、使いに走る。

キンケル　（ゲルツェンに）マルヴィーダが君の手紙を見せてくれたんだが、正直言ってぞっとしたよ。イギリスの手紙はかならず三つ折りだ――四つ折りではなく！

特に婦人に宛てるときは！

ゲルツェン　（マルヴィーダに）子供たちはもうじきやってきます――子守といっしょに。彼女もドイツ人だから、気が合いますよ。

マルヴィーダ　そう願います。

ヨハンナ　帰らなくては、帰らなくては！　主人が声を嗄《か》らしてしまう。そうしたらドイツはどうなるでしょう？

キンケル、ヨハンナ、マルヴィーダ、出ていく。

ジョーンズ　（ゲルツェンに）ゲルツェン、わたしはエミリーとの約束で、朝から庭の堆肥《たいひ》をつくるものだから。

ゲルツェン　（丁寧ながらも困惑して）堆肥を？

ジョーンズ出ていく。ゲルツェン、残った客――ブラン、ルドリュ＝ロラン、ルーゲ、ヴォルツェル――のところへ戻る。ヴォルツェルは眠ってしまっている。

ルドリュ＝ロラン　（ブランに）それにしてもどうだ──コッシュートのやつ、フランスでは労働者に社会主義を説《と》いていたくせに、イギリスへ着くなり議会制民主主義を絶賛していた！

ゲルツェン　でもその逆をすれば、阿呆《あほう》と言われるだけだろう。

ルドリュ＝ロラン　しかしあれは偽善だ。

ゲルツェン　人々をお菓子の生地のように一個の型にはめるようでは、マルクスとたいして変わらない。

ブラン　いったいどうしたんだ？

ゲルツェン　なんでもない……さっき亡命者たちの夢を見たもんだから。これがとんでもない修羅場でね。エミグレたちが結束するのはイギリス人を批判するときだけだ。

ルドリュ＝ロラン　イギリス人もいくつかの点では進歩の能力がなくもないんだが……レストランが日曜日に店を閉めて、みんなで神をあがめるというのは奴隷制にも等しい。開いていても、みすぼらしい料理を出されると、人道的見地から閉めてほしいと思ってしまう。

ブラン　……その上彼らはいかにも我々に興味を示してもてはやす。新しい娯楽でも発見したつもりなんだ。曲芸師や歌手じゃあるまいし……

ゲルツェン　それでも彼らの下品なところがある種野蛮な自信の支えとなっている。だからイギリスはあらゆる政治亡命者たちの拠点となっているんだ。彼らが避難所を提供するのは、避難民を尊敬しているからじゃない。自分たちを尊敬しているからだ。イギリス人は個人の自由を発明したし、自分たちでもそれをわかっているが、そこにはなんの理論もない。彼らが自由を尊重するのは、自由が自由であるからだ。だからフランスで共和政が崩壊したとき、社会主義者も（ブランに向かってうなずく）ブルジョワ共和主義者も（ルドリュ＝ロランに向かってうなずく）一目散《いちもくさん》にドーヴァー海峡へ走った。

ルドリュ＝ロランの側近が主人の外套を持って登場。

フランス人の側近　馬車が待っております、大臣。

ルドリュ＝ロラン　ああ、さて。いやいやながらおいとましよう。この快適にして優雅なお宅でブルジョワ共和主義に関する議論を続けたいのはやまやまだが……

ルーゲ　わたしもいっしょに行こう。おやすみ、ブラン。

ルドリュ＝ロラン　（気が進まず）しかしお住まいはどちらでした？
ルーゲ　ブライトンだ。
ルドリュ＝ロラン　ブライトン⁉
ルーゲ　おやすみ、ゲルツェン。
　ルドリュ＝ロランが外套を着せてもらっているあいだにルーゲ出ていく。
ゲルツェン　あの人は駅のベンチで寝るんだ。
　ゲルツェン、気をきかせてルドリュ＝ロランを扉まで案内する。
　パリの昔のよしみということで。
ルドリュ＝ロラン　（ぶつぶつと）ああ、思い出すよ。あのころルーゲはまだ四十代で、マルクスやあの女ったらしのヘルヴェークとつき合っていた……
ゲルツェン　（鋭く）お見送りしよう。

ゲルツェン、ルドリュ＝ロランとその側近とともに出ていく。

ブラン　（ヴォルツェルに）ああ！——ああ！　いまの聞きましたか？　ヘルヴェークの話は出さないでいるのに！　おやすみですか？

ヴォルツェル　（目を覚まして）なんだね？

ブラン　あの馬鹿《ばか》、ルドリュ＝ロランがヘルヴェークの話を……（両手の人差し指で寝取られ亭主の角《つの》をつくる）ゲルツェンの奥さんとヘルヴェークとは、ほら……

ヴォルツェル　（そっけなく）それがなにか？

ブラン　ええ、まあ——おっしゃるとおりだ。それがなにか？

ゲルツェン戻る。

ゲルツェン　聞いたか？　ルーゲはかわいそうに、ドイツ哲学の公開講座を開くと発表したが、集まったのはたったのふたりだったらしい。

ヴォルツェル　そのひとりが僕だ。

もうひとりがわたしだ。

ゲルツェン、いまにも泣きそうである。隠れて涙をぬぐう。

ゲルツェン　僕が若くてモスクワにいたころ、ルーゲはちょっとした神のひとりだった。僕らは密輸した彼の新聞を聖書のように研究したもんです。ルーゲの新聞に載ったバクーニンの記事を読んで、僕は思った、「そうだ、これこそ自由人の言葉だ！　僕らは革命を起こすんだ――ベルリンで、パリで、ブリュッセルで！」そして革命が起こったとき、ルーゲは一気に波に乗って、名誉を回復した預言者のひとりになるはずだった……ところが波はくだけ散り、彼はイギリスの岸に流れ着いた――漂着難民のひとりとして。時機を逃《のが》し、月日とともに衣服はすり切れ、希望もすり切れる……いつまでも過去を語ってばかりの陰謀家や夢想家や偏執狂が反乱に失敗してやってくる――南はシチリア、北はバルト海。自分の靴の修繕もできない男たちが、天地を揺るがす指令とともに工作員を送り出す――マルセイユへ、リスボンへ、ケルンへと……ロンドンの街の端から端までピアノを教えて歩く連中が、場末の食堂のテーブルの上でヨーロッパの国境を書き換えながら、皇帝たちをソースの瓶《びん》のように倒していく……そしてマルクスは誇り高く大英博物館に引きこもって、みんなに呪いを吐いている……この政治亡命者たちの劇場では時計が止まってしまったんだ！　あなたがたは性懲《しょうこ》りもなくやり直そうと考えている。あやまちをくり返そうというわけだ——ものごとがなぜこうなったのかというロジックを無視して。それは虚栄心であり臆病だ。

ブラン　君の言葉はおおげさだ。聞かなかったことにしよう。なぜなら君は傍観者だ。お父さんのおかげで裕福になって、いままで気前よく振る舞ってはいても、君は一介の旅行者にすぎない。君とは逆に、ヴォルツェル伯爵は地下室でポーランドの独立運動を指揮しながら、数シリングの金を稼ぐために数学を教えている。それでもこの人は革命家だ。おやすみ、ふたりとも。

ブラン出ていく。

ヴォルツェル　（ゲルツェンの気をそらして）もういい。

ゲルツェン　僕はなにも。（間）独立しているから万歳ってわけでもありませんよ。

ヴォルツェル、喘息の発作のように笑う。

ロシア以上に独立した国がありますか？　ところがいまのロシアにはひと筋の光もありません――針の先ほども。僕には出版できる場所がない。〈同時代人〉は行き詰まって、無難なところに収まっている。ですから僕は、世界と喧嘩《けんか》するのはやめました。（ヴォルツェル笑う）いえ、ほんとうです。この家ではじめて目を覚ました朝、僕はこの椅子に座ってみた……するとほんとうに……久しぶりに、そこには静寂があった。もう話すことも考えることも行動することもない。自分にはなにも期待されていない。僕はだれのことも知らないし、だれも僕の居場所を知らない。すべては過去のものになった――放浪生活、喧嘩騒ぎや浮かれ騒ぎ、健康や幸福をおびやかす不安、愛、死、印刷屋のミス、どしゃ降りのピクニック、終わりなき人生の波乱……そして僕はその日一日、ひとり静かに座っていた――霧に煙るサクラ《プリムロ》ソウの丘《ーズ・ヒル》の木々のてっぺんを眺めながら。まるで長い旅の終わりにたどり着いたようだった。旅の始まりはモスクワを発《た》ったとき――何年も前だ。ナタリーや子供たちや母といっしょに馬車のなかで身を寄せ合った。一月の寒さをしのぐために、馬車には毛皮を張っていた。友人たちが五、六台のソリでつぎの駅逓所《えきていじょ》まで見送ってくれました。そうやって僕らは旅立ったんです。人々がエルサレムやローマへ来るように、僕はパリへやってきた。そこで見たのは享楽と退廃の街。パリはその名に恥じぬ街になろうと生半可な努力をした末に、汚物の下で満足したまま崩壊した。後生大事《ごしょうだいじ》にしてきた幻想を僕はすべて失いました。もう四十歳です。これからは居眠りをして暮らしますよ――エデンの東に。世界は二度と僕の消息を聞くことはないでしょう。

ヴォルツエル　わたしは話があって来た……君の力を借りたくてな……ロンドンでポーランド語の出版を始めるんだが。

ゲルツエン　ポーランド語の自由出版ですか？　ええ。やるべきだ。やるべきです。名案だ。たしかポーランド人の本屋がいたでしょう――

ヴォルツエル　チョルゼフスキー。

ゲルツエン　（同時に）――チョルゼフスキー！　そう、ソーホーの。それだけじゃない。向こうと行き来《いき》している人間はいつでもいる。ポーランドからのネタも手に入るし、向こうへ真のニュースや論文を密輸できる。インテリゲンツィヤを目覚めさせ、若者たちを教育するんです。僕もなにか書きましょう――あなたが翻訳すればいい。でももっといいのは……キリル文字の活字は手に入りますか？

ヴォルツエル　（うなずき）パリからなら……中古の活字を買えばいい。

ゲルツェン　（俄然《がぜん》やる気で）ロシア語の自由出版！――それからポーランド語も。知り合いに印刷屋は？
ヴォルツェル　チェルネッキーが印刷屋だ。
ゲルツェン　あと必要なのは――
ヴォルツェル　場所だ。
ゲルツェン　（同時に）――場所だ。

ゲルツェン、座って紙とペンをつかむ。

それから……販売経路、紙、インキ――助手もとりあえず非常勤で……ほかにはなにを？　どれだけ？　どうぞかけて。わたしがあなたを有名にしてみせますよ……

一八五三年二月
「教室」。
テーブルにかけたクロスが床まで下がっている。マルヴィーダ、授業に必要なものを手にして登場する。いなくなった子供を探すふりをするが、テーブルの下に隠れているのはわかっている。

マルヴィーダ　まあ、あの子はどこへ行ったの⁉　ここにオルガが入ってくるのは見たはずなのに！　おかしいわねえ！　どうしましょう――あの子が永遠に消えてしまったら！

などと続けていると、興奮を押し殺している声がテーブルの下から聞こえてくる。マルヴィーダ、あちこち探しながら、見つけられないふりをするが、やがてテーブルクロスのなかをのぞき込む。姿の見えないオリガが急にはしゃいだ声を上げる。

タータが教科書を持って登場する。

マルヴィーダ　（タータに）タータ、算数はすんだの？

一八五三年五月

パーティーの続く音が聞こえる。笑い声や音楽やロシア語の歌声。ゲルツェンとヴォルツェルが飲みものを手にして、キリル文字が印刷された紙を読みふけっている。マリアが文句を言いながら登場する。

マリア　Sascha muss ins Bett. Er hoert nicht auf mich! – und jetzt ist auch noch Tata heruntergekommen!［もうサーシャは寝る時間なのに。これ以上わたしの手には負えません！――タータまで降りてきてしまいました！］

ゲルツェン、顔を上げず、手を振って彼女を追い払う。マリア去る。

ヴォルツェル　こんなものがロシア語で印刷されて読めるとはな……君もぞくぞくするだろう。

サーシャが文句を言いながら、ギターを持って登場する。

サーシャ　Papa - Herr Ciernecki zeigt mir gerade -「パパ――いまチェルネッキーさんが和音を――」
ゲルツェン　パパはドイツ人か？
サーシャ　マリアが寝なさいって――いまチェルネッキーさんが和音を教えてくれてるのに！
ゲルツェン　おいで。もっとそばへ。これをごらん。

サーシャ、紙を取る。

サーシャ　なにが書いてあるの？
ゲルツェン　読めるだろう。
サーシャ　どうして？
ゲルツェン　最初だけ読むんだ――カラスのところ。
サーシャ　「わたしはまだ本物のカラスではなく、小さなカラスにすぎない……本物はまだ空を飛んでいる……」
ゲルツェン　プガチョフの言葉。十八世紀、ツァーリ・エカチェリーナに対して反乱を起こした人物だ。さあ、だからきょうという日を覚えておくんだ。お父さんが書いたことは——こういう言葉は——家のなかでささやかれることすらほとんどなかった。書かれたことはもっとない。なにより印刷されたことはロシアの歴史上一度もなかった。これがはじめてだ。覚えておくんだぞ？

サーシャうなずく。

サーシャ　僕のギター、聴きにきてくれる？

ゲルツェン、愛情を込めてサーシャのカフスを留める。グラスを取る。ヴォルツェルもグラスを取る。

ゲルツェン　ロンドンのロシア・ポーランド自由出版に。

ふたり酒を飲み干し、よろこびにグラスを合わせる。抱きしめ合い、そして出ていく——サーシャもいっしょに。

一八五三年九月

「教室」。マルヴィーダとタータがテーブルに席を取っている。タータは英語の授業中で、口ごもりながら朗読する。

タータ　「Georges and Marie go…」［ジョージズとマリーは……］
マルヴィーダ　「George and Mary.」［ジョージとメアリーは］
タータ　「George and Mary go to the…」［ジョージとメアリーは行きます……］
マルヴィーダ　「Seaside.」［海辺に。］
タータ　「One day in Augoost.」［八《はち》ゲツのある日。］
マルヴィーダ　よろしい。
タータ　「One day in Augoost, Mrs Brown said to George…」［八ゲツのある日、ブラウン夫人はジョージに言いました……］

タータ、あくびをする。

マルヴィーダ　けさは疲れてるの、タータ？

タータ　ええ、マルヴィーダさん。なかなか起きられなくって。

マルヴィーダ　ふうん。だから髪をとかさなかったのね？

タータ　とかしたわ。

マルヴィーダ　右手と左手で五十回ずつ――わたしはそうするよう教わったわ。

マリアがやきもきしながら登場。幼児用の靴を片方手にしている。

マリア　Ist Olga hier?［ここにオリガは？］

マルヴィーダ　Olga? Nein, leider nicht, Maria.［オリガ？　いいえ、いないと思うわ、マリア。］

マリア、腹にすえかねたような声を出し、出ていく。

タータ　きっと台所よ。コックさんにリコリスをもらいにいったの。

タータ、本に戻る。マルヴィーダ、不安になり、テーブルの下をちらっとのぞく。

マルヴィーダ　続けて。

タータ　「Said to George, Marie, Mary, cannot go on holiday with her family because they are poor…」［ジョージに言いました。マリーは、メアリーは貧しいので家族と休暇に出ることはできないと……］

マルヴィーダ、ホ、ホ、ホリデーは？

マルヴィーダ　ブロードステアーズの海よ。もしかするとお父さまがあなたも……（あわてて）たいへん、みんなでオリガを探さないと。

ピアノの「音楽」が聞こえる。鍵盤をめちゃくちゃに叩いている。

タータ　（笑って）オリガだ。マルヴィーダさんはどっちがすごいと思う？　イギリスとドイツでは？

マルヴィーダ　どっちがすごい？　ジョージ・アンド・メアリーに戻りなさい。でもウェリントン卿のお葬式ではベートーヴェンの「葬送行進曲」が演奏されていた。それだけ言えばわかるでしょう。

「オリガのピアノ」が途切れ、マリアのしかる声が聞こえる。

タータ　いまピアノにするのはだめ？

マルヴィーダ　たぶん時間割を守るのがいいわね。

オリガが引っぱたかれ、泣きわめく。

（怒って）もう、ほんとうに！

マルヴィーダ出ていく。タータ、本を片づけて追いかける。

一八五三年十一月

ゲルツェンが半ソヴリン金貨を宙に投げながら、勝ち誇った様子で登場する。サーシャがパンフレットの束《たば》を運びながらついてくる。束は数キロあり、包みは破れている。

サーシャ　どこに置く？

ゲルツェン　十シリングだ！　現金で！　チョルゼフスキーが十冊買ってくれた！

葉巻箱を空《から》にして金貨を入れる。箱をかたかたと鳴らす。

はじめての収入だ。

サーシャ、包みをテーブルにどさっと置く。

サーシャ　あとどれだけあるの？

ゲルツェン　四百九十冊。飛ぶように売れるぞ。あの少年にこの一シリングを渡してくるんだ。

サーシャ　一シリングも！

出ていきかけてマルヴィーダと鉢合《はち》わせする。彼女はめずらしく感情的である。

マルヴィーダ　サーシャ、サーシャ、元気？　さみしくなかった？　妹たちは？

ゲルツェン　フォン・マイゼンブークさん……早くサーシャ、あの子が待ってる。

サーシャ出ていく。

帰りが早いじゃありませんか？　なにかあったんですか？　座って……どうぞ……そこに。ブロードステアーズの海はお気に召しませんでしたか？

マルヴィーダ　そうじゃないんです。わたしの手紙は届きました？

ゲルツェン　もちろん。ですが本気の提案じゃないでしょう――子供たちを寄越《よこ》せだなんて？

マルヴィーダ　あの子たちがいないとさみしくて！　よければあなたもそのほうが——

ゲルツェン　もういそがしすぎて！　マリアの英語じゃあブロードステアーズにはたどり着けない。ウェストエンドに出るときだって、まともに帰ってこられたためしはほとんどないんです。乗合馬車の切符はなくす、荷物はなくす、子供たちまで……

マルヴィーダ　それはマリアのせいじゃない。彼女にはどうしようもありませんよ……わたしは提案があって戻ってきたんですが……わたしが住み込みで子供たちの世話をするのはどうでしょう——心と体の健康のために、しつけのために、仲間として、指導者として、父親が子供たちを見失わないよう、子供たちが父親を見失わないようにしてあげるんです。もちろんマリアには適性の範囲で続けてもらいます。食事の世話とか洗濯とか——（ゲルツェン、口をはさもうとする）つけ加えておきますが、この申し出は友情によるものです。報酬はいっさいいただきません。授業は続けますから、その分だけで結構です。

ゲルツェン、彼女の両手を取る。

ゲルツェン　フォン・マイゼンブークさん……ようこそ我が家へ。ようこそ！　わたしの母もドイツ人だったんですよ。

マルヴィーダ　そうなんですか？

ゲルツエン　わたしは半分ドイツ人です！　子供たちを探しにいきましょう。引っ越しはいつにします？　あしたにでも？

マルヴィーダ　（いかがなものかと）それは……

ゲルツエン　きょうは？

マルヴィーダ　（笑って）まさか！　週明けはどうです？　だけど子供たちに説明したほうが――マリアにも……

ゲルツエン　たしかに。

マルヴィーダ　ではわたしはうちへ帰らないと。

ゲルツエン　ああ、そうですね。

握手を交わす。

マルヴィーダ　ところで……わたしも半分フランス人なんです。

ゲルツエン　それは思ってもみなかった。A bientôt!［ではまた！］

マルヴィーダ　Noo, Ladna. Da svidániya.［ええ、さようなら！］
ゲルツェン　（喜んで）Noo, Ladna. Da svidániya!［ええ、さようなら！］

ゲルツェン、彼女を送り出す。

一八五四年一月

サーシャとタータは、見ちがえるほどきれいな身なりである。タータは袖口《そで》の白い服を着ている。ふたりは登場すると、ならんで立ち、検査を待つ……一方、六人の席が用意されたテーブルにメイドが朝食を用意する。マルヴィーダ、きりっと登場。

マルヴィーダ　Dóbroye óotra, dyéti!［おはよう、子供たち！］
サーシャとタータ　Dóbroye óotra, Miss Malwida!［おはようございます、マルヴィーダさん！］
マルヴィーダ　Prekrásna!… A ty samá…［素晴らしい！……けさは自分で……］（ロ

シア語で言うのをあきらめ）けさは自分で服を選んだの、タータ？

タータ　いいえ、マルヴィーダさん。

サーシャとタータ、両手の表裏両方を差し出し、検査してもらう。マルヴィーダ、続いて耳を調べる。

マルヴィーダ　では、朝食にしましょうか？

サーシャ、マルヴィーダの椅子を引いてやる。マルヴィーダ座る。サーシャ、つくり笑顔でタータの椅子を引いてやる。タータ、うれしそうなつくり笑顔で座る。サーシャ座る。

タータ、テーブルに載せていた手首をテーブルから離し、膝の上に置く。肘《ひじ》をつかない。

マリアが登場する。サーシャは立ち上がり、彼女の椅子を引いてやる。マリア、椅子を引いてサーシャの手から離し、こわい顔で座る。

ねえ、マリア――せっかくだけれど――タータの服は朝の授業にふさわしくありません。袖口が白いと、どんな小さなよごれも目立って、一日だらしなく見えてしまう。袖口がグレーの服のほうが好ましいですよ。

マリア 洗濯してません。

マルヴィーダ （驚きながらも丁重《ていちょう》に）まだ？　うーん……！

マリア それに言わせてもらいますが――

ゲルツェンが新聞を持って登場する。

子供たち Dóbroye óotra, Papá!［おはよう、パパ！］

マルヴィーダ Dóbroye óotra!［おはようございます！］

ゲルツェン Dóbroye óotra!［おはよう！］

ゲルツェン座る。マルヴィーダ、彼のコーヒーを注ぎ、マリアにも注ぐ。子供たちにはあらかじめ牛乳の入ったグラスがある。マルヴィーダには自分のティーポットがある。マルヴィーダがうなずくと、子供たちは牛乳を飲む。朝食は冷製のものである。ゲルツェンとマリアは自分で取って食べ、マルヴィーダはなにも食べず、子供たちの世話をする。席がひとつ空《あ》いている。サーシャ、マルヴィーダが目を離したすきに本を開く。

ゲルツェン　（マリアに）オリガは？

マルヴィーダ　わたしたちは早めにすませました。あの子は牛乳屋の小馬と約束がありましたから。

マルヴィーダ、タータが自分のコーヒーを注いでいるのに気づく。

タータ……！

タータ　マリアがいいって。

マリア　朝のコーヒーは体の調子を保ってくれます。

マルヴィーダ　体の興奮も。

マルヴィーダ、タータのコーヒーカップを遠ざける。マリア、立ち上がって部屋を飛び出す。マルヴィーダは気に留めない。サーシャの本を目に留める。

食べながら読書？　お父さまはわたしのことをどう思うかしら。

サーシャ　読書じゃないよ。暗記しなきゃならないんだ。

ゲルツェン　宿題か？　宿題の時間ならあるだろう。

サーシャ　だって、できなかったでしょ？　お父さんの封筒をなめてたんだもん！

ゲルツェン　あとでいいだろう？

サーシャ　あとで遊べなくなっちゃうよ。

ゲルツェン　（踏ん張って）とにかく、宿題か朝食かどちらかにするんだ！

サーシャ、さっと立ち、本にかじりついたまま、そそくさと出ていく。

そう、僕のパンフレットを敵のとりでに発送しているところでね。「冬の宮殿」……内務省、検閲局、警察……

マルヴィーダ　朝食がいらないなら席を立ってもいいわ、タータ。
タータ　ありがとう、マルヴィーダさん。

　　　タータ、察して去る。

ゲルツェン　マリアは素直なんだ。君もわかり合えるはずだよ。彼女はナタリーが亡くなって以来、ずっと子供たちといっしょにいたんだ。オリガはほかにだれも覚えていないくらいだ。
マルヴィーダ　わたしの関心はただひとつ――あの子たちに幸福で秩序ある子供時代を送ってもらうことです。
ゲルツェン　それはうまくやってくれている。
マルヴィーダ　では率直に言わせてもらいますが、アレクサンドル、ロンドンじゅうのエミグレの人々にこの家を開放するのは少々困ります。ほとんど毎日、しかも深夜まで。なかにはごろつき同然のかたもいらっしゃいます。家族の平和を乱した上に、あなたにたかって食事にお酒、遊興のかぎりを……
ゲルツェン　でもどうすれば……？

マルヴィーダ　わたしの助言としては、お知り合いを呼ぶのを週ふた晩にすることです。

ゲルツェン　招待客にかぎる——簡単だ！　君が正しい！

マルヴィーダ　ありがとうございます。わたしたち……この家は街から近すぎます。もうすこし郊外に住んでいたら……

ゲルツェン　もうすぐ契約が切れるところだ。君ならどこに住みたい？

マルヴィーダ　ああ……そうですか！　それなら……リッチモンドはどうでしょう。あそこの公園は子供たちにぴったりだし、鉄道も走っていて……

ゲルツェン　それなら決まりだ。

メイド　（登場しながら）Count Worcell's arrived and he's got a tramp with him. And Maria's packing again!［ヴォルツェル伯爵がお見えです——しかも宿無しの男を連れて。それからマリアがまた荷作りを！］

ゲルツェン　「Thank you.」［ありがとう。］

メイド出ていく。

マリアには僕から話そう。

マルヴィーダ　最善の結果を得るためです、アレクサンドル。

マルヴィーダ出ていく。登場してきたヴォルツェルともうひとりのポーランド人に会釈《えしやく》をする。もうひとりはヴォルツェルと同年代のゼンコーヴィチである。

ゲルツェン　どうぞ入って。ちょうどすむところだ……コーヒーもありますから……

ヴォルツェル　いや――いや――どうか。実は憂鬱《ゆううつ》な相談でな。ゼンコーヴィチの話では、我々の使節がポーランドへ発つ準備はできている。ただし費用が……

ゲルツェン　（ゼンコーヴィチに）十ポンド出すと申し上げたじゃありませんか。

ゼンコーヴィチ　（ぶっきらぼうに）十ポンド！　冗談じゃない！　彼は最低六十ポンド必要だ。まだ四十ポンド足りない。

ゲルツェン　いや、これはとても奇妙だ。彼はあなたがたの使節であって、わたしのではない。頼まれただけでも驚いたのに。

ゼンコーヴィチ　彼はロシア語の印刷物を運んでいるんだ。

ゲルツェン　ええ、そうです。印刷代、家賃、作業費、紙代、インキ代はわたしがもつ……そちらはわたしのロシア語の印刷物を地下ルートを通して発送する。そういう取り決めだったはずだ。

ゼンコーヴィチ 我々が文無《もん》しなのを知っていながら！

ゲルツェン ではお互い責任を分担したものの、それは条件つきだったようだ——分担した責任が両方わたしに回ってくるという。

ゼンコーヴィチ つまらん議論をしても無駄だ。あんたの望みはなんなんだ？

ゲルツェン わたしに金銭を要求する権利はあなたにありません。まるで山賊だ。

ゼンコーヴィチ 山賊？ わたしは光栄ながらヴォルツェル伯爵の参謀を務める人間だ。

ヴォルツェル （困り果て）この会話が続くことを許すわけにはいかん。ゲルツェン、偉大なるポーランドの大統領になるかたを侮辱《ぶじょく》するとは——

ゲルツェン （ゼンコーヴィチに）いっしょに来てください。（ヴォルツェルに）これはあなたのため、ポーランドのためだ。それから誓ってこれが最後です。

君が正しい。しかし我々はどうすればいいんだ？

ゲルツェンとゼンコーヴィチ、出ていく。サーシャが教科書を持って登場する。サーシャとヴォルツェル、テーブルに席を取る。メイドが登場し、テーブルの上を片づける。ヴォルツェル、眼鏡をかける。サーシャ、教科書を開く。

ヴォルツェル さて。宿題はできたかな？

一八五四年十二月三十一日

リッチモンドのゲルツェン宅。

テーブル周辺はごった返している……大勢の客、手の込んだビュッフェの残り、クリスマスの飾り。紙の帽子をかぶったり、歌ったり、叫んだり、飲んだり。客のなかにはヴォルツェルがいる。ゲルツェンも人ごみのなかにいる。マリアに代わるイギリス人の子守ブレイニー夫人がサーシャとタータを連れてくる。キンケル、ヨハンナ、ブラン、ジョーンズ、ジョーンズ夫人（エミリー）、チェルネッキー（ポーランド人の印刷屋）、チョルゼフスキー（本屋）、その他男女のエミグレたち。チェルネッキーがギターを弾いている。一歳成長したサーシャとタータ、パーラメント・ヒルの場面からは二年近く経っているが、この場にふさわしい服装をしている。四枚の紙に数字が一字ずつ子供の字で書かれた自家製の「1855」が、洗濯物のようにひもにかかっている。

ヴォルツェル （ジョーンズとブランに向かってグラスを挙げ）クリミアにおける大英帝国とフランスの勝利に！
エミリー そして、ぎゃふんと言ったロシアに！
ジョーンズ （ゲルツェンに気づき）悪気《わるぎ》はないんです！
ゲルツェン （乾杯して）イギリスに！　ここではいつまでも驚くことばかりだ。きょうも街の腕白坊主《わんぱくぼうず》たちが、アルバート公をロンドン塔送りにしろと叫んでいた……
ジョーンズ （ふくみ笑いをして）ええ、まあ、アルバート公はプロイセンの出身だ。プロイセンはクリミア戦争に非協力的な態度をとっている。
ゲルツェン （真剣に驚いて）いや、それにしてもだよ。ヴィクトリア女王の夫なのに！〈タイムズ〉も彼の弾劾を求める市民集会の様子を伝えていた。しかも、だれも逮捕されない！　編集者さえ！
ジョーンズ 自分の意見を述べることは逮捕の理由にはなりません。当然でしょう？

ゲルツェン　わからない！　ただとても……不思議だよ。

キンケル　（口をはさんで）君は一八四八年革命の記念集会で演説しないと聞いたんだが。

キンケル、気まずい沈黙をつくってしまったことに気づく。

ゲルツェン　僕が？　僕はするつもりでいたが。（ジョーンズのほうを向く）

キンケル　ああ！　わたしはもう挑戦してみたから！

ジョーンズ　（きまり悪そうに）実はマルクスが、あなたとおなじ演壇に上がるのを拒否すると言うんです。

ゲルツェン　ああ。（間）そういうことなら、ご招待に甘えて演説させてもらいたい。

笑いと喝采《かっさい》、どよめき。

ジョーンズ　もちろん、もちろんです！　Your attention please.［お耳を拝借します。］一八四八年の革命運動を記念して、夜会ならびに市民集会を……来たる火曜日、セント・マーチン・ホールにて開催いたします。お茶は五時から——ご婦人がたもどうぞよろしく！　弁士はアルファベット順にムッシュー・バルベス、ブラン、ゲルツェン、ユーゴー、キンケル、コッシュート、ルドリュ＝ロラン、マルクス——いや、マルクスは抜きで。

歓声と笑い。チェルネッキーがゲルツェンのところへ包みに入った小さな本を持ってくる。

チェルネッキー　ゲルツェン！　できたぞ。製本屋からの馬車代は請求させてもらおう。

ゲルツェン　チェルネッキー！

チェルネッキーにくちづけし、包みを破る。本にくちづけをして……大声で静粛を求める。

時間は！　だれか正確な時間のわかる人は？　キンケル、いま何時だ？

客たち　まだまだ時間はある——まだ五分はある……十一時五十八分……あと一分だ！

……あと四分！……きっかり真夜中だ……過ぎてしまった！　二分過ぎてる！（などなど）

マルヴィーダがうまく全員を静かにさせる——もっともである。静かになれば遠くの教会の鐘の音が聞こえるからだ。

ブラン　（懐中時計をしまって）三分前だ。

ところがほかの者たちは、いまやメイドもふくめ、歓声を上げたり、乾杯したり、くちづけし合ったり、握手を交わしたりする。

その最中にオリガが寝間着姿でマルヴィーダを探しにやってくる。大人の腰ほどの背丈で四歳である。マルヴィーダ、オリガをさっと抱き上げ、なにかドイツ語で語りかけ、愛情を示す。

ゲルツェン、自分のために場所と静寂をつくる。

マルヴィーダ、子守にオリガを渡す。

ゲルツェン　我が息子サーシャに、わたしからさずけたいものがあります――それから贈る言葉も。

喝采。サーシャは押し出され、はにかみながら目立つところへ。

サーシャ……これはわたしが革命の年、六年前に書いた本だ。本の題名は『向う岸から』。これまでドイツ語でしか出版されなかった。だがここにとうとうロシア語の、わたしが書いたとおりのものができた。この、旧弊かつ不正な理念に対する抗議の書を、わたしはお前の手に託《たく》そう。この書に解決を求めてはならない。ここにはなにもない。来たるべき革命こそ、わたしが伝える唯一の宗教だ。その宗教に向こう岸の楽園はない。だからと言って、こちらの岸にとどまってはならない。それならいっそ滅ぶがいい。時が来たら祖国へ渡り、人々に革命を説くんだ。彼らはかつてわたしの声を愛した。わたしを思い出してくれるかもしれない。

ゲルツェン、本を贈る。拍手。サーシャ、わっと泣き出し、父を抱きしめる。パーティー全体が喝采しながら、ふたりを取り囲む。マルヴィーダ、目の涙をぬぐう。

（大きな声で）さあ、しんしんとさえ渡る夜ですが、リッチモンド・パークで新年を祝うことにしましょうか？

全体が同意し、熱狂する。メイドがテーブルの片づけを始める。ゲルツェンとサーシャ、星を見上げる。客たち、いくつかグループに分かれ、暗闇へ出ていく。ヨハンナの姿はよく見えないが、声は聞こえる。

ヨハンナ　いとしいあなた、わたしのマフに手をお入れになったら？

――すると押し殺した悲鳴や笑いやシーッといさめる声。

タータが肩かけを羽織り、ゲルツェンにもう一枚持っていく。

タータ　パパ……

ゲルツェン、サーシャに肩かけをかける。

ゲルツェン　寒いがスイスほどじゃないな。

サーシャ　僕もスイス覚えてる。

タータ　コーリャが聾《ろう》学校に通ってたもの。

ゲルツェン、ふたりの子供を抱き寄せる。

ゲルツェン　こうしてみんなでロシア語を話すのはいいもんだ。いつでもそうしないと……ママはコーリャにロシアの言葉を教えてた。覚えてるか？（タータが歩き去るので）どうしたんだ？

タータ　ふたりとも死んじゃったの。それだけよ。（サーシャがシーッと言う）だってそうでしょ。しかたがないわ。

くよくよせず自由になり、ひとり去っていく。サーシャ、タータについて去る。

ゲルツェン、ひとり慟哭《どうこく》する。数歩背後に立つ人影に気づく。振り向かない。

ゲルツェン　だれ（だ）……？　君か？

（泣き叫び）ああ、帰ってきてくれ！　君がいることを、もう一度当たり前に思いたい！　いそがしく、はつらつと生きていたい！

バクーニンがそっと笑う。

ああ……！　バクーニン……？

バクーニン　まさか、彼女は安らかに眠ってる。ナタリーかと思ったよ。

ゲルツェン　君は？

バクーニン　安らかに生きてる。葬《ほうむ》られて生きてる。いつも親父に言われたよ、「お前はいずれペテロパウロ要塞に投獄されるだろう」とな……君には想像もつかない状況だ。すべてを捧げる用意はあるし、これほどの愛を――そう、愛を――民衆に対して感じているのに、闘いのどよめきから切り離されてしまった――世界はいまや完全に、永遠に変化しようとしているんだぞ！

ゲルツェン こっちでそんなことが起こっているとでも？ ああ、バクーニン！ 闘いもどよめきもどこにもない。

バクーニン まわりには同志がいるじゃないか――これほど孤独を感じたことはないよ。

ゲルツェン 英雄はバリケードで死んだ人々だ。まわりにいるのは演説屋さ。おまけに僕まで演壇に立つ！ まちがいを証明されたというのに、彼らはいっそう信じ込んでしまった――自分たちはずっと正しかった、大衆は生まれつきの共和主義者で、解放のときを待っているんだと。

バクーニン ゲルツェン、へこたれるな。あの革命の年のあとで、ものごとがもとに戻るはずはない。

ゲルツェン （憤激《ふんげき》して）現《げん》に戻っている、いる！ あの革命は妥協という積み荷を捨てようとせずに沈没した。結局のところ、民衆の関心は自由よりもジャガイモにあったんだ。民衆にとって平等とは、全員平等に迫害してもらうということだ。民衆は権威を愛し、才能ある者を疑う。民衆が求める政府とは、民衆のために統治をおこなう政府なんだ。民衆に逆《さか》らう政府じゃない。自分たちで統治をおこなうことなど、彼らには思いも寄らないだろう。皇帝たちは単に玉座《ぎょくざ》を守っていたわけじゃない。残《ざん》骸《がい》となった我々の信念を、有無を言わさず我々に押しつけた――革命的本能など民衆にはなかった！

バクーニン　たいした痛手じゃない！

ゲルツェン笑う。

ゲルツェン　ああ、ミハイル！　かけがえのない友よ！　君とは長い知り合いだが、その揺るぎない精神にふれるたびに、頭を叩き割ってやりたくなるよ――バゲットでな。

バクーニン　（楽しく）しっかりしろ！　勝利は我々のものだ、ゲルツェン――人類から枷《かせ》をはずすことさえできれば。

ゲルツェン　人類に自由を与えれば、みんな解放されるというわけか。

バクーニン　そうだ！

ゲルツェン　バゲットじゃない。レンガだな。

バクーニン　民衆は元来、高潔で寛大で堕落《だらく》を知らない。彼らがいまほど盲目で愚かで利己的でさえなければ、まったく新たな社会をつくり出すだろう。

ゲルツェン　それはおなじ民衆か、それともべつの民衆か？

バクーニン　おなじ民衆だ。

ゲルツェン　心にもないことを。

バクーニン　ちがう、聞け！　かつて――大昔、歴史が始まったころ――人はみんな自由だった。人間は自然と一体だった。だから人間は善良だった。人間は自分自身と、そして世界と調和していたんだ。葛藤など知られていなかった。ところが楽園にヘビが侵入した。ヘビの名は――「秩序」。社会組織だ！　世界はもはや世界と一体ではなくなった。物質と精神は分かれてしまった。人間はもはや完全じゃない。黄金時代は終わったんだ。新たな黄金時代を築き、ふたたび人間を解放するにはどうすればいい？　秩序の破壊だ。

ゲルツェン　（嘆き）ああ、バクーニン……！　なにもかも破壊して、それからどうする？

バクーニン　自由・平等・友愛だ、友よ。君も昔は、民衆は善良だと信じていた。

ゲルツェン　（苦悶《くもん》して）ああ、たしかに。

助けてくれ、ミハイル！
どこにいる！

バクーニン　ここにいる。大丈夫だ。

ゲルツェン　だれでもときにはだれかに服従するしかない。秩序がなければ楽園はない。カオス、そして暴政だけだ。まいったよ！　人間は太陽系や結石の謎を解明したし、蒸気を使って船を走らせ、大海原《おおうなばら》を渡っている。だが人間の知恵でなにをどのように解決しても、飢えや恐怖はなくならない。そういうことに関しては、文明はなにも教えてくれない。しかしいまや未来はロシアとともにある。我が国の民衆はゼロから始めようとしているんだ。やがて彼らの時代が来れば――当分は来ないが――そのとき彼らは半端な自由でよしとはしない。僕が祖国から離れてしまったのは人生最大のあやまちだった！　ツァーリの足もとは揺らいでいた。それを揺るがしていたのは……なんだ？　吹けば飛ぶような共和政か？　ロシアの軍隊を恐々《きょうきょう》とさせる立憲運動か？　いまとなってはとんだ阿呆だ、我々は！　ツァーリ・ニコライは締めつけを強めた――パスポートは出ない、交流もない、議論もない――絶え間ない恐怖、光は消えて、ささやく声も聞こえない！　僕は思った――祖国の人々にもう一度ものを考えてもらおう。想像したよ――僕の言葉をオガリョーフや友人がろうそくの明かりで読んでいる、そしてふたたび立ち上がり、夜の闇を押し返してくれるだろうと。ところがそんな気配はない。要塞の扉は我々の世代を追い詰めている。あの日の僕は少年だった――雀《すずめ》が丘でニックとふたり、大義に身を捧げようと誓ったとき。いまの僕はなりそこないの預言者だ。祖国と呼べる国もない。

バクーニン 自由で快適な生活を送りながら、自分をあわれんでいるわけか。君ってやつには吐き気がする。

ゲルツェン (怒って)だったら放《ほ》っといてくれ。なにしに来たんだ?

バクーニン 必要なのは祖国じゃない! たった一度の革命さえあれば、人間はふたたび完全になる。それこそ俺が探していたものだ――若くて、哲学に恋していたころ! もはや精神と物質との葛藤はなくなった。「自我」は「宇宙」との調和を果たし、自由に羽ばたく!

ゲルツェン (憤激して)いまの君は監獄のなかだ! バクーニン、それを思うと胸が詰まる。だが君がいつも理にかなっていなかったのは当然だ。革命とは、平等と正義のもとに何百万の人間がまともな生活を送るためのものだ。君の「自我」が「宇宙」と調和するためのものじゃない。

バクーニン (あっさり)それはおなじことだ。

君がいつも陰で俺を笑っていたのは知ってる。だがなんでも君が正しいとはかぎらない。君が民衆に失望したのは、彼らの内的生活と外的生活が分かれていたからだ。彼らが自由に闘えなかったのは、精神が自由ではなかったからだ。問題に頭を悩ます君は、革命とは戦闘の計画で、社会とは図案だとでも言っているようだ。君はパリで、革命のきざしはないと言った。だが直後に革命は勃発した。いまも君は、ロシアでは当分起きないと言う。そうかもしれない。だが革命というのは予想に反して、計算や常識に反してやってくる――どこからともなく疫病のように。なぜなら革命とは自由になった精神だ。肉体はついていくしかない。そのとき社会は独自のかたちを見出すだろう。それは民衆の内的本質が洞窟《どうくつ》の壁に映す影だ。だから民衆を信頼しろ、ゲルツェン――民衆は善良なんだ。こんど会うのはいつになることか。

抱き合う。

（陽気に）いまは涙はなしだ。だいいち、ツァーリはあした死ぬかもしれない！

一八五五年三月

昼間である。テーブルのまわりで一斉に祝賀が始まる。「ロンドンの全ロシア人」やロシアと手を組んだポーランド人、そのほかの人々が踊ったり抱き合ったりしており、ふたたび大みそかがめぐってきたかのようである。クリスマスの飾りはなくなっている。ゲルツェンが着いたばかりの客を数人連れ、あわただしく登場する。「全員」に〈タイムズ〉の記事を見せる。

タータとオリガ（まだ四歳半ぐらい）が、（おそらく）グラスやボトルの載ったテーブルの上で手をつなぎながら裸足《はだし》で踊っている。タータが「パパ！パパ！」と叫ぶ。

タータ　パパ――パパ――オリガの歌を聞いて！

ゲルツェン　わかった、わかったよ――さあ、どうぞ――ロンドンじゅうのスラヴ人がそろってます――酔って浮かれて、みんな若返った！――

タータとオリガ　（歌って）「ツァーリが死んだ！　ツァーリが死んだ！　ヒップフーレイ、フィドゥルディディー、ツァーリが死んだ！」

オリガが拍手を受け、マルヴィーダがテーブルから抱き降ろす。タータ、椅子を階段にして降りる。

マルヴィーダ　（子守に向かって）ブレイニーさん、この子は用を足したんですか？

タータ　イタッ！

タータ、足の裏を見る。

最初は諸々、騒々《そうぞう》しく進行していく。

メイドがそのあいだにテーブルの上を整える。ボトルやグラスを片づけたり、食卓の準備をしたりしながら、場に「参加」する。

ヴォルツェルは体力的にぐったりしたりして肘かけ椅子に落ち着く。客として居眠りをする。このまま舞台に残り、目を覚ますのはつぎの場面である。

ゲルツェン　新しいツァーリには一度会った。彼が皇太子で、お父さんが追放されていたときだ。

サーシャ　どんな人だったの？
ゲルツェン　気に入ったよ。礼儀正しいやつだった。
タータ　（マルヴィーダに）足にとげが刺さっちゃった……さわらないで、さわらないで！
マルヴィーダ　だれもさわるなんて言ってないでしょう？……ほら、あった。よかった。先が出てるわね。はい、取れた。
　マルヴィーダは話しながら、器用に素早くとげを抜く。タータ、声を上げる。
エミグレ　痛いときは早いがいちばんなの。泣かないで。
エミグレ　（ゲルツェンに）彼の父親にも会ったんですか？
ゲルツェン　いや。だが一度見かけたことはある。錫《すず》のような目をしていた。あれほど冷たい顔は見たことがない。
エミグレ　いまやさらに冷たくなったわけだ！
　歌が始まる。祝賀会はおひらきになる。ゲルツェンは最終的に机に向かう。

一八五六年四月

夜。

メイドが食卓の支度を終えて出ていく。ゲルツェンが紙類を整理したり、校正をしたり、走り書きをしたりしている。彼は新しい定期誌〈北極星〉を発行している。ヴォルツェルが眠っている。マルヴィーダ、寝間着姿のオリガを連れて登場する。ゲルツェン、オリガにくちづけをする。おやすみを言い合う。

ヴォルツェルが胸を詰まらせ、目を覚ます。

ヴォルツェル　なんだね？

ゲルツェン　（考えてから）「すこしお休みになったらどうですか？」と言ったんですよ。

ヴォルツェル　ああ……いや、いや……

ゲルツェン　手紙や人々がふたたび行き交うようになった。大学は開かれ、検閲は緩和……若者からも手紙が来てる。僕がロシアを離れたとき、彼らはまだ子供だったんです。実に涙が出ましたよ。

ヴォルツェル、あたりを見回す。

ヴォルツェル 家具を変えたな。
ゲルツェン ええ、お休みのあいだに引っ越しました。ここはフィンチリーです。
ヴォルツェル ああ、そりゃあ覚えているよ。バートン・クレセントのほうに住んでいたころの話だが、ある日わたしがうちに帰ると、暖炉のそばに男がひとり座っていたんだ。わたしは言った、「ああ、お待たせしてしまったようだ。なんのご用です?」彼は答えた、「お答えする前にうかがいますが、わたしはどなたとお話させていただいているのでしょう?」するとわたしは家具がちがうことに気づいた。二、三日経って、またおなじことがあったんだが、そのとき彼は嫁さんと夕食を食べていた。こんどはただ手を挙げて、こう言った、「いいえ、お宅は四十三番地です。」(間)彼はイギリス人だったよ。我々が海軍をもっていたら、ポーランドはどうなっていたことか。

ゲルツェン、彼のところに来て両手を取る。

ゲルツェン　ヴォルツェルさん、ここでいっしょに暮らしましょう。あなたにふた部屋提供します。朝食も夕食もひとりでなさってかまわないし、部下のみなさんは時間を決めて呼べばいい――庭に座って……

ヴォルツェル　フィンチリーの丘で暮らせば、きっと二倍は長生きする……だが不可能だ。我々の仲間はばらばらで気難しい。わたしが彼らを捨てたように思われよう。

ゲルツェン　自分たちでなんとかすればいい。あの連中は聖人の遺物や輝かしい敗北の歴史を食いつぶして生きているだけだ――

ヴォルツェル　（きっぱり）そういうものの言い方をするから、彼らは思うんだ――わたしが君をかわいがるのはまちがいだと。わたしもそう思う。

ゲルツェン　ヴォルツェルさん、許してください。許してもらえますか？

ヴォルツェル　だめだ、今夜は。

マルヴィーダ登場。

マルヴィーダ　もうお帰りですか？　もうすぐ夕食の支度ができますけど。
ヴォルツェル　結構だ。ありがとう。
マルヴィーダ　待って。外套を取ってきます。玄関は冷えますから。

マルヴィーダ出ていく。

ゲルツェン　わかりました。それならブロンプトン結核病院に数週間、部屋を用意させてください。そこであなたも考えるでしょう——養生《ようじょう》することを。
ヴォルツェル　それはたしかに素晴らしいが、毎日わたしの参謀長が日報を届けるには恐ろしく遠い。不可能なうえに……

マルヴィーダ、外套を持って戻り、ヴォルツェルに着せてやる。

ゲルツェン　手袋が……？

……とっくに手遅れだ。礼を言うよ。手袋が片方しかないようだ。

ヴォルツェル　かまわん。このあいだは三つあった。それできっと計算が合う。
マルヴィーダ　歩いてお帰りですか？
ヴォルツェル　ずっと下り坂だから。

マルヴィーダ、ヴォルツェルを送り出して戻る。ゲルツェン、〈北極星〉を見ている。

マルヴィーダ　あなたのツァーリへの公開状を読もうとしたんですけど、わたしには難しすぎて。
ゲルツェン　マルヴィーダ、僕は君のことを真面目に見てはいなかったよ。
マルヴィーダ　はい？
ゲルツェン　政治亡命者としてはね。
マルヴィーダ　ああ、そうですか……（間）アレクサンドル……結婚指環はしないんですか。
ゲルツェン　そう、割れてしまったんだ！　夜中にね。気づくと、ベッドの上でふたつに割れていた。

マルヴィーダ　ひとりでに？
ゲルツェン　君は迷信深いんだ？
ドアベルが鳴り、メイドがテーブルに置く料理を一皿持って登場する。
メイド　It's people with luggage, I saw from the area - Sasha's gone.［大荷物の人たちです。いまそこから見えたんですが、サーシャが出ていきました。］
ゲルツェン、大声のあいさつが聞こえるほうへ急ぐ。
ゲルツェン　オガリョーフの声だ！　信じられない！
到着したのはオガリョーフとナターシャ。かなり騒々しく、ナターシャは非常に感情的で、サーシャとタータを見て泣いている。五人の人物が人数の倍の包みや束、かばんなどを運んで一斉に部屋へなだれ込み、くちづけをしたり、涙を流したり、いかに長旅だったかを大声で話したり、子供たちの年齢を尋ねたり、外見の変化に驚いたり……

舞台の外から聞こえるのはロシア語だが、登場してからもロシア語で話しているということになっている。

マルヴィーダはじっとしていたが、立ち上がり、なだれ込んでくる人々に向き合う。

ナターシャ　オリガはどこ？　わたしオリガに会いたいの。
ゲルツェン　こちらは子供たちの家庭教師、フォン・マイゼンブークさんだ。
マルヴィーダ　お会いできて、とてもうれしいです。
ゲルツェン　ロシア語を勉強しているんだ。
ナターシャ　Enchantée.［はじめまして。］
ゲルツェン　（オガリョーフを抱いて）ニック！
ナターシャ　わたしはナタリー・オガリョーフ……ナターシャです。ナタリー・ゲルツェンの親友でした。
ゲルツェン　そしてニックは僕の。
ナターシャ　彼女とは一心同体だったの――わたしが帰国して、この素敵な紳士と出会う前は。きっとわたしたち、仲むつまじくやっていけるわ。

マルヴィーダ、言葉が理解できない。オガリョーフ、彼女にあいさつをする。

ゲルツェン　（気づかって）Parlez français…［フランス語で話せば……］

マルヴィーダ　Non－je vous en prie…［いえ――お願いですから……］

ナターシャ　（タータに）あなたはきのこみたいにちっちゃかったのよ。

サーシャ　僕覚えてる。ナターシャは一度裸で来て、フランスの旗だけ羽織ってた。

オガリョーフ　なに、なんだって？

ナターシャ　なんでもない遊び。わたしは服を着ていたわ。あれはあなたのママよ。

存分に笑い、そして劇的に泣き叫ぶ。

わたしのかわいいオリガはどこ？　わたし、ナタリーに約束したの！

オガリョーフ　オリガは生まれてなかっただろう。

オガリョーフが体を壊しているのが見て取れる。テーブルに席を取る。

ナターシャ　だからどうだって言うの？　生まれていてもいなくても、ナタリーの最期の願いだったんだから。

ゲルツェン　オリガは寝てる。さあ座って。食事はいつ取った？　たんとあるから……

マルヴィーダ、察してゲルツェンに話しかける。

オガリョーフ　酒はあるかな？

ナターシャ　でも起こしましょうよ、一分だけ。そうすればオリガも出会った瞬間を一生忘れないわ。

ゲルツェン　マルヴィーダが、いま起こしたら興奮して、朝まで眠れなくなると言うから。

ナターシャ　「マルヴィーダ」！　チャーミングな名前。でも心配いらない――あなたはお昼寝すればいい。子供たちはわたしが連れ出してあげる。

ゲルツェン　火をおこしてくれ。

ナターシャ、外套を脱いで適当に放《ほう》る。マルヴィーダ、それを拾って、きちんと置く。そのあいだにゲルツェン、ボトルとグラスをオガリョーフに渡している。オガリョーフ、ぐいと飲み干し、もう一杯注ぐ。

オガリョーフ　もうぐったりだよ。

ゲルツェン　どうやって来た？

オガリョーフ　ベルリン——ブリュッセル——オステンド。旅行はいいけど、買い物がさ。ナターシャは素通りできないんだ——おもちゃ屋も帽子屋も靴屋も……（タータに）タータのサイズはいくつかな？　いや大丈夫だ。おもちゃやアクセサリーにサイズはない。

タータ　うちはおもちゃはだめなの。

ナターシャ　おもちゃがだめ？　そんな馬鹿な話がある？

サーシャ　僕のおみやげは、ナターシャ？

ナターシャ　あなたにはわたしよ。それでじゅうぶんじゃなくって？　（包みをさっとつかみ、サーシャに手渡す）それから！

オガリョーフ　しかし、ベルリンはちっとも変わってない――通りでタバコを吸えるようにはなってたが。

ナターシャ　（包みをより分けながら）それから、それから……（オガリョーフに）気分はどう、ニック？――この人、具合《ぐあい》がよくないの。

サーシャが包みを開くと、安物のおもちゃの望遠鏡が入っている。ナターシャ、タータに包みを渡し、スープの容器のふたを開けてのぞきながら、マルヴィーダの席に腰を下ろす。

タータ　ありがとう、ナターシャ！

サーシャ　（マルヴィーダに――ロシア語が通じないのを忘れて）テレスコープだ！外で見てきてもいい、マルヴィーダ？

マルヴィーダ　Qu'est-ce-tu-fais…？ Qu'est qu'il ya?［なにをするの……？　なにがあるの？］

サーシャ、飛び出していく。

メイド、料理の載った盆を急ぎ持ってくると、食卓をセットし直す。
ナターシャがスープをよそって回し始める。

ゲルツェン なにもかも話してくれ！ 友人はみんなどうしてる？

オガリョーフ （笑って）君に友人なんかいないよ。第一に、君がフランスから寄越した記事のなかの懐疑主義――いや、共和政に対するあからさまな侮蔑《ぶべつ》は――

ゲルツェン 完全に正当なものだった！

オガリョーフ おかげでいっそうまずいことになった。友人たちはほとんど許していなかったんだ、君のあのパンフレットが届いたとき――ロシアの革命思想についての……

サーシャが走って戻る。

サーシャ 月が出てなかった。

あらゆる方向を望遠鏡でのぞいてみる。ターター、包みと格闘する。

マルヴィーダ　Gardez le papier!［包みを破かないの！］
ゲルツェン　僕は死んだ人々の名前を挙げただけだ。
オガリョーフ　オルロフ伯爵は豪語していた、「死人から生きた人間をたぐり寄せることもできる」とね。君は友人たちに首をへし折られてもおかしくない。サーシャ、一八四八年以降、祖国がどうなってしまったか、君には想像もつかないよ。
タータ　（顔を上げて）「サーシャ」！
サーシャ　パパを「サーシャ」って呼ぶんだ？
オガリョーフ　そりゃそうさ。僕らが友達になったとき、お父さんは君ぐらいの年だったんだ。
ナターシャ　これはイギリスのスープなの？
ゲルツェン　（マルヴィーダに）Asseyez-vous, asseyez-vous.［座って、座って。］
マルヴィーダ、六番目の椅子に座る。
聞いてるよ。

オガリョーフ　身動きが取れない。考えることも夢見ることも危険だった――なにも恐れないという態度さえも。我々が吸っている空気には恐怖が充満しているようだった。

ターター　（包みを開けながら）レースだわ！

ナターシャ　ブリュッセルのレースよ！

ターター、素早く立ち上がるとスカートをぐいとまくって、レースのペチコートを合わせてみる。

オガリョーフ　だれも君に感謝はしなかったよ――安いワインをくみ交わした夜を革命謀議と呼んだところで。そんなのは女の子の乳をまさぐってバッコスの秘儀と呼ぶようなもんさ。

ナターシャ　Pas devant les enfants!［だめよ、子供の前で！］

マルヴィーダ　（心配して）Excusez moi...?［どうしたんです……？］

ターター、ペチコートを持って踊り回る。

タータ　見て！　見て！　見て！

ゲルツェン　（マルヴィーダに気づき）座りなさい――スープを飲むんだ！　（話に戻り）考えること自体、破壊的とされたころは、あらゆる理念が革命思想だった。

タータ　（ナターシャにくちづけして）ありがとう、ナターシャ！

タータ座る。

オガリョーフ　まあ、君は正しいよ。一八四八年以来、七年夜が続くロシアで、ゲルツェンは唯一明かりのともったろうそくだった。

ゲルツェンに向かってグラスを挙げ、酒を飲み干す。

だが友人たちは社会主義を説く君を友人として認めはしなかった。

ナターシャ　おみやげは終わり。あとはスープを飲んでからよ。

オガリョーフ　ロシアで社会主義なんて、そんなのはユートピアさ。このスープはなんだい？

サーシャ　ブラウン・ウィンザーっていうんです。

オガリョーフ　ブラウン・ウィンザー？

サーシャ　ヴィクトリア女王が毎日飲んでる。

オガリョーフ　そう、僕の分も彼女にあげよう。

タータ　わたしも好きじゃないのよね。

オガリョーフ　好きじゃない？　だったらどうして飲んでるんだ？

タータ　（なるほどといった風で）ああ、そうか！（皿を脇へやりながら）ごちそうさま、ナターシャ。

サーシャ　僕も、ナターシャ。

ナターシャ　そう、じゃあどれにしましょう……

ナターシャ、小さな包みをふたりに一個ずつ選ぶ。

マルヴィーダ　（ゲルツェンに訴え）アレクサンドル……！

ゲルツェン、テーブルをバンと叩く。

ゲルツェン　ロシアの社会主義はユートピアじゃない！　農民の社会主義だ。ああ、たしかに教育は必要だが、農村の共同体がある。枠組みはすでに整っているんだ！

サーシャとタータ、臆《おく》することなく、それぞれハーモニカとブレスレットをもらうと感謝の叫びを上げ、ナターシャに抱きつく。

オガリョーフ　（怒鳴って）だが彼らは農奴だ！
ナターシャ　怒鳴らなくても。
ゲルツェン　いや……そのとおりだ。ロシア自由出版は、社会主義については沈黙の誓いを立てている。もしツァーリが農奴を解放すれば、僕は彼の健康を祝して乾杯しよう。そのあとはなるようになるさ。僕の記事は冬の宮殿でも読まれているんだ――
――知ってたか？
オガリョーフ　君は冬の宮殿のために書いているのか？
ゲルツェン　ほかにだれが農奴を解放する？

ナターシャ　ニックはね、いま必要なのは大衆向けの自由出版だって——庶民が読める手ごろな値段の雑誌よ。
ゲルツェン　（驚き、興味をもって）そうなのか？
　オガリョーフはずっと酒を飲んでいたが、突然軽いてんかんの発作に襲われる。ゲルツェン、さっと立ち上がる。ナターシャは手慣れた様子で介抱《かいほう》する。
　どうしたんだ？
ナターシャ　大丈夫よ。どうすればいいかわかってる。
　実際そうする。発作がおさまる。
　具合がよくないの。医者に診せたほうがいいんだけど……さあ。
ゲルツェン　（オガリョーフに）なにが起きたんだ？
ナターシャ　この人ちゃんと食べないから。もう大丈夫……そっとしてあげて……
ゲルツェン　（サーシャに）心配いらない。

ナターシャ　あしたは休んでなきゃだめね、あなた。
オガリョーフ　いや、みんなで観光に出るんだ。
サーシャ　僕たちは授業があるから。
ナターシャ　勉強になるわよ、観光は。
タータ　ろう人形館に行ってもいい？
ナターシャ　なんのろう人形？
サーシャ　ギロチンとロベスピエールの首だよ。マルヴィーダは行かせてくれないんだ。
ナターシャ　いいじゃないの。見ましょうよ、ギロチン。
マルヴィーダ　（ナターシャに）Excusez-moi…？［いまなんて……？］
ナターシャ　Il n'y aura pas d'études demain.［あしたは授業はなしよ。］
マルヴィーダ　アレクサンドル！

マルヴィーダ立ち上がる。

ナターシャ　それは見物しないと。どこにあるの？

メイドが戻ってきてテーブルまわりの給仕をしていたが、出ていくところをナターシャにつかまる。ナターシャ、メイドに話しかけ、ついて出ていく。マルヴィーダ、「隣の部屋」へ出ていく。

ゲルツェン　マルヴィーダ……

オガリョーフ　「マルヴィーダ」、「アレクサンドル」……これは……？

ゲルツェン　怒ってるのか？

サーシャ、ハーモニカを吹いて鳴らしてみる。ゲルツェン、「隣の部屋」でマルヴィーダに追いつき、なだめるようなしぐさをする。

マルヴィーダ　わたしの教育はドイツの最高の原理にもとづくものなんです。わたしは研究したんです。

ゲルツェン　もちろんだよ。ただオガリョーフは僕のいちばん古い友人だから……

マルヴィーダ　あすは時間どおりに授業をします。それだけははっきりさせてください。

ゲルツェン　もちろん。僕に任せてくれ。

会話をさえぎるように階上からオリガの悲鳴が聞こえる。マルヴィーダ、悲鳴のするほうへ走っていく。サーシャとタータもあわててテーブルを離れ、マルヴィーダを追う。

遠くでオリガ、ナターシャ、マルヴィーダが騒々しく、ロシア語／ドイツ語でわめいたり、なぐさめたり、言い合ったりしている。

メイドが登場し、テーブルの上を片づける。ゲルツェン、うめき声のようなため息。〈北極星〉を手に取り、オガリョーフのところへ戻る。

メイド　（出ていきながら）I'd scream, too, if I woke up with the Russians on my bed.［あたしだって悲鳴を上げるわ――自分のベッドで目を覚まして、そばにあんなロシア人がいたら。］

ゲルツェンとオガリョーフ抱き合い、声がするほうへ出ていく。ナターシャが笑いながらオリガをなだめている。オリガはすでに落ち着いている。

一八五六年六月

屋内。

マルヴィーダ、旅行着姿で大型のかばんを持ち、サーシャ、タータ、オリガがそろうのを待つ。二、三度見ると、タータが左右ちぐはぐの靴下を穿《は》いているのがわかる。

マルヴィーダ　そばへいらっしゃい。よおく聞いて。きょうでわたしたちはお別れよ。あなたたちのことは決して忘れない。この瞬間を覚えておいて。

サーシャ　出ていくの？

マルヴィーダ　そう。

タータ　どうして？

サーシャ　知ってるよ僕。ごめんなさい、マルヴィーダさん。

マルヴィーダ、サーシャにくちづけし、それからタータとオリガにくちづけする。

ブレイニー夫人　子供たちをオガリョーフ夫人のところへお願いします。ゲルツェンさんには……そうね、荷物を取りに来させますと。

タータ　いますぐ出てくの⁉

マルヴィーダ　そうよ。（呼んで）ブレイニーさん！

ブレイニー夫人、登場。

ブレイニー夫人　あなたのせいとは言えませんよ――なにもかもが引っくり返って、時間の合わせようもないんですから……

マルヴィーダ　さようなら。

ブレイニー夫人　さあ、いらっしゃい。

マルヴィーダ　（タータの靴下を指差して）靴下が左右ちぐはぐですよ、ブレイニーさん。

タータ　（マルヴィーダに）あのときのとげとおなじよね？

マルヴィーダ　いい子でいて。

マルヴィーダ出ていく。

一八五六年六月

夜遅い家族の団欒《だんらん》。ゲルツェンとオガリョーフが肘かけ椅子に座っている。オリガがソファで眠り、なにか薄手のものを体にかけている。ナターシャがソファの脇の床、しかもゲルツェンの足もとに座っている。

ナターシャ それがナタリーの亡くなる間際《まぎわ》の願いだったの。あなたの奥さんは聖女だったわ、アレクサンドル。聖女だったからこそ、あの男の誘惑に無防備だったの。（オガリョーフに）目くばせしないで。アレクサンドルはわかってくれてるんだから。ヘルヴェークのことはわたしも信用したことがない。あのドイツの寄生虫、ひと目見た瞬間からそうだったもの……

ゲルツェン、部屋を出る。

オガリョーフ　頼む……あいつが戻ってきたら、海で死んだお母さんと息子の話にしてくれよ。

ナターシャ　あら、わたしたちはなにを話したってかまわないでしょう？　そういうのをわたし、友情とは呼ばない。あの人だって話したいはずよ。

オガリョーフ　コーリャのことを思い出すよ。あの夏のソコロヴォで……幸せな坊やだった。あの子は耳が聞こえないことも自分では知らなかった。

ゲルツェン、小さな額に入った写真を持って登場する。

ところで医者に診てもらったよ。飲み過ぎだと言われた。感心したね。生まれてはじめて会ったやつなのに。

ゲルツェン、ナターシャに写真を渡し、もとの椅子に戻る。

ゲルツェン　君に。

ナターシャ　ああ……わたしが覚えてるナタリーそのまま！

ゲルツェン　たしかに聖女だ。素晴らしい妻にして伴侶、そして献身的な母親、偉大な人間さ……

ナターシャ　そのとおりよ。

ゲルツェン　なのにコーリャを失って！　小さなコーリャを……ナタリーは何度も言っていた、「寒かったにちがいない、こわかったにちがいない、目の前には魚や大きなエビが！」

ナターシャ、オガリョーフのほうを一瞥《いちべつ》する。ゲルツェン、目の涙をぬぐう。

だめだ、だめだ。この六年間、そばにほんとうの友人がいなくてね！　ああ、ふたりは大切な友人だ。（オガリョーフに）君も途方に暮れていたんだろう。（ナターシャに）君が救ってあげたんだ。

ゲルツェン、ナターシャの手を握りしめる。ナターシャ、一心にゲルツェンを見上げる。

オガリョーフ　ほんとうだよ。女房もちで坂を転げ落ちていた男を、彼女は選んでくれたんだ。ところがそこへ！　女房は死んで、僕はまた女房もちになって、坂はなだらかになったわけさ。

ナターシャ　あなたは自由な人間だったのに、逃げた妻のために自分を無駄にしていたんだわ。

ゲルツェン　そう、無駄はもうたくさんだ……いよいよ彼も仕事に戻らないと。

オガリョーフ　いま必要なのは新しい雑誌だ。これまでのように長たらしい高価なものじゃない……密輸しやすくて手ごろな値段の。発行は月に一、二回だ。

ゲルツェン　不正を暴き、実名で告発……それがいい！　大衆版だ！　名前はどうする？　僕は知らず知らずのうちに君を待っていた。ゲルツェンとオガリョーフ！

ナターシャ　（ゲルツェンに見とれて）男の夢を……！　雑誌づくりで、ともに男の夢を見るんだ！

ゲルツェン　そして人々を目覚めさせる……大きな鐘《かね》のように。

オガリョーフ　〈鐘〉だ！　名前は〈鐘〉にしよう！

ゲルツェン　〈鐘〉か！

ナターシャ シーッ！（オリガをなだめながら）小さいうちは大人といっしょにいたがるものよ。わたしには子供の気持ちがわかる——わたしたちに子供をつくることはできなくてもね。（オガリョーフにくちづけして）ええ、それは秘密じゃない。たしかに、ニックが話してくれたときはショックだった。だけどそれでいいことがなかったわけでもないの。マリアが離婚に応じなくて、結婚をあきらめていたころは……

ゲルツェン （笑って）君の奥さんは素晴らしい女性だ。くちづけしてもかまわないかな？

オガリョーフ、愛想よく手を振る。ゲルツェンとナターシャ、さりげなくくちづけする。ゲルツェン、オリガを抱き上げる。

オガリョーフ いかにも僕らしい人生だよ——自分のベッドで目を覚ましたはいいが、どうたどり着いたのかわからない。

ゲルツェン、オリガを抱いて出ていく。オガリョーフとナターシャ、しばらく見つめ合う。オガリョーフは苦悩し、ナターシャは反抗的である。

ナターシャ　なんなの？

オガリョーフ　ナターシャ！　ナターシャ！

ナターシャ、オガリョーフの膝にくずおれ、泣き出す。

一八五七年一月

屋外。

ゲルツェンとブランが喪服姿で雨宿りをしている。

ブラン　気づかれたかな？　遅刻してしまった。

ゲルツェン　そう？

ブラン　入る門をまちがえたんだ。この墓地はだだっ広くて……

ゲルツェン　さあ。こういうことは気が滅入《めい》る。

ブラン　葬儀というのは滅入るもんさ。いいじゃないか――年から年じゅう論争ばかりしなくても。

ゲルツェン　亡命者のことだよ……死にゆく人間が死んだ仲間を土に埋める。喪失感に挫折が重なる。

ブラン　ヴォルツェル伯爵は挫折してはいない。目的を達せずして亡くなったとしても、義務は果たした。

ゲルツェン　どんな義務を？

ブラン　ポーランドのために、大義のために、自己を犠牲にした――人はこうあらねば。

ゲルツェン　どうしてだ？

ブラン　それが人間の義務だからだ――社会の安寧《あんねい》のために自己を犠牲にすることが。

ゲルツェン　僕にはわからない――どうしてそれで社会の安寧が実現するのか。みんなが自己を犠牲にすれば、だれも楽しくないはずだ。ヴォルツェルの亡命生活は二十六年。妻も子供も財産も祖国も捨ててきた。それでだれが得をした？

ブラン　未来の世代が。

ゲルツェン　ああ、そうか――未来か。

ふたり握手を交わす。

ブラン　つぎの葬儀までに会えることを願うよ――とりわけそれが君のなら。

ブラン去る。

ナターシャ登場。

グルツェン　ナターシャ……どうして……？　ニックもいっしょに？

ナターシャ、首を振る。

（間）僕はいつもまちがった葬儀に出ているんだ。コーリャの遺体は見つからなかった。海から救助された若い女性がいて、それは母の女中だった。どういうわけか彼女のポケットにコーリャの手袋が片方だけ入ってた。僕らが取り戻したのはそれだけだ。手袋だけ。

ふたり一瞬、寄り添って立つ。やがて抱き合い、長いくちづけをする。

第二幕

一八五九年五月

ゲルツェン宅の庭。家のなかから、あるいは「通りから」も入ることができる。

ゲルツェン、四十七歳、座り心地のよいガーデンチェアに座っている。ひとりの若者がそばにいる――成長したサーシャ、二十歳である。サーシャはゲルツェンの雑誌〈鐘〉を手に、草の上で横になっている。ターターは「成長して」もうすぐ十五歳になる。怒った様子で庭を後ろ向きに勢いよく歩きながら、ブレイニー夫人の呼び声に答える。夫人も続いて登場し、いまや九歳となったオリガと乳母車の世話をしている。乳母車では乳児（リーザ）が眠っている……つまり場面は冒頭のゲルツェンの夢を思わせる。

ゲルツェン　（サーシャに）いまではロシアに五千部も流れてる！

ブレイニー夫人　ターータ！　ターータ！

ターータ　わたしがそうしたいんだからいいでしょう！　あなたはわたしの子守じゃないんだから！

ブレイニー夫人　オガリョーフの奥さまはどうおっしゃるか！

ゲルツェン　（サーシャに話し続けて）聞いてるのか、サーシャ！〈鐘〉はいまや何万人のロシア人に読まれているんだ――教師にも役人にも――

ターータ、怒って家へ駆け込む。家は見えていてもよいし、見えていなくてもよい。すぐにナターシャと言い争う声が聞こえてくる。

オリガ　（そのあいだに）わたし、お茶飲みたくない！

ブレイニー夫人　もうオリガまで――馬鹿なこと言わないで。

ゲルツェン　（サーシャに）オガリョーフとお父さんはロシアで最初の社会主義者だったんだ――社会主義とはなにかを知る前から。

オガリョーフが庭に登場。歩道から入ってくる。外見的にどこかしら落ちぶれている。

オリガ　（泣き出し）いやったらいや。

ゲルツェン　手当たり次第になんでも読んだ。ルソーやサン＝シモンやフーリエに学び……

タータが家から飛び出す。

タータ　わたし自殺する！

オガリョーフ　（タータに）いったいどうしたんだ？

ゲルツェン　ルルーにもカベーにも……

タータ　あの人、わたしを子供扱いするの。

ブレイニー夫人　失礼なことを言わないの！

タータ　あなたじゃないわ。あの人よ！

オガリョーフ　タータ、ターター……顔を拭いてあげよう……

タータ　あなたもだわ！
ブレイニー夫人　リーザを起こしちゃうでしょう。
ゲルツェン　のちにはプルードンやブランにも……

タータ、そのまま出ていく。オガリョーフ、乳母車をのぞき込み、あやすような声を出す。
赤ん坊が泣き出す。ナターシャがいらいらしながら家から出てくる。

ブレイニー夫人　（乳母車に）ほおら、お父さんが会いにきたわよ。
ナターシャ　ビーツの汁よ！　見た？
ゲルツェン　（サーシャに）プルードンには権威の廃絶を……
ナターシャ　（ブレイニー夫人に）この子までいったいどうしたの？
ブレイニー夫人　お茶を飲まないって言うんです。
オリガ　（怒って）わたし、脂身食べないって言ったのに！
ゲルツェン　（オリガに）お父さんにくちづけして。
ナターシャ　脂身なんかあげない。泣きやまないと浣腸《かんちょう》するわよ。

ゲルツェン　ルソーには自然状態の人間の気高さを……

オガリョーフ、ナターシャを迎える。ナターシャ、感情にまかせて彼を抱きしめ、わっと泣き出す。

（サーシャに）フーリエには調和社会、そして競争の廃絶を……

ブレイニー夫人、家に乳母車を押していく。ナターシャ、感情にまかせて抱擁《ほうよう》を振りほどき、乳母についていく。

ナターシャ　（オリガに）いらっしゃい。オリガは疲れちゃったの！　早めに寝て！

オリガ　疲れてないわ！　疲れてない！

オリガ、反抗するように庭の奥へ引っ込み、見えなくなる。

ゲルツェン　（そのあいだに）ブランには労働者中心の体制を……

オガリョーフ　退屈してるじゃないか、かわいそうに。サーシャは医者になるんだぞ。
ゲルツェン　サン＝シモンには——
オガリョーフ　（懐かしく）ああ、サン＝シモン。肉体の復権か。
サーシャ　どういうこと？
オガリョーフ　人間はみんな、キリスト教的罪悪感にうばわれた生殖器を取り戻す。そう、あれはよかったな——サン＝シモンのユートピアは……専門家による社会の組織化。そしてアレも好き放題。
ゲルツェン　悪いがそれは、生来人間に備わったものをすべて発展させるという話だ——道徳も知性も芸術も——肉欲だけじゃない……そっちの面ではうながす必要のないやつもいたが。
オガリョーフ　そう。恥じもしないし、罪を認めて、二度としないと誓うこともない。
ゲルツェン　君のことだ。
オガリョーフ　僕のことさ。
ゲルツェン　頼む、赤ワインを一杯取ってきてくれ。
オガリョーフ　恋愛について言えば、僕は手のほどこしようのないロマン主義者じゃなかった。ウォッカも一杯。

サーシャ、ゲルツェンをちらっと見る。ゲルツェン、オガリョーフに向かって肩をすくめる。サーシャ去る。

ゲルツェン　僕じゃない。ナターシャだ。彼女は君のことで自分を責めてる。しかもあからさまに。

オガリョーフ　おいサーシャ、ナターシャにしつこく「怒ってるか」って聞くんじゃないぞ。愛想がなくても放っておくんだ。そのほうがうまくいく。

ゲルツェン　（考えて）ああ。それがいい。

オガリョーフ　（考えて）とは言え、放っておくと、かえって神経にさわることもある。わからない。難しいよ。

ゲルツェン　ああ、たしかに。彼女のロジックにはついていけない。

オガリョーフ　とにかく、平静を失わないよう助けてやらないと。

ゲルツェン　そのとおり。でも君も君だ。君が酔うたびに彼女は言うんだ――僕らが君の人生をだめにしたと。僕にはナターシャの求めるものがわからない。彼女は君を求めたかと思うと僕を求めて、それから五分は異様に浮かれて、三人は愛し合っているんだと言う。そうかと思うと、僕を愛するのは道ならぬことだ、おかげで自分は罰を受けてるんだと決めつける。しかも僕がほかの女といる夢を見るらしい。それを僕は否定しなきゃならない。彼女の夢だぞ。僕のじゃない。あれはヒステリーだ。なだめるには親密な関係しかない。妊娠さえしなければよかったんだ。

オガリョーフ　君が妊娠させなければよかったんだ。

ゲルツェン　ああ、そうだ。そのいきさつを知りたいか？

オガリョーフ　僕にはなんでも遠慮なしか？

ゲルツェン　あの夜だ――ツァーリが農奴制廃止の委員会を設置したと聞いたあの日。あとは細かい内容で合意すれば解放だった。もうためらうことはない。どうしたってやってくる。僕は征服者のような気分になって――

オガリョーフ　わかった、もういい、訴えは取り下げだ。（間）そしてリーザはもう一歳になる。

サーシャ、赤ワインのグラスを手に登場する。そしてウォッカの入ったグラスをポケットからそっと取り出す。ゲルツェンにワインを、オガリョーフにウォッカを渡す。オガリョーフ、ウォッカをぐいっと飲み干す。サーシャ、空になったウォッカのグラスをポケットに隠す。

(そのあいだに) 農奴はリーザがおばあさんになるまで待ってはくれない。〈鐘〉だって待てない。我々はどういう立場に立とう？

ゲルツェン　立場はすでに表明した――ペンによる解放、または斧《おの》による解放。ただし斧を使えば地獄を見る。

オガリョーフ　それは明快な立場とは言えないと思うが。

サーシャ　ナターシャがお客さんといっしょだったよ。

ツルゲーネフが家から出てくる。シルクハットをかぶり、フロックコートに花かざり《ブトニエール》を挿《さ》している。

ツルゲーネフ　友よ！

ゲルツェン　ツルゲーネフ！

ツルゲーネフ　調子はどうかね、紳士諸君？　それから若きサーシャも……オリガもいるかな？　いや、いないようだ。呼んできてくれと言われたんだが……

ゲルツェン　ニュースは？　さっそく教えてくれ。
ツルゲーネフ　まずは君から教えてくれないと──僕がラングから注文した猟銃が無事に届いたか。
ゲルツェン　あるよ。ケースから出したこともない。
ツルゲーネフ　それならよかった。君が引っ越してばかりいるから心配したよ──当局に追われているんじゃないかと。
オガリョーフ　サーシャ、飲みものでも……
ツルゲーネフ　いや、いらない。（サーシャに）ナターシャから伝言だ。タータをつかまえて、生死を問わず──それから、アレの話はもうしないって。
サーシャ　「アレ」の話？　（笑って）タータにね？
ツルゲーネフ　僕はそのまま伝えてる。それからオリガも、見かけたら。
サーシャ　あいつはいつも隠れてるから。これからオペラですか？
ツルゲーネフ　（気分を害して）オペラ……？　どうして？
ゲルツェン　その服装のことだよ。
ツルゲーネフ　ああ……
オガリョーフ　君のオペラ歌手とはどうなってる？

ツルゲーネフ　オガリョーフ、いささか余計なお世話だ。
オガリョーフ　ああ、いささか酔っているんだ。
ツルゲーネフ　（サーシャに）生死を問わずだ。
サーシャ、タータを呼びながら去る。
ツルゲーネフ　（こっそり）ちょっとしたいさかいさ――タータがほっぺにビーツの汁を塗ったんだ。なかに手紙をひと包み置いてきた。〈同時代人〉の最新号も――あれを好んで読むやつの気が知れないがね。プーシキンの始めた雑誌がどういうわけでジャコバン派の手に渡ったのか。そう言えば先週、パリでダンテスに会った。プーシキンを殺した男だよ。しかもこれがロシア大使館の晩餐会《ばんさん》で！　我が国のお偉がたにとって、文学とはその程度のものなんだ。
オガリョーフ　君は席を立ったのか？
ツルゲーネフ　席を立つ？　いいや。そうすべきだった。考えてもみなかった。なかに入らないか。じめじめする。
ゲルツエン　なかだってじめじめする。ここで問題ないだろう。

ツルゲーネフ　どうしてわかる？　君の膀胱《ぼうこう》は僕のとはちがうんだ。
オガリョーフ　パリにはどれぐらいいたんだ？
ツルゲーネフ　ほとんどいなかった。僕は……田舎に――狩りをしにね。（オガリョーフに）そう、友人のヴィアルドー一家と。
オガリョーフ　噂《うわさ》があるんだ――ほら、彼女は一度も君に許したことがないと……これはスキャンダルだぞ！

オガリョーフ、家のほうへ去る。

ツルゲーネフ　どうしたんだ？
ゲルツェン　一杯必要なんだ。
ツルゲーネフ　やれやれ。
ゲルツェン　祖国のニュースは？
ツルゲーネフ　僕は新しい小説をカトコフに渡すことにしたよ。
ゲルツェン　〈ロシア通報〉に？　反動派の仲間入りをしたと思われるぞ。
ツルゲーネフ　しかたがない。君も見てきたろう――あの悪党ども、チェルヌイシェフスキーやドブロリューボフが〈同時代人〉になにをしたか。彼らは僕を毛嫌いしてる。僕にも尊厳ってものがあるんだ……チェルヌイシェフスキーを擁護したのはこの僕だ。あいつは文壇にデビューしたとき、こんなことを発見した――「絵に描いたリンゴは食べられない、つまり芸術とは世界のまがいものにすぎない。」それでも僕はかばってやった。「そうです」、僕は言った、「そうです。これは凝《こ》り固まった青二才《あおにさい》の妄言《もうげん》です。芸術のげの字も理解しないハゲワシのヘドだ。虫酸《むしず》が走る。しかし」、僕は言ってやった、「この人物は、なにか時代を左右することがらと切っても切れない関係にあるのです。」なのにあいつは僕の新作を棍棒《こんぼう》代わりにして、僕を叩いた……それというのも、主人公が意志の弱い恋する男だから！　つまり自由主義者だからってことらしい。ついでに言うと、いまや「自由主義者」って言葉はわいせつ語だ。「白痴」や「偽善者」とおなじだよ……暴力的革命より平和的改革を支持する者を意味してる――君もそうだし、〈鐘〉もそう。ドブロリューボフなんかたったの十二歳だ。ま、なんにしても子供さ。二十二歳だったかもしれない。編集室に寄ったとき紹介されたよ。無愛想の見本というか、ユーモアのかけらもない偏執狂《へんしつきょう》で、鳥肌が立った。僕はやつを夕食にまねいた。そしたらなんて言われたと思う？「ツルゲーネフさん、お互い話はやめましょう。僕には退屈だ。」僕は看板作家なのに！　ま、だったと言うか。（間）彼らにはどこか惹きつけられるところがあるよ。

ゲルツェン　（訛《なま》って）「Very dangerous!」［たいへん危険！］動物園の看板に書いてあった。あの「新人類」たちは〈鐘〉を適当にしか読んでいないらしい――彼らが憤慨する部分しか。だがまずは農奴の解放が先決だ。

ツルゲーネフ　でもそのあとは？　〈鐘〉の論調のカマトトぶりはオールドミスも真っ青《さお》だ。そのくせ君とオガリョーフは、やたらと自分のスカートをまくって、中身を披露せずにいられない――そこに隠れているのはなんだ！　ロシアの農民か！　彼らはヨーロッパの農民とちがって、とても自然で純朴だ。そのうちきっとフランス人に見せつけてやる――やつらの破《は》綻《たん》した革命をロシアの社会主義が救うところを……ゆりかごで眠る資本主義の喉《のど》もとにロシアの農民は手をかける。かたや西欧のブルジョワは飢《き》饉《きん》や戦争や疫病やいかがわしい虚飾への道を突き進む。個人的にはね、僕が君を批判するのは、君がセンチメンタルな夢想家だからだ。僕をだれだと思ってる？　僕はロシアの農民のおかげで文学的名声を得た人間なんだ。ロシアの農民はイタリアやフランスやドイツの農民と変わりやしない。骨の髄《ずい》まで保守的だ。彼らもいずれはフランス人に劣らず、ブルジョワ的野心や中産階級的凡人ぶりを発揮するよ。ロシア人はヨーロッパ人なんだ。後《おく》れてはいても、それだけだ。失敬して膀胱を空にさせてもらってもいいかな？　おたくの月桂樹《げっけいじゅ》に。

ツルゲーネフ場を離れる。

ゲルツェン　もうそうしたも同然だ。ロシアがヨーロッパの親戚だからどうだと言うんだ？　だからと言って、おなじ発展の道を行くことはない。どうせ行く末はわかってるんだ。（怒って）これじゃあ話にならない、さっさと［すませろ］――

さえぎるように、舞台の外で、ツルゲーネフが驚きの悲鳴を上げる。オリガが月桂樹の木々のあいだから出てきて、舞台を走り、見えなくなる。ツルゲーネフ、当惑しながら再登場。

ツルゲーネフ　スパイだ！　鹿のように逃げてった。女性で背丈はこれぐらい。いまのは行方不明のオリガかな……

タータとサーシャが登場。ナターシャとオガリョーフが家から出てくる。

ナターシャ　（オリガのほうに向かって叫び）オーリャ！　いらっしゃい！

ゲルツェン　あの子はあそこにクロウタドリを飼ってるんだ。巣があって。

サーシャ　（タータのこと）生死を問わず――まだ生きてるよ。

ナターシャ　ああ、よかった！　タータにあげたいものがあるのよ。

タータ　なあに？

ナターシャ　そんな顔してたら、つけるのがもったいないわ……はい、これ。

頬紅《ほおべに》の小さな容器をタータに渡す。

タータ　頬紅……？　ああ――ありがとうナターシャ……ごめんなさい。

ナターシャとタータ、泣きながら抱き合い、ありがとう、ごめんなさい、許して、などなど。

ゲルツェン　（ツルゲーネフに）用は足したのか？

ツルゲーネフうなずく。

ターター　つけてきてもいい？

ナターシャ　やってあげる。

ゲルツェン　いったいなんなんだ？

ナターシャ、タータの頬にほんのりと紅をつける。

ナターシャ　女のおつとめ。つけて外に出ちゃだめよ、絶対に。

ツルゲーネフ　みんな大きくなったもんだ。（サーシャに）ナターシャから聞いたよ。スイスで勉強するんだって？

サーシャ　はい、医学学校で。休みのあいだは戻ってきます。

ゲルツェン　（ツルゲーネフに）夕食はとっていくんだろう？

ナターシャ　だめなの。これからオペラですって。

タータ　鏡を見てきたい。

タータ、家のなかへ入る。

ツルゲーネフ　そう、そうなんだ、実を言うと。

オガリョーフ　ああ。そいつはいい。

ツルゲーネフ、サーシャといっしょに去る。

ゲルツェン、ナターシャ、オガリョーフ、腰を落ち着ける。

ゲルツェン　（間）で、きょうはどう？　まだ怒ってる？　いや、ただ言ってくれ。怒っているのか、いないのか。ああ、やっぱり怒ってる。

ナターシャ　どうして？　わたしがどうかしたの？

ゲルツェン　とにかく怒ってる。否定しなくていい。僕がきのう、あの動物園の看板のことを言ったからだ。

ナターシャ　なにを言ったの？

ゲルツェン　聞いてくれ――軽く言ったことまで当てこすりと思われちゃかなわない。
ナターシャ　なんの話かわからないわ。
ゲルツェン　だから、ふくれないでくれ。

　　オガリョーフ、腹にすえかね、むっとして家に入る。ナターシャ泣き出す。

こんどはあいつまでいらいらして。頼むから泣かないで。
ナターシャ　あの人はつらいの。わたしたちが心を引き裂いたのよ。どんなにひどい敵だって、あの人をあれ以上傷つけることはできないわ。
ゲルツェン　酒を取りにいっただけだよ。
ナターシャ　でもどうしてお酒を飲むと思うの？
ゲルツェン　ああ、大丈夫さ。オガリョーフは大学でも試験管でアルコールを飲んでたぐらいだから。
ナターシャ　あなたはいつでも正しいのよ。たとえ実際はまちがっていても。ニックのほうがほんとうは正しいのに、あの人だけは文句を言わない、こんなの……こんなのまちがった夢なのに――三人で美しい生活を送って、ふつうの人間的な欠点を超越するだなんて。どうせ欠点はほとんどわたしにあるんだもの……
ゲルツェン　そんなことはない。ただそんなふうに……
ナターシャ　せめてニックがあなたみたいに冷めた愛し方をしてくれたら。
ゲルツェン　ナターシャ、ナターシャ――
ナターシャ　いいえ無理よ、これ以上は。わたしは前から考えていたの。ロシアへ帰るわ。ニックにはもう話してある。
ゲルツェン　なんだって……？
ナターシャ　あの人言うの――わたしは自分を犠牲にすべきじゃない、あなたの愛を一身に受けるべきだって、できるかぎり――だけど――
ゲルツェン　できるかぎり？　だったらどうしてロシアへ帰れる？　どうして子供たちと別れられる？
ナターシャ　リーザを連れていけばいい。
ゲルツェン　僕らの娘をロシアに？　いつまで？
ナターシャ　わからない。わたし姉に会いたいの。
ゲルツェン　オリガはどうなる？　だれが面倒を見る？
ナターシャ　マルヴィーダが。

ゲルツェン　マルヴィーダ……？　どういうことだ？　どうして僕に相談もなしに……？

ナターシャ　わたしはロシアへ帰るの！　ここで人の害になるのはもうたくさん。わたしのためにニックは自分を殺そうとしてるのよ！

一発の銃声。ナターシャ飛び上がり、悲鳴を上げる。ツルゲーネフが新品の二連銃身の猟銃を持って登場する。

ツルゲーネフ　君の息子はおもしろいやつだ。フルハムに肉を食らう獰猛《どうもう》な鳥はいないかと聞いたら、親切にも爪を撃たせてくれたよ。

ツルゲーネフ、そのまま出ていく。

オガリョーフ、封を開いた手紙を手に、家のなかから登場する。ナターシャくずおれ、彼の胸で泣く。

オガリョーフ　おいおい……おいおい……どうしたんだ？　なにが来たと思う——バク

ーニンから手紙だ！　シベリアから！

ゲルツェン　バクーニン！　自由の身か？

オガリョーフ　釈放されて追放刑だ。

ゲルツェン　そいつはよかった！　元気なのか？

オガリョーフ　相変わらずだろう。〈鐘〉の記事に対する苦情の手紙だ。

ナターシャ　（去りながら、オガリョーフに）アレクサンドルにも話した。わたしロシアへ帰るわ！

ゲルツェン、手紙を取って読み始める。ナターシャは去る。

オガリョーフ　そうだ、もう一通あったんだ。

オガリョーフ、ポケットから封筒を取り出す。

大使館から。正式な帰国命令だ……僕はしたがうわけにいかない。そうなると……ナターシャの帰国も許されなくなる。あいつのことだ、きっとひどく……

サーシャが後ろ足で登場、ほとんど垂直に伸びる凧糸を引いている。ツルゲーネフがねらいを定め、もうひとつの銃身を発砲する。

ゲルツェン　これはなにかの夢だ。

クロウタドリが月桂樹のなかでさえずる。

一八五九年六月

ガス灯に照らされた狭い一角がある。ウェストエンドのスラムの街角である。酔っぱらいの喧嘩の声、笑い声、自動ピアノの音など。オガリョーフがメアリー・サザーランドを連れている。

メアリーは三十歳、社会や売春業界の最下層にいるわけではない。きちんと教育された英語をロンドンの労働者階級訛りで話す。オガリョーフはたどたどしい英語をひどいロシア訛りで話す。以下の会話は発音を考慮してはいない。

オガリョーフ　メアリー！

メアリー　また会ったわね。（親しげに）あたしといっしょに行きたいの？

　オガリョーフ躊躇《ちゅうちょ》し、言葉を探す。

オガリョーフ　僕たち……約束と思った。

メアリー　やだ、あなたの英語ったらどうしようもないわね！　聞いてちょうだい——あなたが言ったことはわかるけど、口で言うのは簡単よ。銀行のお金のことじゃない。あれっきり会えなかったかもしれないでしょう。

オガリョーフ　だけど僕は本気だ。

メアリー　（しげしげ眺め）あなた本気なのね、ほんとうに？　それなら……わたしはヘンリーの里親に十七シリングと六セント払ってるの。あの子をそばに置いておけたら、一週間に三十シリングでじゅうぶんやってける。あなたもうちに来ていいわ。誓ってほかにお客は取らない。

オガリョーフ　じゃあ、ぜんぶよし。あした十二時、パトニー・ブリッジで会おう。君と小さなヘンリーのために素敵な下宿を探すんだ。

メアリー　パトニー！　あそこって牛はいるかしら？

オガリョーフ　たぶん。

メアリー　わかった。いいわよ。

オガリョーフ、サーシャの古いハーモニカを上着のポケットから取り出す。

オガリョーフ　ヘンリーに。ちょっと壊れてるけど。

すこし外れた音で吹き、彼女に差し出す。

メアリー　あなたから渡してあげて、あした。ところでやりたい？——お代はもういただいてる。

オガリョーフ　お許しいただけるなら。

メアリー　じゃあ、あなたにも坊やがいるんだ？

オガリョーフ ああ、それはかなしいロシアの物語さ。
メアリー まあ、ごめんなさい。なにがあったの？
オガリョーフ 冬だった。子供たちといっしょに森のなかをうちへ急いでたら、その…
…シャーッて……！
メアリー ソリね！
オガリョーフ それだ。そしたら狼《おおかみ》の声が！
メアリー そんな！
オガリョーフ 狼が追ってきて、近づいてきて……ひとりずつ、僕はしかたがないから
子供たちをソリから投げた……
メアリー なんですって⁉
オガリョーフ 最初に小さなイワン、それからパーヴェル、それからフョードル……カ
テリーナ、ワシリー、エリザヴェータ、双子のアンナとミハイル……
ふたり腕を組んで去る。メアリー笑っている。

一八五九年七月

庭。ゲルツェンがチェルヌイシェフスキーとふたりでいる。チェルヌイシェフスキーは三十一歳、赤毛、声はテノールで甲《かん》高くなることもあるが、いまは落ち着いて真剣な面持《おも》ちである。死後、ボルシェヴィキのこよみにおける初期聖人のひとりとなる人物である。〈鐘〉をぱらぱらといい加減に読んでいる。

チェルヌイシェフスキー（訛って）「Very Dangerous!」……ドブロリューボフもわたしも思ったんですが、どうして英語の題名なのか。

ゲルツェン（肩をすくめ）動物園の看板に書いてあったんだ。

チェルヌイシェフスキー（笑って）そうですか――気をつけて。わたしも嚙みつきますよ。この記事のおかげで、あなたにはおおぜい味方ができた。自由主義者だけじゃない――反動主義者も。

ゲルツェン 当然だ。連中も大よろこびだろう――我々に意見の食いちがいがあれば、たとえちょっとした……いや、実際にはなにがちがう？――ものの言い方、先輩に対する無礼な態度。君たち恩知らずな新人類に対して、わたしが自分の世代を弁護するのは当然だろう？　異議を申し立てるのはいいが、いくらなんでもひねくれている……修道院じゃあるまいし、食事や絵画や音楽を楽しむだけで破門とはな。反体制勢力から楽しみは消えてしまったわけだ。

チェルヌイシェフスキー　楽しみ。

ゲルツェン　そう。

チェルヌイシェフスキー　わたしは結婚したとき、自分の人生がどうなると思うか、花嫁に話をしたんです。「革命はもはや時間の問題だ。」わたしは彼女に言いました。「時が来れば、僕も参加しなければならない。もしかすると強制労働や絞首刑で終わるかもしれない。」そして彼女にたずねました。「こんなことを聞いたら動揺するだろう？　僕にほかの話はできない。これが何年も続くかもしれない。こんなふうに考える人間はめったにいないだろう。ひとり挙げれば」、わたしは言いました、「ゲルツェンだ。僕はほかのどんなロシア人よりも彼のことを尊敬している。彼のためならどんなことでもするつもりだ。」（間）わたしはあなたの著書を読みました——『向う岸から』、『フランス・イタリアからの手紙』。あれはあなたの楽しみではなかった。あれはあなたのかなしみであり、怒りであり……そう、それにあのあざやかさ！　わたしはあなたに感動した。ところがいまや、あなたの文章は読むに耐えない。華《はな》やかなものはいらないんです。わたしには胃がもたれてしまいます。わたしがほしいのは黒パン――つまり事実と数字、分析です。わたしは身を粉にして働いている。なのにあなたやあなたのお仲間は相も変わらず上流の生活を送っていた。あなたの世代は大義を夢見るロマン主義者だった。革命家でいるのが好きだったんです。実際にどうかは知りません。わたしのような人間にとっては、毎日が生活をかけた闘いだった――作物の不作、コレラ、馬泥棒、盗賊、狼の大群……みじめな生活を逃れるには、飲んだくれになるか、聖なる阿呆になるしかない。実際ごろごろいましたよ。わたしは自分の生活が好きではありません。いまのわたしには、あなたのためでも、するつもりのないことがあります。

ゲルツェン　たとえば？

チェルヌイシェフスキー　わたしはツァーリや政府の善意を信じるつもりはありません。なにより、〈鐘〉に書かれた改革についてのたわ言に耳を貸すつもりはありません。必要なのは斧だけです。

ゲルツェン　そのあとは？

チェルヌイシェフスキー　腹を満たして組織化です。

ゲルツェン　腹ではなくて頭のなかだけだ。組織化だと？　狼の大群がサラトフの街を自由に歩き回ることになるぞ！　だれが組織化をおこならんだ？　ああ、そうか――君たち革命エリートか！　それには助けが必要だ。民衆の組織化をおこなうには、君たち独自の警察権力をもたねばならない。敵が粛清《しゅくせい》されるまでは――当然だろう！　パリでわたしは、排水溝に血が流れるのをいやと言うほど目にしたよ。平和的段階による前進――たわ言だろうがなんだろうが、息の続くかぎり訴えるつもりだ。

チェルヌイシェフスキー　いいでしょう。それは明快だ。ドブロリューボフにも話したんですが、今回の目的はただひとつ、あなたとの直接会談です。それで我々にもわかるはずだ――なぜ〈鐘〉は反乱への扇動を拒否するのか。

ゲルツェン　反乱など起こせば、奴隷の所有者をおおいに満足させるだけだ。改革派の人間までが保守派の権力のもとへ走ることになる。

チェルヌイシェフスキー　ええそう、「Very dangerous」だ。しかし、体制が方向を改めてしまえば、ますます生き長らえてしまう。

オガリョーフ登場。

あなたの方法論には一貫性がない。あなたのプ、ロ、グ、ラ、ム、はなんなんです？

オガリョーフ　上または下からの農奴制の廃止――ただし下から以外で。大事な話には間に合ったようだ。チェルヌイシェフスキーだな……オガリョーフだ。イギリス流に「シェイクハンド」しよう。

チェルヌイシェフスキー　（握手しながら）お目にかかれて光栄です。

オガリョーフ　こちらこそ。申しわけない……（ゲルツェンを横目で見て）病気の友人を見舞っていてね。待ちくたびれたんじゃないか？

チェルヌイシェフスキー　いいえ、ちっとも。わたしも道に迷ってしまって。

オガリョーフ　警官に道を訊いたか？

チェルヌイシェフスキー　警官に？　いいえ。

オガリョーフ　訊くべきだ。君のことを「サー」と呼んでくれる。一種の公共サービスらしい。彼らは迷子のためにいるんだ。ロシア人はこの街へ来ると、警官の多さにおのずと緊張してしまう。何週間も経ってからわかるんだ――警官はどんな場所でも教えてくれると。僕もさっきパトニーで、近所の薬屋の場所を聞かなきゃならなかった。（ゲルツェンに）メアリーの具合が悪くてね。連れてくるしかなかったよ。

ゲルツェン　連れてくるって……？

オガリョーフ （ヘンリーとふたりきりにして帰るわけにはいかなくて。（チェルヌイシェフスキーに）いつまでいるんだ？

チェルヌイシェフスキー イギリスに？　あす発《た》ちます。

オガリョーフ だけど着いたばかりじゃないか。ロンドンは研究しがいのある街だ。路上に寝るしかない人間が毎晩十万人。そのうちかなりの人数が毎朝死ぬんだ。食事だけでも二ポンドは下らないホテルのそばで、彼らは餓死する。その一方で、警官は人を勾留したら治安判事に理由を示す必要がある――二日以内に。そうしなければ釈放だ――結局は餓死かもしれないが。いくら自由でもロンドンの貧しい人々はフランスやロシアの乞食《こじき》よりも貧困にあえいでいる。そしてフランスやロシアの人人はロンドンの乞食なみの自由さえも保障されていない。これは正確にはどういうことだ？　貧困と自由とは相性がいいのか、それともイギリス流のユーモアか？自由だけじゃない。こんなにも多くの奇人変人は見たことがないし、実に多様な人間性が許容されている。我々はまわりになにがあるのか見ちゃいない。ここに集まって――庭やなかのテーブルで――延々《えんえん》ロシアの状況について議論している。が、すべての場所のすべての人間にとってなにが最善かは議論していない。

ゲルツェン 「すべての場所のすべての人間」なんてものはない。ロシアにとってのいまの答えは共同体の社会主義だ。
チェルヌイシェフスキー　共同体の社会主義じゃない。共産主義的社会主義です。何百万の人々が労働と収穫を分かち合う――
ゲルツェン　（怒って）ちがう！　ちがう！　この長い旅に乗り出したのは、そんな蟻《あり》塚のユートピアにたどり着くためじゃない。

ナターシャ、リーザの乳母車を押しながら登場する。

ナターシャ　なにを怒っているの？

乳母車を近くまで押してきて、椅子に座る。チェルヌイシェフスキー、礼儀正しく彼女のために立ち上がる。

オガリョーフ　（ナターシャに）君はもう……？　長くはならない、せいぜい……
ナターシャ　（いきなり）アレクサンドル！　わたしたちに、ううん、あなたにお客さまよ！

ゲルツェン　は？　チェルヌイシェフスキーだよ！　さっき水を出したじゃないか。
ナターシャ　（笑って）この人、わたしがボケたと思っているんだわ。お水しかお出ししませんでした？　お恥ずかしい。
チェルヌイシェフスキー　それで結構でしたから、ほんとうに。
ナターシャ　（ゲルツェンに）メアリー・サザーランドのことよ。
ゲルツェン　だれ？……ああ……
ナターシャ　（チェルヌイシェフスキーに）パトニーのサザーランド家のご令嬢なんです。
チェルヌイシェフスキー　ああ、そうですか。
オガリョーフ　（ナターシャに）かまわないだろう？
ナターシャ　ここはアレクサンドルの家なのよ、あなた。わたしたちの家じゃないんだから。（ゲルツェンに）行ってきたほうがいいわ……ニックはもう入れてしまったけれど――黄色い部屋に。
ゲルツェン　黄色い部屋って？
ナターシャ　アレクサンドル、黄色い部屋はひとつだけよ。
ゲルツェン　流い場？

ナターシャ 黄色いバラの壁紙の部屋よ。
ゲルツェン ああ……泊まるのか？
ナターシャ それがみんなの知りたいところね。
ゲルツェン （オガリョーフに）泊まるわけじゃないだろう？
　オガリョーフ答えない。リーザがぐずり出す。
チェルヌイシェフスキー わたしはそろそろ行かないと。
　無視される。状況が把握できず、居心地が悪い。
オガリョーフ 長くはならない、せいぜい彼女が……
　リーザ、さらに大きな声でぐずり出す。オガリョーフ、この機に乗じて乳母車のところへ行き、動揺しながら揺り動かす。

ナターシャ　子守は女中の手伝いでいそがしいの――踊り場からソファを運んでいて。
ゲルツェン　なんのために？
オガリョーフ　ヘンリーのために。
ゲルツェン　息子も連れてきたのか？
オガリョーフ　だってしょうがないだろう？

オガリョーフ、乳母車をゴンと叩く。リーザ泣き出す。オガリョーフ、乳母車を揺り動かしながら、リーザに話しかける。

ナターシャ　（我を忘れてゲルツェンに）自分のお父さんにいてほしいんだわ。

ゲルツェン、激怒する。チェルヌイシェフスキーは困惑してしまう。

（リーザに、前言撤回して）ほらほら、ごらんなさい、お父さんよ……

チェルヌイシェフスキー　（乳母車をのぞき込みながら、オガリョーフに）お父さんにそっくりですねえ。

タータ、家から出てくる。

ナターシャ　（ゲルツェンに）早く行かないと手遅れになるわ。女中が大騒ぎしてしまったの——しかもタータの目の前で。

タータ　（やってきながら）英語の「ファンシーウーマン」ってどういう意味？

ナターシャ　なんてこと聞くの、タータ！

タータ　（オガリョーフに）でもあの女の人、お父さんのベッドで寝てるのよ。小さな男の子もいっしょなんだけど、名前を言わないの。ここに住むわけじゃないでしょう？（チェルヌイシェフスキーに）ああ……タータ・ゲルツェンです！

チェルヌイシェフスキー　（握手しながら）さようなら。

タータ　まあ。さようなら。

チェルヌイシェフスキー、オガリョーフに握手し、それからナターシャの手を取って一礼する。

(そのあいだゲルツェンに)ナターシャが、お姉さんに会いにドイツへ行くとき、わたしも連れてってくれるって。

ゲルツェン　オリガはどうする?

タータ　わかるでしょう——ふたりがいっしょにいたらどうなるか。

チェルヌイシェフスキー　(ゲルツェンに)では失礼します。

ゲルツェン　もう行くのか?

ゲルツェン、チェルヌイシェフスキーを数歩案内する。

ナターシャ　(オガリョーフを耳もとでとがめ)おかしいんじゃないの?　あの人は……あの人は……

タータ　ファンシーウーマンよ。

ナターシャ　(タータに)うちへ入りなさい!

タータ去る。

ゲルツェン　（チェルヌイシェフスキーに）わたしがもっとも恐れているのは、西欧のように、知識階級と大衆とのあいだにへだたりができてしまうことだ。だが最悪の事態にはならないだろう。我々はただでさえ少数派だ。地盤が割れることはない。ロシアのためにおなじ望みをいだいているんだ。

チェルヌイシェフスキー　またげないほど広い溝ではありません。

ナターシャ、小声ながら執拗《しつよう》にオガリョーフを責め立てていたが、家のほうへ歩き去る。

ゲルツェン　それでもわたしは正しいよ。たとえまちがっていても正しいんだ。

ナターシャ　（ふと耳にし、退場しながら）ほらね!?

チェルヌイシェフスキー　もし民衆が待ってくれなければ？

ゲルツェン　そのときはわたしが正しかったとわかるだろう。

チェルヌイシェフスキー　あなたはツァーリに失望しますよ。

ゲルツェン　それはない。

チェルヌイシェフスキー　あなたはそこに〈鐘〉の命運を賭けたんです。きっとすべてを失うでしょう。

ナターシャに続いて、ゲルツェンとチェルヌイシェフスキー退場。オガリョーフ、人知れず体の苦痛を感じ、てんかんの発作で倒れ込む。ヘンリー・サザーランドが庭に出てくる。ヘンリーは小柄で栄養不足、貧しい身なりだが、こぎれいにしており、どこかおびえた様子である。ほどなくしてオガリョーフに気づく。駆け寄って介抱《かいほう》するが、明らかにはじめてではないらしい。オガリョーフ、発作が治まると、椅子に倒れ込むように腰かけ、しばらく黙っている。ヘンリーを安心させようと笑顔を見せ、なにか身振りをする。ヘンリーはそれを理解し、ポケットからハーモニカを取り出して、たどたどしくもオガリョーフのために吹いてみせる。

つなぎの場面――一八六〇年八月

ブラックギャング渓谷。

音の風景《サウンドスケープ》――岩場で砕ける波、突風に乗って聞こえる甲高い海鳥の鳴き声…

……人影（ニヒリスト）が風を受けて立つ。暗闇に浮かび上がるように表現される。（ブラックギャング渓谷は船の遭難で悪名高いワイト島南岸の峡谷である。）

一八六〇年八月

海辺（イギリス南部ワイト島、ヴェントナー）。

場面の移り変わりで滞在客が互いに会釈して言葉を交わし、歩いていく。意外なことに、やり取りはすべてロシア語である。「おはようございます――けさはご機嫌いかがですか？――結構なお天気で――いつお発ちです？」などなど。

滞在客　Kakaya u vas yeda? – Vy zdes' perviy raz? – Vy zdes' byli v buryu? – Mne nravitsya vash zontik. – Vy mozhete kupit' ih na prominadee. – General Tolstoy I yevo zhena mne poklonilis' – vy videli? – V proshlom godu ne bylo takoy tolpy. – Deti katalis' na poni. – Bud'te ostorozhny na beregu. – Segodnya vecherom mi vernyemsya na materik na parome. - Russkie zdes' ochen' populyarny. - V nashem otele budut tanzy. - Dobroye utro. - Kak dela? - Vy vyglyadite zdorovoy.［食事はいかがです？――こちらははじめて？――ここの嵐は経験されました？――遊歩道で買えますよ。――わたしはトルストイ将軍と夫人にあいさつされました。――ごらんになりました？――去年はこんなに人はいなかったのに。――子供たちが小馬に乗っています。――海岸では気をつけて。――今晩、わたしたちはフェリーで大陸へ帰るんです。――ここはロシア人に人気なんですよ。――ホテルで舞踏会があるでしょう。――おはようございます。――ご機嫌いかがですか？――お元気そうで。］

ひとりの若い男――医者――際《きわ》立って簡素な服装で、遊歩道と浜の境《さかい》にあるベンチに座っている。男は新聞を持っている。週刊の地元紙である。ツルゲーネフが登場し、ひとりかふたりに帽子を軽く上げて会釈し、男とおなじベンチ、または近くのベンチに腰かける。ポケットから本を取り出して読む。一方マルヴィーダとオリガが浜に登場している。オリガは小エビ獲《と》りの網を持っている。マルヴィーダは貝殻を集め、子供用のバケツに入れている。

オリガ　ねえ思わない——エビになれたらなって？

マルヴィーダ　エビに？　あんまりねえ。ベートーヴェンもないのよ、オリガ！　シラーもハイネも……

オリガ　そんなのかまわないわ、エビになったら。

マルヴィーダ　でもエビになったら、女の子が網でわたしをつかまえにくるかもしれない。

オリガ　悪くはないわ。人間だっていろんな目にあうもの。

マルヴィーダ　まあ、哲学者ね。（貝殻をひとつ拾う）そこにきれいなのがある……生きてるのかしら——だれかいますか？　まあ、運の悪い子ね。だけど額縁の飾りになるんだから、きっと運はいいほうよ。

オリガ　クリスマスにはみんな絵の額縁を買うの？

マルヴィーダ　あら、わたしたちはもっとお利口さんじゃない？

オリガ　わたしは額縁がいいわ、マルヴィーダ。

マルヴィーダ　貝殻を飾った額縁に鏡を入れたら素敵じゃない？

オリガ　自分の顔は見たくないもの。わたしが見たいのはマルヴィーダの顔！　（笑って、マルヴィーダを抱きしめる）あそこにパパのお知り合いがいる。

マルヴィーダ　見てはだめ。新聞を持ってるほう、もうひとりのほう？

オリガ　もうひとりのほう。ツルゲーネフさんっていうの。有名な作家よ。

マルヴィーダ　ロシアの作家はみんな有名。ドイツでは一生懸命努力しないと、有名な作家にはなれないわ。

オリガ　マルヴィーダ、ナターシャがドイツから帰ってきたらどうなるの？

マルヴィーダ　行ってしまったばかりなのに、もういつ帰ってくるか心配なの？　いらっしゃい、あそこに岩の水たまりがある。

オリガ　わたしはこのままマルヴィーダのうちに住みたいの。パパは会いにくればいいわ……

マルヴィーダ　がんばってナターシャを好きにならないと。

オリガ　（考えながら）ときどきは好きよ――ヒストリーじゃないときは。ヒストリーになると、なだめるには親密な関係しかないの。

オリガとマルヴィーダ去る。

ツルゲーネフ、医者が脇に新聞を置いたことに気づく。

ツルゲーネフ　すいません……新聞を見せていただいてもいいですか？

医者　あげます。もう読みました。

　　いやに無愛想な口調である。

ツルゲーネフ　ありがとう。自分のを捨ててしまったんだ。取っておこうと思ったんだけれど、うっかりしてね……ああ、ここだ……これ、ほんとうにいらないんだね？と言うのも……

　　ツルゲーネフ、ポケットから小さなペンナイフを取り出し、丁寧に新聞を切り取る。

医者　（そのあいだに）ツルゲーネフさんですか？

ツルゲーネフ　そうだよ。

医者　お名前はおおよそ、新聞や著名な滞在客のリストで。どうして僕がロシア人だとわかったんです？

ツルゲーネフ　統計的な可能性だよ。夏の動物界の神秘のひとつだ。八月になるとイギリス南岸の小さな島にロシア人が渡ってくる。言わば植民地だ……しかし、どこかで会ったことがあるんじゃないかな？

医者　いいえ。

ツルゲーネフ　ペテルブルクでは……？

医者　ないと思います。あなたとちがって文学の世界には……僕はあなたの読者でもない。実用性のある本しか読みません。

ツルゲーネフ　ほんとうに？　でも機会はあるだろう……海辺で自然を満喫していれば……

医者　自然ですか？　自然は事実の寄せ集めにすぎない。あなたが満喫しているのはロマンチックなエゴイズムです。

ツルゲーネフが持っている本の題名を見る。

プーシキンね！　だれにもなんの役にも立たない。やめなさい。ちゃんとした配管工には詩人の二十倍の価値がある。
ツルゲーネフ　ああ。君は配管工か？
医者　いいえ。
ツルゲーネフ　まあ、ちゃんとした配管工には詩人の二十倍の価値がある。その点で君に反対する人はいないだろう。しかしわたしの本だって、樽《たる》の口に栓《せん》をする以上に有益なものと思いたいよ。
医者　まあ、それはない。有益な本ならマッケンジーの『痔《じ》よさらば！』にしてください。
ツルゲーネフ　（熱心に）ああ、あれはものすごくいい。
切り抜きをかかげる。
君は読んでないかもしれないけれど、ハロウェイの錠剤の広告が載ってる。これもすごいよ！　（読み上げて）「……特別調合により、胃、肝臓、腎臓、肺、皮膚、膀胱に作用、血液を浄化し、あらゆる病気を治療します……」試す価値がありそうだと思ってね。しかし君の痔の話に戻ると――

医者　僕は痔じゃない。

ツルゲーネフ　なんだ。それはうらやましい。でもいざというときのために教えてあげよう。わたしはね、マッケンジー医師の本を読んでいると、自分のそいつが気になってしょうがなかった……ところがプーシキンを読んでいると、すっかり忘れてしまっている。実用性。それはわたしも信じている。

医者　でもいまの時代、それ以外のものは信じないことだ。

ツルゲーネフ　いまの時代？

医者　はい。

ツルゲーネフ　なにも？

医者　なにも。ニエンテ。ニヒル。

ツルゲーネフ　進歩も道徳も芸術も？

医者　進歩や道徳や芸術は特に。事実という権威、それだけだ。ほかはすべて感傷にすぎない。

ツルゲーネフ　だけど科学は信じている。

医者　権威としては信じない。ハロウェイの錠剤は効き目があれば信じます。でもいま切り抜いた広告によれば、ハロウェイの錠剤も、宗教、哲学、政治、教育、法律、家族——あらゆるいんちきと同類だ。お人好しにつけこんで、我々をあやつろうとしているんです。

ツルゲーネフ　でもそれではあとに多くを残さないことになる。

医者　なにも残らない。いまはニヒリストの時代だ。

ツルゲーネフ　ああ、なるほど……ニヒリスト。君の言ったとおりだ。どこかで会ったことはない。ただ、わたしはいつの間にか、君たちのことが気になっていたんだ。このあいだ嵐の日があっただろう。あの日わたしはブラックギャング渓谷を見にいった。行ったことはあるかい？　遠くはない。崖の上を西へ行ったところだ。てっぺんは草むらで、断崖のへりまで広がってる。その百二十メートル真下では、海の怒濤《どとう》が岩場や小石の浜に打ち寄せて、狭い谷のはざまでしぶきを上げている。そこがブラックギャングと呼ばれているんだ。あの轟音《ごうおん》は言葉では言い表わせない。うめきやおえつ、大砲や鐘の音が荒れ狂う海の心臓から聞こえるようだった。そこはまるで世界の始まりだ。四つの元素が我々の薄っぺらな安らぎをあざけり、恐怖と死だけが約束されている。そこに我々の希望はなかった。すると突然、心のなかにひとりの男が現われたんだ。名もない黒い影。力強く、歴史のない、大地から生《は》えてきたような姿で、彼の悪意は徹底している。そのとき思った——この男について、わたしは一度も読んだことがない。どうしてだれも書かなかったのか？　そしてわかった——彼は未来で、時代に先駆けてやってきた。そして彼もまた破滅の運命にあると。（間）わたしは君をどう呼べばいいのか。

医者　どうぞ、バザーロフと。

かすかにくり返されていたブラックギャング渓谷の音が大きくなる。ツルゲーネフと医者、そのまま海を眺める。

一八六一年三月

庭。タータが絵を描いている。舞台の外で二歳のリーザがわめき出す。タータはあたりを見回し、いらいらしながらため息をつく。ブレイニー夫人があわてて登場する。

タータ　イラクサの茂みのなかよ。

ブレイニー夫人　見ててあげることになってたでしょう。

タータ　なってたわ。

乳母、リーザを助けにいく。オガリョーフが新聞を手に、興奮した様子で登場する。タータ、彼に会えてよろこぶ。

オガリョーフ　（オガリョーフに）パパはおじさまに電報を打ちにいったのよ。パトニーのうちの三流紙にまで載ってたんだ――想像できるかい！

チャーティスト運動家のイギリス人ジョーンズとキンケルが、家のなかから登場する。

ジョーンズ　I say!――I say!――オガリョーフ！――農奴解放だ！

キンケル　Wunderbar!［素晴らしい！］ゲルツェンはどこだ？

ジョーンズが手を差し出す。オガリョーフは握手して彼を抱きしめ、そしてキンケルを抱きしめる。

ジョーンズ　Oh, I say!

　ブランとチェルネッキーが家のなかから登場。

チェルネッキー　（泣きながら〈鐘〉を振り）信じられない！　信じられないよ！

ブラン　オガリョーフ！　Felicitation!［おめでとう！］

ジョーンズ　（タータに）君も誇らしいだろう！

ブラン　ゲルツェンは？

ジョーンズ　ツァーリはお父さんが寄せた希望をすべて正しいと認めたんだ。

　ゲルツェンが庭の外から駆け込む。ナターシャ、ブーケを持って家から出てくる——続いてルドリュ＝ロランも。

ゲルツェン　パーティーを開こう、ロンドンじゅうのロシア人のために。

ナターシャ　これを見て！　マッツィーニからよ！

メイドがグラスの載った盆を持って登場する。

ルドリュ＝ロラン　Bravo, Herzen!［ブラヴォー、ゲルツェン！］

ジョーンズ　農奴五千万人の自由に！

キンケル　斧ではなくペンに！

オガリョーフ　君のペンに、サーシャ！

ゲルツェンとオガリョーフ、抱きしめ合う。ほかの男たち、ふたりに喝采を送る。ゲルツェン、ナターシャのもとへ駆け寄り、抱き上げて回る。

ゲルツェン　勝利だ！　我々の勝利だ！

全員グラスを取る。

オガリョーフ　平和的段階による前進。君は打ち勝った！

ゲルツェン　Na zdorovye!［乾杯！］
全員　Na zdorovye!［乾杯！］

乾杯して飲む。全員、詰めかけるように家のなかへ戻る――にぎやかに。
ゲルツェンとナターシャはあとに残り、熱いくちづけを交わす。
やがて月夜となる。

そして九カ月後（一八六一年十二月）

屋内。クリスマスであることがわかる。元気よく泣き声を上げる生後一カ月の赤ん坊をゲルツェンが腕に抱いて歩き回る。一方、ナターシャがその双子のきょうだいに乳をやっている。オガリョーフがテーブルで紙仕事をしている。ナターシャの椅子またはソファに大きな赤旗が上がけとして優美にかかっている。ロシア語で「自由」の文字が刺繍《ししゅう》されている。

ゲルツェン　みんな浮かれすぎたんだ。それとも僕だけか。

ナターシャ　だれもがよ。それはあなたのせいじゃない。農奴の解放はロシア的なやり方でおこなわれたの。農奴たちの前に自由を放り出したのよ――野犬の群れに骨を投げ込むみたいにね。農民は自由だと言われたら、耕してきた土地が自分のものになると思うでしょう。なのにふたを開けてみると、なにひとつ自分のものにはならないし、土地の使用料まで払わなきゃならない。まあ、どう見ても、自由っていうのは薄気味悪いくらい農奴制に似てるわ。

ゲルツエン　チェルヌイシェフスキーはいまごろほくそ笑んでるだろう。一千以上の領地で暴動……死者は何百人……祝いの席にと焼いた肉が弔《とむら》いの席を飾ったんだ。うちの招待客は何人だった？

ナターシャ　何百人。

ゲルツエン　楽団も呼んで、七千個のガス灯で屋敷を照らして……（憤激してオガリョーフに）坊やを頼む、女の子だっけ、どっちがどっちだか……

ナターシャ　わたしの旗も――見て、情けない……

オガリョーフ　（赤ん坊を受け取りながら）部数は減ったし、入ってくるネタも少なくなった。紙面が埋まらないと売りようもない……

玄関のほうが騒がしくなり、ゲルツェンを呼ぶ大声がする。

ゲルツェン なんの騒ぎだ？

バクーニンが飛び込んでくる——巨大で毛むくじゃら、迫力のある男で、皇帝のように闊歩《かっぽ》する——メイドがついてくる。

メイド I didn't let him in, he says he lives here!［わたしが入れたんじゃありません。この人、ここに住むって言うんです！］

バクーニン どうしたいったい？　仕事にかかる時間だぞ！

ナターシャ、やや困惑して悲鳴を上げる。

マダム！　ミハイル・バクーニンです！

彼女の手をつかんでくちづけし、身をかがめてのぞき込む。

お乳に吸いつく赤ちゃんほど愛らしいものはありませんなあ。

　オガリョーフの手をつかみ、握手する。

オガリョーフ。めでたいじゃないか！　男か、女か？

ナターシャ　さあね。

オガリョーフ　ひとりずつです。

ナターシャ　君に会えるとはほんとうにびっくりだ。脱走劇のおかげで、君はいまや有名人だぞ。

オガリョーフ　太ったな！

ゲルツェン　ぜんぶ話してくれ。いったいどうやって……

オガリョーフ　待ってちょうだい——わたしがいないときに始めないで！　ブレイニーさん！

ナターシャ

　もうひとりの赤ん坊をオガリョーフから受け取る。

バクーニン なんてことはない——アメリカの船——日本——サンフランシスコ——パナマ——ニューヨーク。金を送ってくれて礼を言うよ——そしてけさ、リヴァプールに上陸だ。ここで牡蠣《かき》は手に入るか？

ゲルツェン 牡蠣？　もちろんだ。（双子を抱えて出ていくナターシャに）牡蠣を四ダース買いにやってくれ。

バクーニン なんだ……いまはないのか？

ゲルツェン ほんとうにバクーニンなのか？

バクーニン ところで辻馬車を待たせてある。金を貸してくれないか？

ゲルツェン （笑って）やっぱりバクーニンだ。やれやれ。都合してやろう。

バクーニン ワン・フォー・オール、オール・フォー・ワン。大いなる業《わざ》を始めようじゃないか——〈鐘〉を打ち鳴らして。

ゲルツェンとオガリョーフ、目を見交わす。

つぎの革命はどこだ？　スラヴ民族はどうなってる？

ゲルツェン　どこも平穏だ。
バクーニン　じゃあイタリアは？
ゲルツェン　平穏だ。
バクーニン　ドイツは？　ハンガリーは？
ゲルツェン　どこもかしこも平穏だ。
バクーニン　そいつはいい。さいわいにして俺が帰ってきた。どこに座ればいい？

一八六二年六月
興奮した身振りでタバコを吸う人々が、バクーニンを照らす明かりのまわりに集まる。
声は互いに重なり合う。傍線部がバクーニンの台詞である。メイドがお茶を運んでくる……

声　（重なり合って）……君がこいつをブダへ届ければいい。ほぼ途中にある。ザグレブに着いたら、ロミックがイェリネクって名前でホテルにいる……一万人の愛国者が号令を待ってるんだ。――パリにいたころのあいつを知ってる。あれは信用できない。――彼らには至急五十ポンド必要だ。――防衛隊の半分は我々の味方だ。――いや、機が熟すまで、委員会のメンバーは互いに身分を伏せておけ。――Thank you, you're an angel, and another bowl of sugar!［ありがとう。君は天使だ。それから砂糖も！］

場面が再構成されて社交場となるが、スラヴ人陰謀者たちのやり取りは引き続きおこなわれる。ゲルツェンが机に向かって一通の手紙に二、三行書き加えている。客のパーヴェル・ヴェトシニコフがそばに立ち、その手紙を受け取ろうとしている。

バクーニン、こんどはロシアの将校コルフひとりを相手にしており、彼をゲルツェンのもとへ連れていく。コルフは若く、内気で無口、私服を着ている。ナターシャがツルゲーネフに錠剤と水を一杯持ってくる。ツルゲーネフは若い男セムロフと会話している。タータがナターシャを引っ張り、気を引こうとする。

と同時にオガリョーフ、旗をソファに置き直そうとしていたところ、客であるペロトキンの視線に気づく。ペロトキンはワイン一杯と葉巻を手にしている。

ペロトキン　それはなんです？　旗ですか？

オガリョーフ　そうだよ。

ペロトキン　なんて書いてあるんです？

オガリョーフ　「自由」だよ。妻がつくったんだ。

ペロトキン　少々やけくそに聞こえますね。（笑いながら自己紹介する）ペロトキンです。

オガリョーフ、ペロトキンのあいさつに応えるが、ひと言ことわって場所を見つけ、書きものをする。ずっとノートに書き続ける。最初の数ページは封筒に入れられ、ヴェトシニコフのポケットに入る――ゲルツェンが追伸を書き終わってから。また、つぎのページはあとで読み上げるものである。

ツルゲーネフ　（セムロフに）ごく単純だ。バザーロフという名前だからバザーロフと呼んだんだ。

ナターシャ　（やってきて）そこにいたのね……これを飲んで。

ツルゲーネフに錠剤を渡す。

タータ　（ナターシャに）パパに聞いてくれた？

バクーニン　（ゲルツェンに）コルフ中尉がルーマニアへ向かわねばならない。緊急事態だ。

ゲルツェン、オガリョーフから渡されたページに追伸を加えている。

ゲルツェン　（書きながら）ちょっと待って。

ツルゲーネフ　（薬を飲み込みながら）うっ……ありがとう。

タータ　（ナターシャに）だめならわたし自殺する。

セムロフ　（錠剤の箱をよく見て）待って――いまのは座薬だ……

ナターシャ　（タータに）いまは聞けないの。上へ上がって。あとでわたしも行くわ。

タータ出ていく。

ゲルツェン　（バクーニンに）コルフ中尉に二十ポンド？

バクーニン　大義のためだ。こいつは見上げた男だぞ。みすみすこのチャンスを逃すのは罪だ。

セムロフが笑いながら場を離れ、ペロトキンがツルゲーネフのもとへやってくる。

セムロフ　（ひとりの客に）聞こえたか？　ツルゲーネフが座薬を飲み込んでしまった……。

ゲルツェン　（バクーニンに）むやみに人を巻き込むんじゃない。

ツルゲーネフ　だれだ、あの阿呆は？

ペロトキン　バクーニンさんの友人ですよ。わたしはあのかたを心から信頼しています……ペロトキンです。わたしもバクーニンさんの友人です。読みましたよ――ニヒリストに関するあなたの小説。言わせていただきますと……

ツルゲーネフ　言わなくていい。

ゲルツェン　（コルフに、握手をして）日曜日に昼食に来たまえ。楽しむといい……

ゲルツェン、手紙に封をしてヴェトシニコフに渡す。バクーニン、コルフを連れて去り、請け合って言う。

バクーニン　俺に任せておけ。

ツルゲーネフ　（ペロトキンに）なかには気に入ってくれた人もいるんだが……おおむねわたしは裏切り者と呼ばれている——左派と右派の両方から。一方からは、急進派の若者を悪意で滑稽《こっけい》に描いていると。もう一方からは、急進派に媚《こび》を売っていると。

ペロトキン　実際の主張はどうなんですか？

ツルゲーネフ　主張？

ペロトキン　ええ、あなたの目的は？

ツルゲーネフ　わたしの目的？　目的は小説を書くことだ。

ペロトキン　それでは父と子、どちらの側にもくみしないと？

ツルゲーネフ それどころか、考えられるすべての側にくみしている。

バクーニン、ツルゲーネフを脇へ引っ張る。

バクーニン だれだ、あの阿呆は？
ツルゲーネフ わからない。
バクーニン でも君が連れてきたんだ。君の友人だろう。
ツルゲーネフ ああ、たしかに。仲間のひとりだ。聞いてくれ――これが一生で最後の頼みだ……
バクーニン それを言うなら、僕はもう千五百フラン渡したはずだ。〈ル・モンド〉なら二、三万フランは出してくれる、君の脱走劇について書けば……
ツルゲーネフ バクーニン家の一員たる者、金のためには書かない。

ペロトキン、一団に加わる。彼らはすでに何度も、仕事中のゲルツェンに握手を求めている。そのなかにスレプツォフという熱心な若者がいる。

ゲルツェン　スレプツォフ。
スレプツォフ（ゲルツェンに）あなたとお話ができるなんて、信じられない。〈鐘〉の声が我々を生んだんです──何千人もの我々を！　おかげで我々は名前を得た。「民衆が求めるものはふたつある」、あなたは書いた、「土地と自由！」
ゲルツェン（握手して）あれはオガリョーフだよ……ありがとう……
スレプツォフ　人々に伝えましょう──〈鐘〉は我らとともにあると！
スレプツォフ出ていく。ヴェトシニコフをふくめ、最後の客たちが去ろうとしている。ゲルツェン、ヴェトシニコフと握手する。
ゲルツェン　ありがとう、ヴェトシニコフ。ぜんぶしっかり持ったな？
ヴェトシニコフ　はい。
ヴェトシニコフ、ペロトキンがうろついているのに気づく。
ペロトキン（ヴェトシニコフに）ヴェトシニコフ、いっしょに辻馬車を探したほうがいいんじゃないか？

ヴェトシニコフ　いや、僕は歩きたい。

ペロトキン　ならいい。おやすみ。（ゲルツェンに）改めてお礼を。あなたのおもてなしがなかったら、我々はみんなどこにいたでしょう？

ゲルツェン　日曜日に昼食に来たまえ。うちを開放しているから。

ペロトキン　ぜひとも。

ペロトキン、残った客たちとともに去る。

ヴェトシニコフ　（ペロトキンについて）だれです、あれは？

ゲルツェン　さあ。バクーニンが呼んだんだ。

ヴェトシニコフ　見張っていたので……

オガリョーフ　（ヴェトシニコフに）何部か写しをつくることができれば、ヴェトシニコフ、ペテルブルクに着いてからでいい……

ヴェトシニコフ　（ためらい）はい……わかりました。

オガリョーフ　無事を祈る。

ふたり抱き合う。

ゲルツェン（オガリョーフに）チェルヌイシェフスキーのために書き添えておいた──〈同時代人〉が発禁処分にあったら、ロンドンで印刷してやると。

ヴェトシニコフ出ていく。

いまやごく内輪の人間──ゲルツェン、ナターシャ、オガリョーフ、バクーニン、ツルゲーネフだけである。

オガリョーフ、ノートからページを破り、みなに加わる。

ナターシャ（ツルゲーネフに）ベッドに行火《あんか》を置いておいたわ。今回はいつまでいらっしゃるの？

ツルゲーネフ 一週間。犬を手に入れようと思って。

ナターシャ ブルドッグ？

ツルゲーネフ いや、猟犬を。

ナターシャ　ロシア語がわかる犬じゃなくてもいいの？

バクーニン　（オガリョーフに）読んでくれ。

オガリョーフ、ノートを読み上げる。

オガリョーフ　『土地と自由』！　すでになじみの言葉である。『土地と自由』の文字は我らがロンドン出版所の発行するすべての紙面を飾ってきた。諸君を迎えよう、兄弟よ、ともに歩むこの道へ……」

バクーニン　（我慢できず）よおし！　我々はロシアの全ネットワークの主導権を握るべきだ！

ゲルツェン　ああ、それが我々だ。そしてこんどは「土地と自由」に君は熱を上げるんだろう。〈鐘〉は六年間、やっとの思いでロシアを前進させてきた。その我々に、さっきの子供たちは彼らのロンドン出張所になってくれと言う！

バクーニン　君にはほとほと吐き気がする！　我々はいつまでも腕組みして座ってるわけにいかない。何千人もの勇敢な若者が――

ゲルツェン　君はほんとうに大きなリーザだ！　（オガリョーフに）こんなことが信じ

られるか？

オガリョーフ　（気詰まりな風で）彼らに力があれば、我々を必要とはしないだろう。手を貸してやるだけの問題だよ。

ゲルツェン　いいや、問題は、彼らが信じていて我々が信じていないもの——秘密の革命エリートだ。

ツルゲーネフ　たしかにそうだ。

ゲルツェン　君になんの関係がある？

ツルゲーネフ　僕は賛成しているのに。

ゲルツェン　だれにでもすこしずつ賛成するんだろう。

ツルゲーネフ　まあ、ある程度は。

ゲルツェン　（オガリョーフに）いま我々が参加しようとしているのは、チェルヌイシェフスキーに不支持を伝えた活動とおなじ——暴力的革命への扇動だ。

オガリョーフ　我々はみんな民衆の側に立っているじゃないか？

ゲルツェン　民衆はいつか自分たちのロシアをつくる。いまは根気が必要だ。なんだって〈鐘〉の名声を、巣立つ前に死んでしまう雛鳥《ひな》にゆずらなければならないんだ？

オガリョーフ　なぜならほかに選択肢はない。僕はかまわない、「土地と自由」のメンバーが十二人しかいなくても。彼らだけは農民に背を向けてはいないんだ。
ゲルツェン　ま、二対一だ。
バクーニン　（かみつき）君に投票権はないし、僕はまだ投票していない。
ナターシャ　（ゲルツェンに）ニックは正しいわ。あなたもまちがってないけれど、ニックは正しい。
ツルゲーネフ　ほらね？……昔、うちにイギリス製の時計があって、小さな真鍮《しんちゅう》のレバーにこう書いてあった。（訛って）Strike-Silent… Strike-Silent.［鳴－静］どっちか選ばなきゃならないんだ。僕がはじめて知った英語さ……子供心にも理不尽だと思った……頭痛のある人にとっては鳴ればうるさい、用事のある人にとっては鳴らなきゃ困る……
ゲルツェン　ああ、時計なんか知ったことか！　（オガリョーフに）……やれやれ……だったら印刷しろ！
バクーニン　（よろこんで）後悔させないぞ！
ゲルツェン　（憤激しながらも愛情を込めて）ミハイル！　僕は君のことでいらいらすべきじゃないんだろう。パリにいたころを思い出すよ……あのころ君の財産と言えば、トランク一個に折りたたみのベッド、錫《すず》の洗面器だけだった……

バクーニン 大いなる日々だ。

メイドがお茶のグラスを数個運んで登場。

ツルゲーネフ （メイドに）「Tea! Thank you so much!」［お茶！ ありがとう！］

バクーニン （ゲルツェンに）ところでコルフをどう思った？ うってつけじゃないか。あいつは将校だ。俺はあいつをルーマニアへ送る。それからコーカサスも見て回らせるんだ……観光じゃないぞ。

ゲルツェン 君が出会った内気な若者は忠誠心を証明しようと、君の言うことはなんでもやろうとしているんだ。ケンジントンの万国博覧会を見にきた若者に、君はルーマニアへ行けと言うのか？ なんのために？ 君はルーマニアになんの用もないだろう。

バクーニン どうしてないとわかる？

ゲルツェン それからこういう馬鹿げた秘密の旅行も、暗号も偽名もあぶり出しの手紙も、みんな子供のお遊びだ。君に疑いをもたない人間はリーザひとりだ。無理もない。君は暗号の手紙を送りながら、相手が読めるよう暗号表を同封している。

バクーニン　あれがミスだったのは認めるが、事態は急速に展開しているんだ。

ゲルツェン　どこで？　ルーマニアで？

バクーニン　いいだろう。君のことはどこまでも尊敬している。俺は心から愛しているんだ。君の同盟なら参加できると思ったが、そうやって偉そうに恩着せがましく、いったいだれに向かって……みんながこれだけ……まあ、お互い独立してやっていくのがいちばんだ。その上可能なら友人でいよう。残念だがしかたがない。

バクーニン出ていく。

オガリョーフ　あんなふうに出ていかせることないだろう。

ゲルツェン　あしたになれば、なにごともなかったように戻ってくるさ。

オガリョーフ、あわててバクーニンを追いかける。

ツルゲーネフ　（オガリョーフに）おやすみ！　（間）どうも気分がすぐれない。

ナターシャ、オガリョーフ同様の反応をするが怒っており、部屋を出る。

実は僕もケンジントンの博覧会に行ってきたんだ……

ナターシャ戻ってくる。

ナターシャ　タータが起きて待ってるわ。オリガといっしょにあの子をイタリアへやるつもり？

ゲルツェン　いまのところ、だれもイタリアへは行かないよ。

ナターシャ　マルヴィーダが住みたい場所に住むのを止《と》めることはできないわ。

ゲルツェン　オリガが行くのは止められる。あの子はまだ十二歳だ。あの女は冬にも、オリガを連れてパリへ行きたいと言ってきた。そしてこんどは、イタリアへ行っていっしょに暮らすのはどうかと言う。それもこれも君が——（ナターシャ、きびすを返す）その上タータまで行きたがってる。とにかくだれも行かないんだ。だからあの子は行けない！

ナターシャ出ていく。

ツルゲーネフ　ケンジントンにはね、いろんな国のスタンドがあって、人間の創意工夫に対して各国がいかにユニークな貢献をしたか展示されてる。ところがロシアの展示はどれも、実際にはロシアの発明じゃない。何世紀も前に外国から伝わったものばかりなんだ。見て回るうちに思ったよ——たとえロシアが存在しなくても、大きな博覧会場の中身はなにも変わらない——田舎者がひとり抜けてもね。情けない。サンドイッチ諸島ですら特殊なカヌーのようなものを自慢しているのに、我が国は……我が国の希望はいまも昔もひとつしかない。教養ある少数派が西欧から伝えた文明だけなんだ。

ゲルツェン　文明と言うが、それは君の暮らしぶりとか、君のなぐさみとか、君のオペラとか、君のイギリス製の銃とか、立派な家具の上に転がっている君の本とか、そういうものを言ってるんだろう……ヨーロッパの上流階級がつちかった生活だけが人間の進歩と調和する生活というわけか。

ツルゲーネフ　でもその一員ならそう言うしかない。それは僕のせいじゃない。仮に僕がサンドイッチ諸島の人間なら、ココナッツの十八の使い道を自慢するさ。だけど僕はサンドイッチ諸島の人間じゃない。

タータが寝間着姿で裸足のまま、ゲルツェンのところへ駆けてくる。

タータ どうしてだめなの？ わたしはもうすぐ十八歳よ！ わたしは芸術家になろうとしてるの。全人生がかかってるのよ！

ゲルツェン わかった――わかった――行けばいい！ オリガもだ！ パリでもフィレンツェでも、どこでもおなじだ！ タータ、タータ、ロシア語だけは忘れるんじゃないぞ……

タータを抱きしめる。

ツルゲーネフ (出ていきながら) 君もロシアで足止めされていたころは……まあいい……朝食に起こしてくれるかな――僕が死んでいなければ。

出ていく。ナターシャとすれちがい、おやすみを言う。タータ、ゲルツェンにくちづけし、駆けて出ていく。途中でナターシャを抱きしめる。

ゲルツェン　(泣いて) ああ、ナタリー……！

ナターシャ、進み出ようとして立ち止まる。

ナタリー！　君のタータは大人だよ！

ナターシャ進み出る。なにかが心のなかで引っくり返ったのである。

ナターシャ　(あざけって)「ああ、ナタリー！　君のタータは大人だよ！」

ゲルツェン、動転する。

ゲルツェン　よくも……よくも君は……

ナターシャ　(笑って、あっさりと) ああ、ナタリーは平気だったの。絶倫《ぜつりん》の男に入れあげただけよ。ゲオルク・ヘルヴェークはこの世の天国だったんだから。

ゲルツェン それ以上言うな。

ナターシャ ナタリーはあなたを崇拝していたのに、彼女が死ぬのを待ってから崇拝してどうするの？ なつかしのゲオルクはいいお手本だったわ。ひざまずいて顔をうずめていたもの——あなたの性格では無理でしょうけど——

ゲルツェン叫び声を上げ、両手で耳をふさぐ。

わたしはあなたを失ったんじゃないわ、オリガ！ わたしを責めないで！ はじめから手遅れだったのよ！

ナターシャ出ていく。

一八六二年八月

ゲルツェン、両手で耳をふさいでいる。

ゲルツェン　やめろ！……やめろ！

　オガリョーフがそばにいる。封を開いた手紙を持っている。

オガリョーフ　悲劇だよ。警察は国境でヴェトシニコフを待ち構えていた。君の家の客のなかにスパイがいたんだ。スレプツォフはジュネーヴへ逃れたそうだ。彼によれば、逮捕者は合わせて三十二人……「土地と自由」はもはや存在しない。

ゲルツェン　だから言ったんだ──（怒って）言っただろう──〈鐘〉は彼らを支持してやることはできない、そんなことをすれば破滅しかねないと。事実そうなった。

オガリョーフ　（開き直り）だからなんだ？　僕らは出版屋じゃない。ペンを武器に闘う革命家じゃないか。サーシャ、サーシャ、わからないのか？　逮捕された若者たち──彼らは僕らだ。雀が丘のてっぺんで、デカブリストのかたきを討とうと誓ったときの僕らなんだ。

　オガリョーフ出ていき、ゲルツェン残る。

一八六四年春

ふたつの場所が重なっている。ナターシャがゲルツェンのもとへ、メアリーがオガリョーフのもとへやってくる。オガリョーフはすでに深酒している。ロシア語の歌の一節を歌う。

メアリー　ヘンリーはどうしたの？　子羊亭まで呼びにやったのに。

オガリョーフ　子羊亭は酒を出してくれなくなったんだ、あの件のあと。あいつらには医学的症状と酩酊《めいてい》状態の区別がつかない。たとえばこれは酩酊状態。

メアリー　酩酊状態？　あたしならべろんべろんって言うけど。ああ、ロシアのなんとかビッチさん！

オガリョーフ　そう、僕も昔は農奴四千人の所有者だった。そのつぐないはゆっくりと確実におこなわれてる。

メアリー　しかもあたしとヘンリーをアルプスの山に住まわせようだなんて。

オガリョーフ　山じゃない。湖だよ。それはきれいなところらしい。座って議論しよう。

地面に座る。

ナターシャ　眠れない。（子供のふりをして）したいの、したいの！

ゲルツェン　（やさしく）わかった……わかったから……ベッドに戻って。長くはかからないよ。

ナターシャ　ほんとうに？

ゲルツェン　約束する。

ナターシャ　スイスで暮らせば、もう一度なにもかもうまくいく。わたしにはわかるの。

オガリョーフ　牛もきれいだって評判だよ。

メアリー　何語をしゃべるの、スイスでは？

オガリョーフ　しゃべらないよ、牛なんだから。でもジュネーヴではフランス語だ。

ナターシャ　向こうへ行けば、わたしも変わるわ。そうでしょう？　そうでしょう？

ゲルツェン　ああ！　そうだよ。ニックはいやがってるけど、メアリーを連れてこられるようなら来るだろう。〈鐘〉のフランス語版を出せば、廃刊せずにすむかもしれない……ジュネーヴにはいま、ロシアの亡命者が何百人もいる。

ナターシャ　 タータとサーシャにも近くなる。みんなでもう一度幸せになれるわ！　だいいちイギリスに未練がある？

ゲルツェン　(考えて)コールマンのマスタード。

双子のひとりが階上で泣き出す声が遠くに聞こえる。

ナターシャ　ローラちゃんだわ。あやしてくる。

ゲルツェン　あれはローラくんだよ。

ナターシャ　旅の途中、パリで双子の三歳の誕生日を迎えられる！　パリよ、アレクサンドル！

メアリー　フランス語なんかやったことないもの。

オガリョーフ　(率直に)そうだった。

メアリー　(機嫌を損ねて)いい加減にして。ひとりで行けばいいでしょう。

オガリョーフ　メアリー、メアリー……僕は君なしじゃどこにも行かない。

メアリー　当たり前よ。一週間だってもたないわ。

ぐいと手を引き、起き上がらせてやる。

あたしのロシアのお貴族さま。

オガリョーフ　家柄がよかっただけさ。僕は詩人だったんだ。

メアリー　ロシアの貴族の詩人さん……あたしはそんなの夢にも見ようと思わなかった

……それでもね、これも人生。人生よ――過ぎてみれば。

つなぎの場面――一八六六年四月

拳銃の音が一発……ツァーリ・アレクサンドル暗殺未遂。

一八六六年五月

ジュネーヴ。カフェ＝バー。

ゲルツェンがテーブルに席を取っている。テーブルにはコーヒーが一杯。

スレプツォフ――四年前にゲルツェンの家を訪ねていた人物――〈鐘〉をめ

くりながら登場する。ゲルツェンのテーブルに席を取る。

ゲルツェン 〈鐘〉を読んでいるのか？

スレプツォフ ラックに残っていたんです。どうせあなたが置いたんでしょう。いまどき〈鐘〉を読むやつはいない。

スレプツォフ、脇へ新聞を放る。

ゲルツェン （間）火急の用件と言っていたな。

スレプツォフ ヴァン・ルージュをいただきたい。

ゲルツェン あるだろう。頼むといい。

スレプツォフ （笑って）すいません。わたしのニヒリスト的なマナーは、百万長者の革命家と同席するにふさわしくないでしょう。

ゲルツェン スレプツォフ、望みはなんだ？

スレプツォフ 友愛的支援を。四百フラン。

ゲルツェン なんのために？

スレプツォフ　パンフレットを千部印刷する——カラコーゾフによるツァーリ暗殺未遂について。

ゲルツェン　パンフレットにはこう書くんだ。「カラコーゾフは錯乱《さくらん》状態の偏執狂だった。あの発砲事件は無益で愚かな行為であり、ロマノフ家の没落を一日たりとも前進させなかった——事実、暗殺は未遂に終わり、（空を指差し）カラスを撃ち落としただけだった。」それならわたしは四百フラン出そう。

スレプツォフ　（冷静に）いいえ、そうは書きません。

ゲルツェン　わたしの記事を読むといい。少なくとも、わたしの弾《たま》はツァーリに命中した。

スレプツォフ笑う。ゲルツェン、勘定《かんじょう》の合図をする。

ロシアの民衆は出番を逃していない唯一の偉大な民族なんだ。カラコーゾフは民衆の出番をうばってしまう。あの暗殺者は街角で待ち伏せをする。武器はピストル、爆弾、そして致命的な単純思考……おかげで民衆はまちがった道を転げ落ちる——牛が墓穴《はかあな》へ落ちるように。君たちの英雄チェルヌイシェフスキーもわたしに同意してくれるだろう。彼はテロには反対だった。彼とは合わないこともあったが、かなりの点で同意していたんだ。

スレプツォフ　あの人に訊くのは難しい。そうでしょう？　なにしろ十四年の強制労働だ。しかし、あなたとチェルヌイシェフスキーが？　わたしの考えを言わせてください。あなたとチェルヌイシェフスキーにはなんの共通点もない。人生哲学、政治信条、あなたの性格、私生活のどんなささいな点に関しても、あなたと彼とのあいだには天と地ほどのへだたりがある。もう若い世代はあなたのことを理解した。だから我々は愛想を尽かして、背を向けたんです。退屈で陳腐でセンチメンタルな中毒にはつき合いきれない――思い出やすたれた理念に溺《おぼ》れて……邪魔なんです。時代遅れだ。自分が偉人だなんてことは忘れなさい。あなたはもはや死人だ。

スレプツォフ去る。ウェイターが勘定書を持ってくる。

ウェイター　M'sieur - l'addition.［お客さま――お勘定です。］

一八六八年八月

スイス。

ゲルツェンは五十六歳——亡くなる二年近く前である。ジュネーヴに近い貸しシャトーの庭に座っている。サーシャはいまや二十九歳、イタリア人の美しい妻テレジーナをともなって登場する。テレジーナは乳母車を押している。リーザはもうすぐ十歳になる。切れた綱を持っている。

リーザ　ブロッサムを見なかった？　わたしから逃げていっちゃったの。

サーシャ　あの子になにをしたんだ、リーザ？

リーザ　お乳をしぼろうとしたの。

サーシャ　お乳は出ないよ。

リーザ　牛はみんなお乳が出るんでしょう？

サーシャ　ブロッサムには赤ちゃんがいないんだから。

リーザ　ええ？　ああ……！　だからテレジーナはお乳が出るんだ？

テレジーナ　Che cosa ha detto di me?［なにを言ったの、わたしのことで？］

ブロッサムの鳴き声がする。リーザ、振り向いて鳴き声のほうへ走り、ナターシャとすれちがう。

リーザ ブロッサム！

ナターシャ あの子に犬を飼ってあげちゃいけないの？

サーシャ 落ち着いて、大丈夫だよ。

ナターシャ ほんとうに？（乳母車をのぞいて）わたしが小さなふたりを殺したのよ。

サーシャ もうやめて。

ナターシャ （テレジーナに）わたしが殺したの――わがままを言ったばっかりに。

サーシャ テレジーナはフランス語がわからないんだ。イタリア語しか話さない。

ナターシャ ふん！ イタリア語だって話さないくせに。（ゲルツェンに聞こえるよう大声で）おかげでお父さんはがっかりよ。イタリアの百姓《ひゃくしょう》がゲルツェンの息子の妻だなんて！

ゲルツェン 僕は……いい加減にしてくれ！

ナターシャ、また泣き出す。

ナターシャ　ごめんなさい、ごめんなさい。
サーシャ　百姓じゃない。彼女はプロレタリアだよ。

サーシャとテレジーナ、そのまま歩いていき、見えなくなる。

ナターシャ　（ゲルツェンに）あなたは春まで待つと言ったのに、わたしは「いやいや、いま行きたい、いますぐ行きたいの、行きたいの」って……あなたは直接南へ向かうと言ったのに、わたしは「いやいや、もう一度パリが見たい、見たいの、見たいの」って……そしたらパリはジフテリアの嵐で、ローラくんとローラちゃんをさらっていった……どうしてわたしのわがままを許したの？
ゲルツェン　ナターシャ……もうしかたがないじゃないか……？　ナタリー……
ナターシャ　わたしはほんとうのナタリーじゃない。ほんとうのナタリーは雲の上にいるんだわ。

あてどもなく歩き去り、庭の奥へ。

ゲルツェン　（呼んで）ターター……ターター……！

ターターがやってくる。ターターは二十三歳で、ゲルツェンにとってたよりになる仲間であり、腹心の友である。

ターター　ここよ……どうしたの？
ゲルツェン　オリガは着いたか？
ターター　いいえ、まだよ。チェルネツキーさんがニックおじさんになにか持ってきたわ。バクーニンさんも連れてきた。
ゲルツェン　バクーニン？　家族が集まる休日なのに――
ターター　いいじゃない――バクーニンさんがいれば議論もできて。わたしたちが相手じゃあ退屈でしょう。せっかく調子もいいんだから……

ターター、ゲルツェンにくちづけする。

ゲルツェン　オリガが着いたら、すぐに連れてきてくれるか？　駅に馬車がいなかったのかもしれない……

タータ　大丈夫よ。わたしが行って見張ってる。

タータ去る。オガリョーフとバクーニンが登場する。オガリョーフは靴下を穿いておらず、杖《つえ》をついている。杖をバクーニンに渡し、くしゃくしゃになった包みを開ける。

オガリョーフ　（満足げに）メアリーが靴下を見つけてくれたんだ。けさ警察で目を覚ましたときには、見つからないだろうと思っていたのに……

バクーニン　ナターシャはゲルツェンとおおっぴらに同棲してるんだ。君もメアリーを連れてくればいいだろう？

オガリョーフ　ああ、大騒ぎしないでくれ……（ゲルツェンに近づき）だれが来たと思う？

ゲルツェン　ああ……「国際同胞団」か。しかもオガリョーフを引き連れて。

バクーニン　「同胞団」は解散させた。俺の新しい組織は「社会民主同盟」だ。君も参加しないか？

オガリョーフとバクーニン、椅子に座る。オガリョーフ、やや苦労しながら靴下を穿く。

ゲルツェン　目的はなんだ、正確には？

バクーニン　解放労働者による国家の廃絶だ。

ゲルツェン　それなら理にかなっている。

バクーニン　じゃあさっそく二十フラン出してくれ。

ゲルツェン　〈鐘〉を一冊やろう。最終号だ。僕はどうしてここへやってきたのか自分でもわからない。「新人類」ってやつらは、どんなものにもつばを吐く――美しいものにも、人間味のあるものにも、現在にも過去にも。

バクーニン　古い道徳は消滅したが、新しい道徳は形成途中だ。それでも彼らには勇気がある。若者嫌いには年寄りのひがみが入ってるってもんだ。うちのいちばん若い新入りなんか、まだ十六だぞ。

オガリョーフ　ヘンリーのことか？

バクーニン　これからはあらゆる声が重要だ。俺はこの同盟をマルクスの「インターナショナル労働者協会」のジュネーヴ支部にするところだ。
ゲルツェン　しかし……マルクスの狙いは国家の乗っ取りだ。廃絶じゃない。
バクーニン　いいところを突いた。
ゲルツェン　いいところって？
バクーニン　そのうちわかる。
ゲルツェン　だが僕はメンバーだ。
バクーニン　ああ、だが「同盟」内部に「秘密同盟」がある！
ゲルツェン　会費はいくらだ？
バクーニン　四十フラン。
ゲルツェン　いいや、そんなことはないと思う。
バクーニン　まあ、いずれ話してやる。
ゲルツェン　ああ、そうか、もうこんなことはたくさんだ！
バクーニン　マルクスは知らないが、俺の「同盟」をやつのとりでにトロイの木馬として送りこむんだ！　俺は実際マルクスをおおいに尊敬している。俺たちはお互い表舞台で労働者の自由解放を目指す仲だ。だが真の自由とは自発性だ。権力に服従するというのは人間の精神的本質からすれば屈辱だ。規律というのはすべて悪。我々にとって第一の任務は権力の破壊、第二の任務はない。

ゲルツェン しかし君の――いや、我々の敵は、マルクスの「インターナショナル」の何万人という会員だぞ。

バクーニン そこへ俺の「秘密同盟」が登場する。鉄の規律による献身的革命集団だ。俺の絶対権力に服従する義務を負う――

ゲルツェン ちょっと待て……

バクーニン マルクスの時代は終わったんだ。準備は万端。あとは二、三、厄介ながら先立つものがそろえばいい。これが一生で最後の頼みだ――

家から出てきたタータにさえぎられる。続いてオリガも出てくる。一度におぜいがやってくる――マルヴィーダ、サーシャとテレジーナ、やや落ち着きを取り戻したナターシャ。そして召使たちがガーデンテーブルに相当量のお茶を運び、そこへ全員が集まる――やがてオリガとマルヴィーダも。ゲルツェンはオリガの到着で元気になる。彼女を迎えにいく。くちづけを交わす。

ゲルツェン　（早口で）Ya nye ooslýshal ekipázh! Tibyá vstrech※li na stántsii? I fsyó byló fparyádkye na granítse? Kak ty kharashó i módno adyéta! Shto? Shto tabóy?［馬車の音が聞こえなかったな！　駅に馬車がいなかったのか？　国境では問題なかったか？　まるで上流階級の貴婦人のようだな！　なんだ？　どうした？］

オリガ、当惑しながらマルヴィーダを横目で見る。

オリガ　ううん、ただ……マルヴィーダもわたしも、いまはイタリア語がぺらぺらなの！　ああ……ロシア語を忘れてしまったのか？

ゲルツェン　ああ、そうだな。ここでもたいていはフランス語だ！　大事なことは、お前がここに来たことだ。（マルヴィーダに）ようこそ！

サーシャ　（オリガに）オリガもおばさんだよ！

オリガ、テレジーナと乳母車に対してふさわしい反応をする。テレジーナとはすでに知り合いである。

マルヴィーダ　ああ、アレクサンドル、ぜいたくすぎます！　わたしたち、こういうところには慣れていなくて。このシャトーはいつから？
ゲルツェン　今月だけだよ。君の部屋からは湖《みずうみ》が見える。
マルヴィーダ　湖、それから向こう岸も。

マルヴィーダ、輪《わ》に加わる。ゲルツェン、ふたたび椅子に戻る。お茶のテーブルからはすこし離れている。テーブルでは八人が——リーザはいないが——会話を始める……

サーシャ　（バクーニンに）二十フラン？　政治にはあんまり興味がないんです——僕は生理学の講義をしていて。
ナターシャ　（オガリョーフに）タータはテレジーナを素敵な絵に描いた。その絵でサーシャは彼女に出会ったの。
オガリョーフ　絵はいまでも続けてるのか？
タータ　いいえ。もうひとつうまくなくて。

ナターシャ　なにを言ってるの。（ゲルツェンに）いらっしゃい、アレクサンドル……

バクーニン　人間の幸福の七つの段階！　第一に自由のために闘って死ぬこと、第二に愛と友情、第三に芸術と科学、四にタバコ、五、六、七が、飲む、食う、寝る。

喝采や異議申し立て。

オガリョーフ　ちがう、ちがう！　第一に愛と友情だろう……

マルヴィーダ　第一に人間を能力のかぎり成長させること！

ナターシャ　アレクサンドル……

タータ　そっとしてあげて。ゆうべはよく眠れなかったの。

ナターシャ　だけど眠れた人がいる？　リーザはどこ？　わたしも頭痛が。

マルヴィーダ　（ナターシャに）わたしは断然フランネルの効き目を信じているの。

ゲルツェン寝ている。ツルゲーネフとマルクスが不釣り合いな友人どうしのように、ゆっくり歩いて現われる。ゲルツェンの夢である。

ゲルツェン マルクス！

ほかの者たちは気づかない。

ツルゲーネフ 一度、ドブロリューボフが〈同時代人〉の誌面で、僕を評してこう言ったんだ。「女歌手の尻を追いかけ、外国の田舎の劇場へ出かけて喝采を手配する流行小説家……」僕はいっそサンドイッチ諸島に移住しようかと思ったよ。どう思う、マルクス？

マルクス サンドイッチ諸島？ ロシア同様、しかも同様の理由でサンドイッチ諸島は時代遅れだ。いまのところサンドイッチ諸島のプロレタリアは社会階級として重要ではない。おすすめはできないよ。楽しみを逃してしまうことになる……それでもいずれ、わたしの弁証法的唯物論はサンドイッチ諸島に、そしてロシアにも広まるだろう。我々はそれまで生きられないかもしれない。だが時が来れば、大変動は栄光を放つ……工業化社会は拡大を続けながら、市場にカヌーを、サモワールを、マトリョーシカを供給し……労働者は苦労してつくった製品からますます遠ざけられ、やがて「資本家」と「労働者」の立場は決定的に対立する。そうして最後の大規模闘争がやってくるんだ。偉大なる前進の歯車が最後にもうひと回転する。歯車の下では何世代もの一般庶民が最終勝利のために滅ばねばならない。そこでいよいよ、ロシアの農民《ムジーク》やサンドイッチ諸島の住民にとっても、歴史の目的は明らかとなる。何百万もの傷ついた生も、不名誉な死も、より高き現実、すぐれた道徳のためであったと理解されよう。抵抗するのは無謀なことだ。わたしには見える——ネヴァ河は炎に照らされながら真っ赤に流れ、ヤシの木々は死体をぶら下げ、輝く岸辺に立ち並ぶ——クロンスタットからネフスキー大通りまで……

ゲルツェン（マルクスに）その絵はどこかがまちがっている。だれだ、このモレク神は？　すべては我々が死んだあとに美しくなると約束するのは？　歴史に目的はないんだ！　歴史というのはどんな瞬間にも千の門を叩く。門番の名は偶然だ——どの門が開くかはわからない。我々はウィットと勇気をもって道を進み、進んだ道が我々をつくる。なぐさめになるものは芸術と、そして夏の稲妻《いなずま》のような個人の幸福、それ以外にはなにも……

　マルクスとツルゲーネフ、ゲルツェンにかまわず、ゆっくり歩き去る。

　ゲルツェン、椅子から転げ落ちそうになる。オガリョーフがそれを目に留め、やってくる。

オガリョーフ　（目覚めて）なんでもない、なんでもないよ……理念が滅ぶことはない。我々が落としていったものは、のちの人々が拾ってくれる。丘の上の子供の声が聞こえるよ。（笑って）「デカブリストのかたきを討て！」その子たちに僕らはなにを言ってやろう？

ゲルツェン　前へ進むこと。前へ進むこと。楽園の岸に上陸することはないのだと知ること。それでも前へ進むこと。人々の目を開き、人々の目をえぐらないこと。人々とともに、なにか善《よ》きものをもたらすこと。遠い将来、倒れた銅像、剝《は》がれた壁、踏みにじられた墓の管理人が道行く人々にこう話す。「そう――そうさ。これはみんな革命で破壊されたんだ。」それを聞けば、人々は許してくれないだろう。破壊者たちはニヒリズムを勲章のように身につける。自分たちは急進派で、だから破壊をおこなうのだと思っている。だが彼らが破壊をおこなうのは、彼らが落胆した保守派だからだ――完全な社会という大昔の夢に失望したんだ。丸が四角になる社会。葛藤が帳消しになる社会。そんな場所はどこにもない。ユートピアとはそういう場所の名前なんだ。だから我々は、そこへ向かって殺戮《さつりく》を続けるのをやめる日まで、人間として成長することはない。我々の意味は、不完全な世界を、我々の時代を、いかに生きるかにある。ほかにはない。

バクーニン　（タバコに火をつけ）やっと幸福の瞬間だ。

リーザ、切れた綱を手に走ってくる。

リーザ　（切れた縄を見せて）Smatrí, slamálsa!［切れちゃった！］

ゲルツェン　Ty nye patselóoyesh minyá?［くちづけしてくれるか？］

リーザ　Da!［はい！］

リーザ、おてんばのようにくちづけをする。

ナターシャ　嵐がやってくる。

夏の稲妻……反応して驚き、はしゃぐ……すると雷が鳴り、さらなる反応……そして素早く溶暗。

訳者あとがき

この本は二〇〇九年九月、東京のBunkamuraシアターコクーンで行われた『コースト・オブ・ユートピア——ユートピアの岸へ』日本初演のための翻訳台本を忠実に追ったもの……とするつもりでしたが、翻訳者の優柔不断な、あるいは飽きっぽい性格上、すこしでも時間が経つとテキストに手を入れたくなってしまうものですから、上演台本を幾分改訂したものとなりました。劇中ゲルツェンが「我々の意味は不完全な世界をいかに生きるかにある」と語るように、芝居づくりの意味も、多くの要素が絡み合う不完全な世界のなかで束《つか》の間の調和を求め続ける営みそのものにあるのではないかと個人的には思いますから、この本に載っているのは、なにか動的なものを瞬間冷凍させたものと考えていただければ幸いです。

『コースト・オブ・ユートピア』は二〇〇二年夏にロンドンのナショナルシアターで初演され、二〇〇六年から二〇〇七年にかけてニューヨークのリンカーンセンターシアターでも上演された三部作です。劇作家曰《いわ》く、ロンドン初演時には余裕がなく、いざ初日を開けると、「どこか優美な面に欠け、くどい部分がある」と感じられたそうです。それから四年後、ニューヨーク公演では台詞の刈り込み、補足、書き換え、入れ替えが行なわれ、上演時間も一時間ほど短縮されています。一ヵ所、本質的な改変がほどこされたのが第三部第一幕、ヨーロッパで革命の夢に破れた上に最愛の家族まで失い、亡命先のロンドンで失意のどん底にあったゲルツェンのもとに幻想のバクーニンが現われる場面です。あまりにもゲルツェンに傾倒していた作者は、決して前進を忘れないバクーニンを不公平に解釈していたと考え、大きな書き換えを行なっています。より実際的に言えば、バクーニン役の俳優イーサン・ホークに惚れ込んでしまった作者が、イーサン・ホークが一本取る場面を用意した、という経緯だったようです。（ちなみに、おそらく世界で最も情熱的な『コースト・オブ・ユートピア』となった東京公演でも、対照的な二人の革命家が交わす激論は、ゲルツェンを演じた阿部寛さんとバクーニンを演じた勝村政信さんの熱演、舞台の両側に配した客席全体を大きく使った蜷川幸雄さんの演出によって、知性・感情ともに満ち満ちたダイナミックな場面となり、この作品が大きな意味でのラブストーリーであることを象徴する場面にもなりました。）この書き換えの成功を作者は「演劇のプラグマティズムの勝利、あるいは愛の勝利」と呼んでいます。また、三部作を締めくくるゲルツェンのスピーチ――後の世代に「前へ進むこと」を訴える長台詞もニューヨーク版で書き加えられた箇所ですが、もしかすると先のバクーニンの再解釈が影響しているのかもしれません。劇作家トム・ストッパードさんは折にふれて、「演劇は実際主義の芸術であり、重要なのはテキストではなく、舞台上でなにを起こすかだ」ということを語っていますが、それは翻訳者も大いに共感するところです。『コースト・オブ・ユートピア』が多くの観客にとって非常に難解で馴染《なじ》みの薄い題材を扱った戯曲であるにも拘《かか》わらず、実に感情豊かで人間くさい作品となっているのは、劇作家の舞台に対する深い愛ゆえではないかと思います。

ところで、この作品は二〇〇七年十月にはモスクワのロシア青年劇場ＰＡＭＴ（ラムト）でも上演され、ＰＡＭＴのレパートリーとして、二〇〇九年末の時点でも月に一度ぐらい全三部の通し公演が行なわれているようです。余談になりますけれども、トム・ストッパードさんは東京公演の千秋楽を観劇されていますが、それに先立ち、モスクワで『コースト・オブ・ユートピア』をごらんになり、そこから直接来日されています。

直接といっても、ゲルツェンがモスクワから馬車で西へ旅立ち、六十日かけてパリに到着したように、ストッパードさんはモスクワからシベリア鉄道で東へ旅立ち、十日かけて東京に到着されました。ゲルツェンの言う「夏の稲妻《いなずま》のような個人の幸福」とはこういうことを指すのでしょうか。こんな作者のエピソード一つ取ってみても、十九世紀ロシアのインテリゲンツィヤを主人公とするこの芝居が、遠い時代の遠い場所で難解な理論をこねくり回していた、我々とは縁遠い人々の物語ではなく、現在を生きる我々一人ひとりを抱擁し、祝福する物語であることを感じずにはいられません。

なお、この本はGrove Press社が二〇〇七年に出版したニューヨーク版の上演テキストを翻訳したものですが、作者からの助言や稽古場での作業、ロンドン初演版のテキストに基づき、多少補足した部分もあります。一般的に馴染みの薄い事象について注釈をつけるべきか迷いましたが、二十一世紀の現在、数秒で調べがつくことが大半ですし、翻訳者の解釈を押しつけることにもなりかねませんから、訳注はつけません。なにより、読者から調べものの楽しみを奪うことは避けるべきと考えますので、ここでは翻訳者が参考とした主な文献を挙げるにとどめておきます。

アイザイア・バーリンの著作

『バーリン選集』（岩波書店、一九八二〜）

第一巻――思想と思想家

ゲルツェンとバクーニン――個人の自由をめぐって（今井義夫訳）

第三巻――ロマン主義と政治

ロシアと一八四八年（今井義夫訳）

注目すべき一〇年間――ロシア・インテリゲンツィヤの誕生／ペテルブルクとモスクワにおけるドイツ・ロマン主義／ヴィッサリオン・ベリンスキー／アレクサンドル・ゲルツェン（河合秀和・竹中浩訳）

『父と子――トゥルゲーネフと自由主義者の苦境』（小池銈訳　みすず書房、一九七七）

『ハリネズミと狐――「戦争と平和」の歴史哲学』（河合秀和訳　岩波文庫、一九九七）

ラトヴィア生まれでイギリスに移住したユダヤ系の思想史家アイザイア・バーリン（一九〇九〜一九九七）の *Russian Thinkers*（ロシアの思想家たち）を作者は『コースト・オブ・ユートピア』の「中心的精神」と呼んでいます。十九世紀の作家や革命思想家に対し、後の世代、たとえばレーニンのような革命家が教条的な評価を行なったのとは異なり、バーリンは彼らの人間的な面に光を当て、劇作家も同様の視点で『コースト・オブ・ユートピア』を書いたと語っています。

E・H・カーの著作

『浪漫的亡命者』(酒井只男訳　筑摩書房、一九七〇)
『バクーニン』上下巻(大沢正道訳　現代思潮社、一九七〇)
三部作のプロットは大筋として、イギリスの歴史家/国際政治学者E・H・カー(一八九二~一九八二)による二つの評伝(*The Romantic Exiles* および *Michael Bakunin*)に負っています。

ゲルツェンの著作

『過去と思索』全三巻(金子幸彦/長縄光男訳　筑摩書房、一九九八~一九九九)
『向う岸から』(外川継男訳　現代思潮新社、一九七〇)
『ロシヤにおける革命思想の発達について』(金子幸彦訳　岩波文庫、二〇〇二)
ゲルツェンがロンドン移住後に執筆を始めた『過去と思索』は、劇中の多くのエピソードの典拠となっていますし、この膨大な回想録にはケッチェルやサゾーノフ、ニースのロシア領事、ロンドンのエミグレなど、主要人物以外の人物に関しても人柄が生き生きと記されています。十九世紀ロシアに関する本を開くと、必ずと言っていいほど『過去と思索』からの引用が見られ、当時のロシアを知る上で欠かせない文献となっているようですし、ゲルツェンが国外で自由出版を行なった意義の大きさが感じられます。ゲルツェンの代表作であるにもかかわらず、絶版のため入手困難で所蔵図書館も少ないため、この機会に廉価版で復刊していただけないだろうかと強く願います。

その他

藤井一行著『反逆と真実の魂』（青木書店、一九八〇）※ベリンスキーの評伝
ベリンスキー著『ベリンスキー著作選集』Ⅰ・Ⅱ（森宏一訳　同時代社、一九八七〜一九八八）
佐藤清郎著『ツルゲーネフの生涯』（筑摩書房、一九七七）
ツルゲーネフ著『猟人日記』上下巻（佐々木卓訳　岩波文庫、一九五八）
ツルゲーネフ著『父と子』（金子幸彦訳　岩波文庫、一九五九）
ロナルド・ヒングリー著『19世紀ロシアの作家と社会』（川端香男里訳　中公文庫、一

九八四）

また、トム・ストッパードさんはチェーホフの『かもめ』『桜の園』などの翻案も手掛けており、この作品の特に第一部から第二部、ロシアを舞台にした場面では、チェーホフ劇を思わせるシチュエーションやエピソード、人物、台詞が随所に見られます。トルストイの『アンナ・カレーニナ』のなかのエピソードを思わせる場面や台詞などもあり、恥を忍んで申しますが、ロシア文学からの引用やパロディなどで、翻訳者が気づいていないような部分があるかもしれません。

当然ながら、右に挙げたものは翻訳者が参考にした文献の一部にすぎません。十九世紀ロシアの思想や文学を今日まで翻訳、研究してきた方々の偉業がなければ、この深遠で壮大な三部作を日本語に翻訳することは到底不可能でした。こうした方々の努力と情熱に対し、いやしくも翻訳者を名乗る人間として、崇敬の念を禁じえません。また、翻訳者の執拗《しつよう》な質問攻撃に対し非常に丁寧に答えてくださったトム・ストッパードさん、稽古場で数多くの助言をくださった蜷川幸雄さん、井上尊晶さん、大河内直子さん、出演者のみなさん、ロシア語の台詞の翻訳などでご協力くださった有信優子さん、この作品を翻訳する貴重な機会を与えてくださった東急文化村の皆さんに対し、心より感謝を申し上げます。

出版にあたり、早川書房の富川直泰さん、ならびに校閲担当者の方々には、校正に加え、訳文全体を丁寧に再チェックしていただきました。そして、アレクサンドル・ゲルツェンを日本で誰よりも愛していらっしゃる横浜国立大学名誉教授の長縄光男さんに解説を寄せていただき、これほど光栄なことはないと感じています。皆さんに深くお礼を申し上げます。

二〇〇九年十二月　広田敦郎

『コースト・オブ・ユートピア――ユートピアの岸へ』に寄せて

長縄光男

幕が開くとそこは「プレムーヒノ」――モスクワの北西二百キロほど、白樺の林と湖に囲まれた北ロシアの美しい村である。未来の無政府主義の使徒、ミハイル・バクーニンはここに生まれ育った。父のアレクサンドルはエカテリナ二世時代の外交官で、パリ在任中にはかの「大革命」(一七八九年)に際会し、その思想に心酔したこともあったが、今では自領に引き籠《こ》もり、そこに「知性と芸術と心の調和の世界」を築くことを夢見る温厚な「自由主義者」となっている。

四十歳の時に彼は十八歳の美少女を妻に迎え、十人の子を成した。そのうち四人の娘たちはいずれも母親譲りの美貌で知られ、早熟の哲学者スタンケーヴィチや新進の文芸評論家ベリンスキーや若き日の作家ツルゲーネフなど、長兄ミハイルの友人たちの若い胸を焦がした。愛と調和の郷「プレムーヒノ」は彼らにとって、まさに聖地だったのである。

だが、牧歌的な小世界を一歩外へ出れば、そこには「調和」とは程遠い厳しい風が吹いていた。時は十九世紀三十年代の半ば――ニコライ一世（一八二五－一八五五年）の治世の真っ只中《ただ》である。この時代は帝政期のロシアにあって国内秩序の最も安定した時代として知られているが、この安定の内側は「農奴制」と呼ばれる宿痾《しゅくあ》によって深く蝕《むしば》まれていた。農民を法律によって土地に縛りつけ労働を強制するこの制度は、賃金契約にもとづく資本主義の自由な労働関係とは異質な、中世的な「賦役制」以外の何ものでもなく、そのため、産業革命によって開発された新しい生産技術を導入しながらも、そこではこの技術に見合った生産性は期待できなかった。しかし地主たちは旧態依然たる制度にしがみつき、農民への労働強化をもってこの矛盾に対応しようとした。その結果、地主と農民の緊張関係は頂点に達し、各地に地主殺しが頻発していた。作家ドストエーフスキーの父親が農民たちによって殺害されるのは、このような時代のことである。

他方、ヨーロッパには市民革命と産業革命の進展により、政治的にも経済的にも大きな地殻変動が生じつつあった。一八三〇年にはフランスに七月革命が起こり、その火の手はロシアのお膝元、ポーランドにまで及んだ。その鎮静化も長くは続かず、やがて四十八年二月パリに端を発した政変の波は、ハプスブルグ帝国の支配下のあった諸民族の独立運動とも相俟《あいま》って、ヨーロッパ全土を革命の渦に巻き込むことになる。

ニコライ一世は「外なる激動」に対しては軍隊の派遣をもって応え、「内なる緊張」に対しては秘密警察をもって応じた。ニコライ治下のロシアの「安定」は、銃剣と警察によって辛うじて維持されていたのだった。

逼塞《ひっそく》した時代にあっては、恋愛は精神の自由な働きの現れとしても機能する。「物言えば唇寒い」この時代を、「プレムーヒノ」の青年たちは恋を語ることによって「自由な精神」を求めていたのである。しかも、彼らが依拠したカントからフィヒテ、シェリングを経てヘーゲルにいたるドイツ観念論哲学は、本質において、ドイツを近代化しそこに市民社会を創り出すための思想であった。「プレムーヒノ」の青年たちが恋を語りながら暗黙の内に希求していたのは、ロシアの近代化、市民社会化、言い換えれば、「自由なロシア」の創造に他ならなかったのである。

ヘーゲル哲学はドイツ観念論哲学の到達点であると同時に、近代思想の到達点でもあった。ヘーゲルの死後に起こるその学派の分裂は哲学の時代が終わり、社会理論の時代が始まる端緒ともなった。マルクス主義はその中から生まれた。この大きな思想の流れに沿うかのように、「プレムーヒノ」の青年たちもまた、新しい思想と活動の場を求めて祖国を後にする。

一八四〇年、ベルリンへ向かうバクーニンの船出をペテルブルグでただ一人見送ったアレクサンドル・ゲルツェン（一八一二‐一八七〇年）は、「プレムーヒノ」の青年たちとは異なる知的形成の道を辿った。ロシアの大貴族とドイツ人官吏の娘の間に私生児として生まれたゲルツェンは、彼らのようにロシア社会を牧歌的に見る目を、幼い頃から持ってはいなかった。早熟な少年であった彼は、近衛将校による反専制と反農奴制を旗印とする武装蜂起（一八二五年十二月十四日「デカブリストの反乱」）に敏感に反応し、親友オガリョーフと共に「すずめが丘」に登り、夕日を浴びて輝くモスクワを眼下にみながら、「デカブリスト」の衣鉢を継ぐことを誓い合った。この時十代の半ばであった二人の少年は、その後、この誓いに違《たが》わぬ生涯を送ることになる。

ゲルツェンとオガリョーフが共感していたのは、「啓蒙主義」と「社会主義」であった。前者は天賦人権論や社会契約説などによってフランス大革命を思想的に準備した、何よりも「人間の尊厳性」を謳《うた》う思想であり、後者は大革命と相前後して成熟する市民社会と資本主義のメダルの裏側を見据えるところに生まれた、何よりも大革命の理念（自由、平等、友愛）の履行を求める思想であった。このような思想への共感を抱懐する者たちが、ニコライ治下のロシアでどのような運命を辿ることになるかは、想像に難くない。

二度の流刑を体験したゲルツェンは、一八四七年に首尾よく出国を果たし、そのまま二度と祖国に帰ることはなかった。

彼が目指したのは「革命の都」パリであった。だが、そこには最早《もはや》「大革命」の精神はなく、横行していたのは利己的なブルジョアジー、とりわけ「プチブル」であった。

この失望感は一八四八年二月にパリで始った「革命」と「共和制」の誕生によって、いっとき拭《ぬぐ》われたかに見えたが、これに続く「六月事件」はゲルツェンの西欧への失望を絶望に変える。政府に対するパリ市民の抗議行動に政府が流血の弾圧を持って応えたこの事件を、マルクスは「最初の階級決戦」と呼んだが、共和制の「秩序」を守る、自由と民主主義の「理念」を守るという大義のもとで、生身の人間の血が大量に流されるのを目の当たりにしたゲルツェンは、このデスポチズムに中世さながらのキリスト教の論理を認める。中世において、教会は信仰の正統性の名において異端を糾問し火刑に処し、近代においては、各会派は自らの信仰の正統性を争って同じキリスト教徒を殺戮《さつりく》しあった。ゲルツェンに言わせれば、旗印に書かれたスローガンこそ違え、その論理は同じなのである。ドストエーフスキーは「神がいなければすべてが許されている」と言う。だが、「神の論理」そのものにあらゆるデスポチズムの淵源を認めるゲルツェンなら

「神がいるからこそ全てが許されている」と言うことだろう。現に、「神」を失ったことによってもたらされた災厄よりも、「神」の名において為された災厄のほうがどれほど多く、かつ大きかったことか。

ヨーロッパ全土を巻き込んだこの革命は多くの亡命者を生み出した。ドイツの革命詩人ゲオルク・ヘルヴェークもその一人であった。ゲルツェンは帰るべき国を失った彼とその家族に救いの手を差し延べた。志を同じくする者たちの家族ぐるみの共同体こそ、来るべき社会の基本的な単位と考えるゲルツェンは、二つの家族の共同生活にその「ユートピア」の実現を見ようとしたのである。しかし、既存の政治体制や社会的秩序の解体を叫ぶ革命思想は、同時に既存の道徳観念からの解放を叫ぶ思想でもあり、「家族」や「夫婦」に関わる諸々の観念もまた、その例外ではありえなかった。ゲルツェンの妻ナタリアとヘルヴェークとの間に芽生えた愛も、これまでの男女関係とは異なる「新しい愛」となるはずであった。しかし、現実には、二人の「愛」がありきたりの欲情から自由になることはついになく、やがて、二人の関係は「男と女」のお定まりの関係へと堕して行く。他方、ゲルツェンも猜疑と嫉妬という「旧い」感情から自由にはなれなかった。

こうして、二つの家族の緊張関係は、二年以上にわたって続くことになる。悲劇の幕はナタリアの死（一八五二年五月）によって降ろされる。身重であったナタリアは難破事故によって聾唖《ろうあ》の息子と母とをいちどきにうしなうという打撃に耐えることができなかったのである。ツルゲーネフが「血と涙で描かれた悲劇」と呼んだこの「ユートピア」の崩壊劇は、第二部の第二幕でクライマックスを迎える。

ロシアを後にして以来、ゲルツェンは多くのものを失った。妻を失い、子を失い、母を失い、友を失い、そして啓蒙と社会主義の「約束の地」西欧への希望も失った。しかも、ゲルツェンはこの時既に帰るべき国をも失っていたのだった。

ゲルツェンがイギリスに漂着して間もない一八五五年三月にニコライが死に、若いアレクサンドル二世のもとでロシアに新しい時代が始まるかに見えた。ゲルツェンは西欧で一旦見失った「約束の地」を新たにロシアに求め、「ロシア社会主義」論を展開し始める。これは「平等」と「友愛」の理念を今なお保持し続けている「農村共同体」と、「自由」と「人間の尊厳性」の意識に目覚めた「若い知識人」の連帯により、西欧的なブルジョア段階を経ることなく「社会主義」の実現を図ろうという考えである。

一八六一年の「農奴解放」はその第一歩となるはずであった。しかし現実には土地はすべて地主とものと見なされ、土地を失った農民は急速に零落し、社会主義の基盤となるはずの「農村共同体」も崩壊しつつあった。農民暴動が各地に頻発した。こうした状況を前に、チェルヌイシェフスキーを師と仰ぐ若い世代の中には暴徒化する農民と連携して、武力に訴えてでも帝政を一気に打倒しようという動きが現れる。彼らはロンドンのゲルツェンに協力を求めた。だが、既に「六月事件」の惨劇を目の当《ま》たりにしてしまったゲルツェンには、ロシアに流血の惨事が繰り返されるような事態を認めることはできなかった。若い世代はゲルツェンの軟弱さを笑い、彼に退場を突きつける。しかも、古くからの盟友オガリョーフやバクーニンも、いずれも若い世代の言い分に加担し、あくまでも「平和的手段」による変革にこだわるゲルツェンから離れて行った。

一八七〇年一月、ゲルツェンはパリで孤独の内に五八年の生涯を閉じた。

ゲルツェンの生きた時代は思想史的には大空位の時代であった。西欧哲学の頂点を極めたヘーゲル哲学が崩壊し、さりとてこれに変わるビッグ・ヒストリー、グランド・セオリーはまだ提示されてはいなかった。不安に駆られた人々は次から次へと語られる新しい言葉に飛びついた。しかし、ゲルツェンは永遠とか普遍とか絶対とか究極という謳い文句の下に語られる理念や理論の胡散《うさん》臭さに常に敏感であった。この時代、ヘーゲル主義に代わる新しい権威として登場したマルクス主義にも、ゲルツェンは新しいデスポチズムの可能性を嗅ぎ取っている。

社会主義が潰《つい》え去ったあと、私たちは再びグランド・セオリー、ビッグ・ヒストリーをもたない思想の空位期を生きているように思われる。そのような「理念」を喪失した時代にあって、まがい物の理念を拒否し、敢えておのれ一個の理性を唯一の頼りに生きたゲルツェンの生涯は、極めて示唆的である。

この芝居のベースになっているのは、ゲルツェンの『過去と思索』（金子幸彦・長縄光男訳、筑摩書房）である。これはゲーテの『詩と真実』やルソーの『告白』と並び称される自叙伝文学の最高傑作のひとつで、その分量はトルストイの『戦争と平和』をはるかに凌ぐ一大長篇である。作者によれば、当初ベリンスキーを主人公とする小さな戯曲を書こうとしていたが、資料集めの段階でゲルツェンのこの作品に出会い、その面白さに惹かれて構想を急遽変更し、その結果、九時間を越える巨篇が仕上がったということだ。読者にはこちらも一読されることを期待したい。

（ながなわ・みつお　ロシア思想史）

初演記録

ロンドン

The Coast of Utopia by Tom Stoppard

Directed by Trevor Nunn, Performed in the Olivier Auditorium of the Royal National Theatre, London, on 27th June, 2002(“Voyage”)/8th July, 2002(“Shipwreck”)/19th July, 2002(“Salvage”).

Stephen Dillane as Alexander Herzen, Eve Best as Liubov Bakunin/Natalie Herzen/Malwida von Meysenbug, Douglas Henshall as Michael Bakunin, Will Keen as Vissarion Belinsky, Guy Henry as Ivan Turgenev, Simon Day as Nicholas Ogarev, Felicity Dean as Varvara Bakunin/Maria Ogarev/Joanna Kinkel, Charlotte Emmerson as Varenka Bakunin/Emma Herwegh/Mary Sutherland, Lucy Whybrow as Tatiana Bakunin/Natasha Tuchkov/, John Carlisle as Alexander Bakunin/Leonty Ibayev/Count Stanislaw Worcell, Raymond Coulthard as Nicholas Stankevich/George Herwegh/Nicholas Chernyshevsky

ニューヨーク

The Coast of Utopia by Tom Stoppard
Directed by Jack O'Brien, Performed at Lincoln Center Theater, s Vivian Beaumont Theater, New York on 27th November, 2006("Voyage")/21st December, 2006("Shipwreck")/18th February, 2007("Salvage").
Brian F. O, Byrne as Alexander Herzen, Jennifer Ehle as Liubov Bakunin/Natalie Herzen/Malwida von Meysenbug, Martha Plimpton as Varenka Bakunin/Natasha Tuchkov Ogarev, Richard Easton as Alexander Bakunin/Leonty Ibayev/Count Stanislaw Worcell, Amy Irving as Varvara Bakunin/Maria Ogarev, Ethan Hawke as Michael Bakunin, Billy Crudup as Vissarion Belinsky, Jason Butler Harner as Ivan Turgenev, Josh Hamilton as Nicholas Ogarev, David Harbour as Nicholas Stankevich/George Herwegh

東京

『コースト・オブ・ユートピア——ユートピアの岸へ』
二〇〇九年九月十二日〜十月四日　Ｂｕｎｋａｍｕｒａシアターコクーン
広田敦郎訳
演出＝蜷川幸雄、美術＝中越司、照明＝室伏生大、衣裳＝小峰リリー、音楽＝朝比奈

尚行、音響＝鹿野英之、ヘアメイク＝鎌田直樹、振付＝広崎うらん、演出補＝井上尊晶、演出助手＝大河内直子／藤田俊太郎、技術監督＝小林清隆、舞台監督＝濱野貴彦、企画・製作＝Ｂｕｎｋａｍｕｒａ

出演＝阿部寛（アレクサンドル・ゲルツェン）、勝村政信（ミハイル・バクーニン）、石丸幹二（ニコライ・オガリョーフ／仮装舞踏会の客）、別所哲也（イワン・ツルゲーネフ）、池内博之（ヴィッサリオン・ベリンスキー／エミグレ／医者）、長谷川博己（ニコライ・スタンケーヴィチ／仮装舞踏会の客／エミグレ／ニコライ・チェルヌイシェフスキー）、紺野まひる（リュボーフィ・バクーニン／仮装舞踏会の客）、京野ことみ（ヴァレンカ・バクーニン／ロンドンの乞食／ワイト島の滞在客／テレジーナ）、美波（タチヤーナ・バクーニン／タータ・ゲルツェン）、高橋真唯（アレクサンドラ・バクーニン／仮装舞踏会の客／ワイト島の滞在客／オリガ・ゲルツェン）、佐藤江梨子（ナタリー・バイエル／仮装舞踏会の客）、水野美紀（ナタリー・ゲルツェン）、栗山千明（ナターシャ・ツチコフ）、とよた真帆（エマ・ヘルヴェーク／ヨハンナ・キンケル／ロンドンの乞食／ワイト島の滞在客）、大森博史（ニコライ・ポレヴォーイ／チモフェーイ・グラノフスキー／コッシュート・ラヨシュ／エミグレ／ロンドンの乞食／ワイト島の滞在客）、松尾敏伸（ゲオルク・ヘルヴェーク／エミグレ／スレプツォフ）、大石継太（ニコライ・サゾーノフ／ルイ・ブラン／エミグレ／ロンドンの乞食／ワイト島の滞在客／パーヴェル・ヴェトシニコフ）、横田英司（ニコライ・ケッチェル／カール・マルクス）、銀粉蝶（バイエル夫人／仮装舞踏会の客／マダム・ハーグ）、毬谷友子（チェンバレン嬢／カーチャ／仮装舞踏会の客／エミリー・ジョーンズ／メアリー・サザーランド）、瑳川哲朗（アレクサンドル・バクーニン／スタニスラフ・ヴォルツェル）、麻実れい（ヴァルヴァーラ・バクーニン／バリケードのマリアンヌ／マリア・オガリョーフ／マルヴィーダ・フォン・マイゼンブーク）、塾一久（ピョートル・チャアダーエフ／アーノルト・ルーゲ／エミグレ／ロンドンの乞食／ワイト島の滞在客）、赤司まり子（乳母／仮装舞踏会の客／子守／ブレイニー夫人）、冨岡弘（楽士／仮装舞踏会の客／召使／ブノワ／レオンチー・バーエフ／ジュゼッペ・マッツィーニ／エミグレ／ロンドンの乞食／ワイト島の滞在客／ウェイター）、手塚秀彰（ステパン・シェヴィリョーフ／赤毛の猫／アレクサンドル・ルドリュ＝ロラン／エミグレ）、妹尾正文（楽士／仮装舞踏会の客／パリの民衆／ロッカチェルネッキー／エミグレ／給仕／ロンドンの乞食）、清家栄一（ディヤコフ／パリの民衆／アーネスト・ジョーンズ／ロンドンの乞食／セムロフ）、飯田邦博（セミョーン／パリの乞食／フランツ・オットー／エミグレ／ゼンコーヴィチ／ロンドンの乞食／召使／ワイト島の滞在客）、岡田正（仮装舞踏会の客／ジャン＝マリー／パリの民衆／ルドリュ＝ロランの側近／チョルゼフスキー／エミグレ／ロンドンの乞食／ワイト島の滞在客）、新川將人（ウェイター／召使／プーシキン／仮装舞踏会の客／警官／パリの民衆／配達人／コッシュートの側近／エミグレ／ロンドンの乞食／ワイト島の滞在客／ペロトキン）、星智也（レンヌ男爵／仮装舞踏会の客／コンスタンチン・アクサーコフ／パリの民衆／ゴットフリート・キンケル／エミグレ／ロンドンの乞食）、宮田幸輝（楽士／仮装舞踏会の客／店の少年／パリの民衆／イギリス人給仕／ロンドンの乞食／コルフ）、嶋田菜美（農奴の少女／スケート場の少女／召使／仮装舞踏会の客／パリの民衆／メイド／マリア・フォム／ロンドンの乞食／ワイト島の滞在客／リーザ）、遠山悠介（給仕／サーシャ・ゲルツェン）、三村和敬（少年時代のサーシャ・ゲルツェン）、桐山和己／坂口淳（スケート場の子供／子供時代のサーシャ／ヘンリー・サザーランド）、首藤勇星／鈴木知憲（スケート場の子供／コーリャ・ゲルツェン）、大出菜々子／佐藤日向（子供時代のタータ・ゲルツェン／子供時代のオリガ・ゲルツェン）、木村心静／清水詩音（幼少時代のオリガ・ゲルツェン）

本書収録作品の無断上演を禁じます。

本書は、Tom Stoppard, *The Coast of Utopia: Voyage, Shipwreck, Salvage* (Grove Press, 2007) を底本とするテクストの訳し下ろしです。

本書では作品の性質、時代背景を考慮し、現在では使われていない表現を使用している箇所があります。ご了承ください。

アルベール・カミュI

カリギュラ

Caligula

岩切正一郎訳

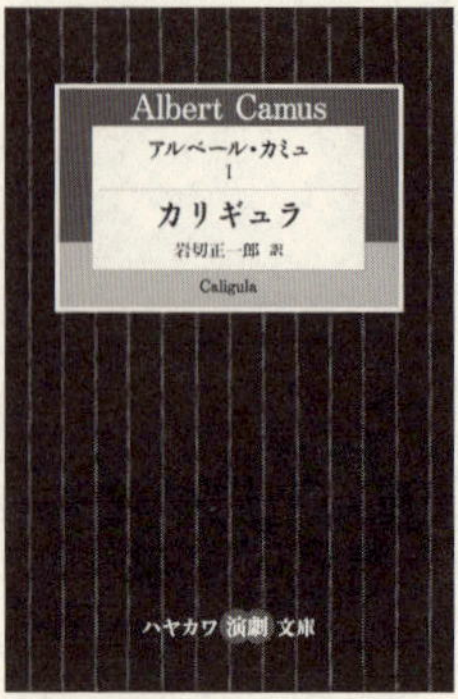

解説・内田樹

不可能！　おれはそれを世界の涯てまで探しに行った。おれ自身の果てまで――。ローマ帝国の若き皇帝カリギュラは、最愛の妹の死を境に狂気の暴君へと変貌した。市民の財産相続権の剝奪と無差別処刑に端を発する数々の暴虐。それは、世界の不条理に対する彼の孤独な闘いだった……『異邦人』『シーシュポスの神話』と共にカミュ〈不条理三部作〉をなす傑作、新訳で復活。

ハヤカワ演劇文庫

ハロルド・ピンターII

景気づけに一杯／山の言葉 ほか

One for the Road and other plays

喜志哲雄訳・解説

そわそわと何度もウィスキーを啜りつつ、監禁中の反体制者を饒舌にいたぶる拷問者ニコラス。彼は何に怯えているのか……『景気づけに一杯』。二人の高級官僚が核戦争の死者数を楽しげに予想する『丁度それだけ』。少数民族にたいする言語弾圧を鋭く突く『山の言葉』他。類稀なる詩人の感性で全体主義体制の暴力を告発する、政治劇を中心とした渾身の八篇を収録（全三巻）